神水理一郎

清冽の炎

1968 東大駒場

第1巻 群青の春

花伝社

清冽の炎　第一巻　群青の春——１９６８東大駒場◆目次

主な登場人物

駒　場

● **駒場寮・社会研**

佐助　………………　文Ⅱ・１年　猿渡洋介　将来未定
沼尾　………………　文Ⅰ・２年　弁護士志望
ジョー　……………　理Ⅰ・２年　マージャン狂
キタロー　…………　理Ⅱ・１年　東北出身
マスオ　……………　文Ⅰ・１年　田舎の秀才
倉成　………………　理Ⅱ・１年　軟派
毛利　………………　文Ⅰ・２年　Ｂ室、軍事通

● **クラス**

神水・紺野・蓬田　……民主派
刑部（自治委員）………解放派
起田・主税　……………佐助の予備校仲間

● **活動家**

民主派	巨勢	理Ⅱ・２年、都立高出身
	片桐	文Ⅲ・２年、「桑の実」の主
	鬼頭	理Ⅰ・１年、常任委員
	伊佐山	駒場寮委員長
前線派	綾小路	文Ⅰ・２年
革命派	洞田貫	文Ⅱ・２年

北町セツルメント

● **青年部セツラー**

ガンバ ……………… 理Ｉ・２年　北町に下宿
カンナ ……………… 女子大栄養科・２年
トマト ……………… 女子大英文科・１年
佐助 ………………… 文Ⅱ・１年
スキット ………… 文Ⅲ・１年　マドンナ

● **子ども会セツラー**

Ｑ太郎 ……………… 工学部・３年　毛沢東に心酔
トンコ ……………… 東京教育大・２年 Ｑ太郎と行動を共にする
ポパイ ……………… 文Ⅲ・２年
ヒマワリ ………… 東京教育大・２年　ハチローと同棲
トンプク ………… 文Ⅱ・２年　通学生
ヒナコ ……………… 尚美　女子大生物学科・１年
ポテト ……………… 女子大仏文科・１年

● **タンポポ・サークルの青年**

アラシ ……………… カンデン・リーダー
オリーブ ………… カンデン・活発派
オソ松 ……………… カンデン・慎重派
ショーチャン …… カンデン・東北出身
イヤミ ……………… 北町鉄工（カンデン系列）
アッチャン ……… 町工場（元カンデン）
マッチ ……………… 町工場（元カンデン）

入学式

4月12日（金）、本郷

木組みががっしりとして、いかにも頑丈な造りだ。お輿入れのときは、朱塗りの色も艶々に鮮やかだったはずだ。

「やっぱり門構えは、こんなふうにどっしりしたものがいい。うん、こうでなくっちゃね」

静代が門を仰ぎ見ながら、いつもの男まさりの口調でつぶやいた。

「加賀百万石の門って、やっぱりたいしたものよね。文政九年というと一八二六年だから、今から一四二年も前のことね。ときの一一代将軍、徳川家斉公が自分の二四番目の娘、溶姫を加賀百万石の前田斉泰様に嫁がせたとき、そのお住まいとして御守殿を建て、正門とは別に丹塗りの門をつくったの。建てるときには、付近にあった民家を何百戸も立退かせたらしいわ」

歴史好きの静代は赤門の由来まで調べてきたようだ。

「昔も今も、おカミの横暴に人民は泣かされるのよね」

静代に反権力の志向があったとは……。意外だった。

静代は三人の弟たちの犠牲になって大学に行けなかった。親から我慢してくれと頼みこまれたという。大学に行きたくても行けなかった、その思いを息子に託した。猿渡にはそれが重荷に感じられた。一度目の入試に失敗したのも、試験場で気負いこみすぎていたからだ。人あしらいがうまく商売上手の静代は、おせっかい焼きで口うるさいが、今でもラジオ講座を聞いて勉強するという面も持っている。強い向学心は、市の主催する社会人向けの講座にも駆り立てていくほどだ。その点は見習わなくては、と思いつつ、反撥心もある。

静代は傘をさしたままいつまでも立ちどまっている。猿渡がじれて、「ほら、母さん、行くよ」と声をかけた。いかにもおのぼりさん。そんな親子に見られているようで恥ずかしい。雨が力なくショボショボと降っている。傘をささなくても別にびしょぬれになるほどではない。雨滴が頬にあたって三月初めに戻ったような膚寒さを実感した。

赤門を背にして立つと、左側に教育学部の入る古い建物、右側に経済学部の近代的なビルがある。正面には重厚な雰囲気の古い建物が見える。医学部本館だ。左手奥にこんもりとした木立ちがある。前を歩く人々につられて木立ちに入っていく。大きな自然石でできた石段をおりる。下の方に池が見えてきた。

「ああっ、これが三四郎池なのね」

静代が感極まったという声をあげた。夏目漱石の愛読者としてぜひ三四郎池を見て見てみたいと、前の日から静代は何度も言っていた。

「田舎者が東京に出たら、いろいろ苦労するのよね」

静代の話はくどいと猿渡は思った。

桜の花びらが風に吹かれて散りかかってくる。静代の紺の傘にピンク色の桜の花びらがきれいな模様をつくった。雨にぬれた石段を滑らないように用心して水面までおりていく。池の周囲にはミズキなどの巨木が繁り、深い森の中にさ迷い込んでしまったかと錯覚させる。

上を見上げたとき、女子学生が傘をさしてたたずんでいる姿が眼にはいった。濃い茶色のスカートに白いブラウスを着て、考えごとでもしているのか、じっと動かない。薄着のようだが、寒くないのかなと思って眺めているうちに、どこかで見たことのある横顔だということに気がついた。はて、どこだったかな……。予備校だな、きっと。あっ、マドンナだ。もう一度よく見てみようと思ったときには、女子学生の姿はもう見えなかった。静代には黙っておこう。なんとなく猿渡はそう思った。

しばらく三四郎池に見とれ、また石段をゆっくり上がった。安田講堂の時計塔が見えてきた。

安田講堂は安田財閥が当時のお金で一一〇万円かけて大正一四年に完成させた建物だ。今のお金に換算すると一一〇億円にもなる。傾斜地を利用した半地下式の前方後円形の鉄筋コンクリート練瓦張り式建物だ。大理石がふんだんに使われている。建物の主要部分は四階建てで、時計塔は西側の中央部に九階建となっている。高さは四〇メートルもある。おかげでよく目立ち、まさに帝国大学以来の東京大学の象徴だ。三階西側の中央部分に車寄せのついた正面玄関が設けられている。だから、正門玄関から入ると、建物の三階に入ったことになる。一七〇〇人以上収容できる大講堂は三階と四階を吹き抜けの形で占め、天井には立派なシャンデリアが下がっている。

講堂の前は石畳を敷きつめた広場で、武骨な印象を支える。都心の喧騒から隔絶した別世界なのだが、今日は傘をさして坐りこんだ一団がいて騒々しい。それでも、周囲の古い石造りの建物に囲まれて立つと、いかにも学問の府にいる、そんな気分が涌きあがってくる。

この日のために、静代は四国から上京してきた。今さら母親と一緒に入学式に出席するのは気恥しい。しかし、ここは一年間東京で浪人生活をさせてもらった親への恩返しだ。猿渡は、そう自分に言い聞かせた。親父まで一緒に来る気配だったので、それだけは勘弁してもらった。静代は、喜びと緊張感を小柄な身体にみなぎらせている。ひどく饒舌になったり、突然黙りこんでしまったり、自分でも感情のコントロールができないようだ。

猿渡は詰襟の学生服を久しぶりに着た。さっき並木路の臨時売店で買った銀杏のバッジを学生服の襟につけてみる。晴れて東大生になれたことが誇らしい。講堂を背景に記念写真をとっている学生アルバイトから声をかけられると、静代がすぐに承知した。傘を手にして、緊張した顔で二人して肩を寄せあった。

講堂の正面入口付近に、入学式に参加したのではないとすぐに分かる集団が詰めかけ、そのうちの一人がマイクを握って何かを叫ぶ。くすんだブレザーを着て、いかにも神経質そうなメガネの男だ。まだ学生なんだろうか。いかにもひなびた顔つきだ。早口で聞きとりにくかったが、耳が慣れてくると「医学部の研修制度の改革を求める」「アメリカ帝国主義のベトナム侵略戦争に反対しよう」というようなことを訴えていることがようやく分かってきた。天を仰いで一点を凝視しながら一本調子でがなりたてるのに、ひどく違和感がある。この人は、いったい誰に対して訴えているのだろうか。まさか、新入生に向かってではないだろう。

でも、ひょっとして。猿渡はそう思ってブレザーの男を振り返った。この人も理Ⅲに合格した医学生なんだろうか。あの超難関をパスした人間がこんなことをやっているのか……。

「諸君、入学式をボイコットしよう」という呼びかけがはっきり聞こえる。とんでもない。せっかく入れたのに、その大事な入学式をボイコットするなんて……。そう言う自分は入学式には出席しなかったとでもいうのか。神聖な入学式を騒々しく世俗的なものに引きずりおとそうとする連中に対する反感が募る。

静代が「変な人たちとはつきあわないようにしてよね」と、眼配せをしながら猿渡の耳元で囁く。

「分かってるよ」と小声でこたえた。それは猿渡の本心でもあった。

猿渡の前にいる学生がビラを配っている女子学生に向かって心配そうに声をかけた。

「なかに入れないんですか?」

「入れますよ」

その女子学生は固い表情で答え、さらに付け足した。

「わたしたちは、ボイコットをすすめてますけどね」

来栖芙美子は、たかが入学式に参加できなくて、どうしたって言うの。ちっとも人生の一大事なんかじゃないわよ。そう言いたかった。このあいだの卒業式は見事に粉砕してやった。おかげで学部ごとのちまちました卒業式に切り換えられた。

「入学式にはぜひ出席したいんですよ。せっかく浪人までして苦労して入ったんですから」

さきほどの学生は自嘲気味に付け足した。

「それなら、裏側に入口が二ヶ所あるわよ」

芙美子は身振りで示した。別の学生服の男がそれを見て言った。

「あんたたちが正面入口をふさいでいるから、オレたち裏側から入らなくちゃいけないのか。まったくいやんなっちゃうよ」

その声に猿渡は聞き覚えがあった。同じ予備校仲間の起田《おきた》だ。保守派を自認している資産家の息子だ。

「そうじゃないの」

芙美子はきつい口調で言い返した。

「学生の入口はいつも裏手って決まってるの」

起田は黙って姿を消した。ここで猿渡は静代と別れた。裏手にある南側の入口から人の流れに押されるようにして講堂内に入っていく。両側に立つ人の列からつき出されたビラを反射的に何枚か受けとり、それをもったまま席にすわる。「不当処分撤回」と書かれたリボンをもらった学生が隣りにすわり、ヒマそうにリボンを手にしてもて遊んでいる。やがて周囲の席はぎっしり埋まった。

安河内総長が、いきなり学生をかき分けるようにして入ってきて、壇上にあがった。長身でヤセ型の安河内は、演壇につくと、小さく深呼吸した。やがて、ゆっくりした口調で淡々と話をはじめる。

「この演壇にたどりつくまでには、教官や職員の大変な努力がありました。良識ある学生の援護もありました」

猿渡は改めて外の方を見やった。外では男たちが相変らず何か叫んでいる。

昨日の記者会見のとき、安河内は、いつものように正門から入って正面玄関から安田講堂に向かいます、もちろんですよ、胸をはって言い放った。だから記者団も、天下の東大総長がこれほど断言する以上は、必ずそのとおり実行するものと信じた。安田講堂での卒業式が学生集団の実力行使によって中止され、学部ごとの卒業式になったという経緯から、マスコミは東大の入学式が無事に開かれるのか注目していた。

安河内は、この朝、中野区にある自宅を迎えの車に乗って午前九時一〇分に出発した。入学式阻止を高言している学生たちの車三台に追尾された。早朝から張りこまれていたのだ。午前一〇時五分、総長の車は弥生門から入った。えっ、正門じゃないの。記者たちは驚いた。弥生門からフルスピードで安田講堂に向かい、裏口に横づけした。裏口周辺はにわかに人だかりがして総長を取り囲む。守衛のほか学生部の職員が大勢動員されていた。安河内に文句を言おうと待ちかまえていた学生は人垣に阻まれて近づくこともできない。厚い人垣に取り囲まれたまま安河内は大講堂に通じる控室に入っていった。もみくちゃにされ、着いていた安河内のコートが破れてしまった。

ええっ、正面玄関から入るんじゃなかったの……。記者たちは呆れた。総長が裏口から大講堂に入ったことを知らされた学生集団は、正門玄関から大挙して大講堂へ向かおうとした。その行く手を医学部の教授たちがピケラインをはって立ち阻む。でも、やっぱり学生たちの力には負けてしまう。あっけなくピケラインは破られた。とはいっても、学生たちにも大講堂内へ乱入するまでの勇気はない。出入口の扉の前に座りこんで、シュプレヒコールをあげるにとどめた。

安河内は、演壇に両手をついて話を続けた。額に三本の太い縦ジワを寄せ、気難しい表情でまずは合格お祝いの言葉を述べた。

「まず何よりも東京大学の入学試験を、諸君が文字どおり諸君の実力で突破されましたことを心からお祝い申し上げます。これはまた、十何年もの間、並々ならぬ労苦を続けながら諸君の勉学を援護し続けてこられたご両親や父兄方の心からの喜びでございましょう」

猿渡は、母の心境を思いやった。静代は、たしかに「心からの喜び」に浸って、声も出ない。猿渡は、それを決して茶化すことはできない。もちろん、自らの自尊心が満たされたことも間違いない。

話の続きを待った。次の総長の言葉は意外だった。安河内は、顔を演壇からあげて場内を見まわしながら、きっぱりした口調でこういった。

「同時にもう一つ、私の申したいことがあります。諸君は天下の秀才だといわれております。しかし、この天下の秀才は、進学本位の六・三制のゆがみの中での秀才であるかもしれないと思います。その点を、十分に反省していただきたいと思うのです」

ええっ、ゆがんだ秀才である自分を、よく反省しろ、というのか。猿渡は、一瞬、思考が停止した。いったい、自分のどこを反省しろ、というんだろう。

猿渡は苦しかった浪人生活、そして、模試にあけくれた高校生活をふりかえった。いったい、こんな苦労をさせたのは誰なんだ。東大を頂点とする大学の側にこそ非がある。むしろ、今日これまで受験勉強に追いたてて、みなさんを苦しめて申し訳なかった、そんなお詫びの一言こそ、あっていいのではないのか……。猿渡の頭のなかでウラミツラミの思いがぐるぐるまわった。総長の祝辞は続いていく。頭の上を言葉が通り過ぎるだけ。心にはとどまりそうもない。

「大学生は、『おとな』でなければなりません。『おとな』とは、『自分の頭』でものを考える人間だ、という意味であります。昨日までの諸君は、受験のベテランとして、必要な知識や技術を修得していた秀才だったと思いますが、『自分の頭』でものを考える青年ではなかったでしょう」

なるほど、猿渡も、いっぱしの受験のベテランを気どっていたことは事実だ。「昨日まで」というより、今のいまも、まだそうだ。

「受験に必要な一切の知識と要領とを身にまとって、人間としての内心の欲求をすべて押し殺して、〝ほしがりません。勝つまでは〟的な生活道義のもとに、いわば、欲求不満の生活を送ってきたのではなかったでしょうか。それは『自分の頭』で物事にとりくむ気魄を窒息させてきた数年間ではありませんでしたか」

まさしくズバリ核心をつく言葉としか言いようがない。内心の欲求を押し殺してきたため、晴れて東大生となった今、いったい自分の欲求とは何だったのか、戸惑いがあるのは間違いない。でも、それじゃあ、一体どうしたらよかったというのか?

総長は、やせていかにも神経質そうな学者タイプだ。いささか枯れた趣きすらある。金もうけや権力とは無縁の存在に思われるところに好感がもてる。「自分の頭」と「他人の頭」という対比を使って話をすすめていくのも傾聴に値する。さすが東大総長ともなると言うことに含蓄がある。猿渡は頭を切り換えると同時に背筋を伸ばし、腕を組んで身じろぎもせずに耳を傾けた。

「外部からの知識、他人の頭の所産にすぎない公式、テーゼ、綱領、世論、社説といったものが知識として外から押しつけられてはいけないし、それらが諸君の行動や思考を外から規制することがあってはなりません。しかし、残念ながら現在の日本の状況は、『他人の頭』の所産の浸透力が著しく強く、それに対して個人がおそろしくひ弱な存在でないでしょうか」

「他人の頭」に「自分の頭」が支配されてはならない。あたりまえのことのようだが、よくよく考えてみると、ことは簡単ではない。ひとつの新聞をずっと読んでいると、自然に、その新聞の考えが、いつのまにか自分の考えであるかのように思われ、口にしている自分を発見することがある。純粋に「自分の頭」で考えるということをつきつめていったとき、いったい、何が残るのだろうか？　猿渡は、いささか不安に駆られてきた。ところが、総長は「自分の頭」で考えるようになると、今度は社会からはじき出されるようになると警告する。

「『自分の頭』で考える人間、個性の豊かな人間というものは、いまの社会では次第に社会のしくみからはじき出される危険があります。そして、規格統一された生活様式や、個性のない学問や、人間不在の技術体系の中に適応できる人間だけが、いまの社会で高い月給をもらって生活できるのでありま す。諸君は、くれぐれもそうした仕組みのなかに安住しない覚悟で勉強していただきたいと思いま す」

うーん、難しいことになったな……。猿渡は、入学式早々から、総長に難問をつきつけられた。会場の外の騒々しさは一段とひどくなったが、総長は外の雑音には耳を貸さないのが自分の使命であるかのように話をそのまま続ける。

「諸君が、単に勉学の上だけの秀才ということに安住してしまうのでなしに、個性の豊かな積極性をもち、かりそめにも無関心な状態に落ち込んで、すべてのことをただ傍観視するというような態度を捨ててほしいのです」

「傍観者になるな」か……なるほど。「自分の頭」で考えろ、か、なるほど。途中から猿渡は真面目な気持ちで総長挨拶をずっと聴いた。周囲の新入生も大半は黙って熱心に耳を傾けているようで、いささか安心した。そんなことに感心してるのは、田舎者のおまえくらいだぞ、なんて言われたら、どうしようという意識もあった。でも、そんな心配は無用のようだ。安心した。

安河内は挨拶を終えると、壇上中央の椅子に深く腰をおろした。ポケットから白いハンカチを取り出し、汗をふいた。それから大きく深呼吸した。

猿渡の席から遠くにマドンナの姿がちらっと見えた。隣りから話しかけられ、笑顔を返している。

総長挨拶はけっこう長かったが、あとで聞くと、あれでも例年よりはずい分と短かったという。ストライキ中の医学部生が押しかけてきていたので、総長は早々と切りあげたのだ。

挨拶が終わって、総長が退場してしまうと、入学式の雰囲気はぐっと和らいだ。猿渡は眼をつぶり、ひとりで瞑想にふける。これは猿渡の癖のようなものだ。眼をつぶると、外界の余計なものが視野から消え去り、雑念がぐっと少なくなる。そして、自由に自分を想像の世界にはばたかせる。といっても、「自由の花園」という抽象的なイメージしかもちあわせのない猿渡にとって、今のところキャンバスは真っ白。せいぜい澄んだ青い空を想い浮かべることしかできない。

午前一一時一〇分すぎに入学式が終わって、安田講堂の外に出ると、まだ学生の集団がいて総長が出てくるのを待ちかまえている。さっきより、さらに人数は増えたようだ。総長団交を求めている。いや、よく見ると、もう一つ別の集団もいる。こちらには学生だけではなく、年配の職員らしき人々も混じっている。猿渡には、この二つの集団の区別がつかない。混雑した広場をようやく抜け出した。

猿渡は、静代と二人で近くにある地階の学生食堂で昼食をとったあと、東京見物に出かけた。東京タワーにのぼり、上野や浅草をまわると、くたくたになった。それでも静代の喜んでいる顔を見て、

「まあ、これでなんとか親孝行らしきものができたな」と思った。

安田講堂の外にいた集団は夜まで総長を待ち受けていたが、薄暗くなる前に安河内は学生部の職員を先導として講堂の外に抜け出した。

駒場寮

4月13日（土）、駒場

静代を東京駅で見送ったあと、猿渡は山手線の電車に乗った。今日は何もすることがない。電車がすれ違うとき、外まわりの電車の窓に学生服の襟につけている銀杏のバッジが一瞬光るのを見た。やっと、あこがれの東大生になったのだ。自分でも誇らしい。一年の浪人生活を含めて丸々三年ほどは受験勉強にうちこんで、ようやく得た成果だ。それにしても、いつまでも学生服でもないだろう。ブレザーを着たときにも胸にバッジをつけるべきか。でも、そんな学生は見かけない。

猿渡は空いた席にすわった。このまま山手線を一周してもいいな。誰かこのバッジに気がついて、オオッという顔をしてくれないかな……。

そんな期待は、時間とともにうち砕けていく。電車に乗りこんでくる客は、せわしなく動いて自分の居場所を確保すると、あとは周囲のことなんて全然素知らぬ顔だ。誰も猿渡のバッジなんかに眼をとめない。いや、猿渡の存在自体が無視されているのも同然だ。仮りに、ここで猿渡が、「みなさーん、私、こんど東大生になれました」と大声で叫んだとしても、「あっ、そう、それで?」と声をかけてくれる人だって果たして何人いるだろうか。黙殺されるのが落ちだ。忙しそうな乗客は眼つきも鋭く、思案顔をして無言だ。ひまそうな人は、うつろな眼つきで、外の景色をボンヤリ眺めている。

猿渡は東京でどうしても生活したかった。高校時代の初恋の女性が父親の転勤で東京へ引っ越していった。自分の思いをきちんと伝えられなかったから、一方的な片想いに終わってしまった。だから、彼女と同じ東京の空の下で生活する夢が、味気ない高校生活を送るうえでのたった一つの救いだった。電車のなかで、彼女がいないか必死で探した。

長い時間ずっと坐っているのも案外疲れるものだ。お尻の痛さで身にしみて分かった。猿渡は渋谷駅で電車を降りた。井之頭線に乗り換え、駒場東大前駅で降りて正門から入っていく。構内のツツジが咲きはじめている。「駒場のツツジのように明るく希望にみちていた」。誰かが、本にそんなことを書いていたが、現実にはとてもそんな気分になれそうもない。抜けるような青空の下でツツジの葉の緑が眩しいほど艶々している。

正門から入って右手の奥にある図書館に向かった。本でも手にとってみると気も休まるだろう。ヒマつぶしにもちょうどいい。ツタのからまる建物のなかに入っていく。うす暗い、陰気な雰囲気のなかに、黒い背表紙の洋書のようなものがギッシリ埋まっているコーナーがある。そこに足をふみいれたとき、自分がひどく場違いな存在だと感じた。あわてて、次のコーナーへ急ぐ。学問をしようなんて気分で来たわけではない。やはり、軽い本がいい。『大学の青春・駒場』という本が眼にとまった。手にとって、その場で立ち読みをはじめた。

〝独善、軽薄、意思薄弱、自称神経衰弱〟

こんな言葉が東大生にあてはまるものとして書かれている。こりゃあ、どんぴしゃりじゃないか。まるでオレのことだな……。猿渡は小さく溜め息をついた。

〝幻滅、受験勉強をしていたときの判断停止期間、灰色の生活に大きな空白感をいだいていた学生は、大学で一挙に人間性の充足感と解放感をとりかえそうと期待する。しかし、幻滅の二字にたちまち直

面する〞

うん、まさしく、今のオレにぴったりの文句だな。猿渡は、本を閉じた。では、一体、オレはどうしたらいいんだろうか?

図書館のなかは静寂そのもの。学生の姿がチラホラ見える。本を真面目に読んでいるか、何か書きものをしている。見知った顔の学生はひとりもいない。誰にも気持ちをぶつけられないまま、居心地の悪い思いで図書館を抜け出した。

銀杏並木を抜けてグラウンドのそばに立った。上を見あげると、相変らず澄み切った青空が広がっている。子どものころは、広い青空を見ただけで、うれしい気持ちで満たされたものだ。ところが今では、やけに虚しい。

そうか、オレには、まだやりたいことが見つからないだけなんだ。そのうち見つかるだろう。猿渡は自分にそう言いきかせた。


駒場寮の前で、学生が二人で立て看板を組みたてている。四枚のベニヤ板を角材で組みあわせて、手際よく横広の看板をつくっていく。今日の大見出しは何だろう。見ていると、「医学部の不当処分を撤回せよ」と太々と書きあげていった。

彼らには一生懸命やることがあって、いいな……。猿渡は憧れの東大生になったとたん、人生の目標を見失ってしまった。早く何かを見つけたいものだ。

大学進学率は一九・四%。戦前はわずか五%にすぎなかったから、学士様は社会のエリートと見なされていた。しかし、大学への進学率が四倍に増え、大学生が一五〇万人を超えると「学士様はエリート」という文句なんて、はるか遠い彼方のことにすぎない。いや、東大生だけはまだエリートだという世間の見方がある。果たして本当だろうか。

猿渡は現役のときは法学部に入るつもりで文科Ⅰ類を受験したが、見事にすべった。一浪してランクをひとつ下げて文科Ⅱ類になんとかすべりこんだ。だから、文Ⅰの学生にはなんとなくコンプレックスを感じてしまう。現役のときに受験に失敗したのは、実力不足もさることながら、優柔不断の性格が災いした。難問にぶつかると、それを後まわしにできず、かといって解法が見つかるわけでもない。ぐずぐず時間をかけているうちに、やっぱり後まわしにする。これでは時間不足になるのも当然だ。迫力にも欠けてくる。我ながらいやになってしまう性格なのだが、もう治らないものと半ばあきらめた。

四人姉弟の三番目。上も下も女ばかりで、親からは一人っ子のように甘やかされて育った。女性に優しいのは姉たちの教育が行き届いたため。そう言うと美化しすぎだ。実際には女性は強いものという思いを幼いころから植えつけられてしまったから、自分から女性に声をかけることもできない。せいぜい高校生の妹に兄として威張ってモノを言うくらいだ。といっても、妹は猿渡が姉たちには弱いことを知っているので、表向き兄に従っているふりをしているだけ。それは分かっている。

おばさんたちが遊びに来て、「成績もいいから、女の子にさぞかしもてるでしょうね」と冷やかす。猿渡にすれば、それも女たちのいじめでしかない。実際には、女性にもてたという実感は一度もないまま東京に出てきた。広い東京での浪人生活では、受験勉強に没頭していたから、女性にもてるはずもない。女性にはまったく関心がないと装うしかない。

猿渡が駒場寮に入るのを決めたのは、そこがまさに男の城であり、これでようやく親から自立できそうだと考えたことによる。やはり親の経済的負担のことは考えざるをえない。姉のうち一人は猿渡のために短大を行くのを断念して就職したし、妹も進学か就職かで悩んでいる。猿渡は、これ以上、自分のために犠牲者を出したくなかった。だから、妹には進学するよう励ました。この点ばかりは妹も兄の忠告を素直に聞こうとする。

広い東京に一人で下宿するなんて、猿渡には不安でたまらない。予備校でも寮に入った。田舎では親と姉妹たちに囲まれてにぎやかに生活していた。予備校なら勉強するだけだから一人でもいい。しかし、大学生になったら友人づくりも大切だ。下宿でひとりぼっちの生活を送るなんて、考えただけでもゾッとする。

駒場寮は、いかにも古ぼけたコンクリート造りの建物だ。壁の外側に太い蔦《つた》が縦横無尽にからんで古色蒼然とした年代物の雰囲気をかもし出している。入口の脇には下駄箱があり、そこでスリッパに履きかえる。昼でも薄暗い廊下を入っていくと、薄暗い洞穴ぐらにでも入っていく気がする。こんな薄暗いなかに何百人もの東大生が生活しているなんて……。古ぼけた木の扉が両側についている。廊下に面した窓ガラスはあちこち破れていて、新聞紙でふさいである。壁や天井そして窓にまで学生運動のスローガンが書きなぐられている。

恐る恐る、重たい木製の扉を押して入っていく。猿渡は高校の先輩の紹介で「社会研」という看板のついた部屋に入ることにした。寮の部屋には伝統的に数字ではなく〇〇研究会などの名前がついている。「社会研」という名前のいわれを聞くと、要するに、どんな名前でもよかったのだが、てっとり早くつけただけだという答えが返ってきた。社会主義研究会とか社会科学研究会というと、略称「社研」ということになって、どこかのセクトの部屋だ。しかし、「社会研」は、どのセクトにも属しない、単なる一般寮生の部屋のひとつにすぎない。

猿渡が「社会研」に足をふみ入れると、いかにも真面目な秀才という顔をした沼尾と、これまたいかにも遊び人の風情を漂わすジョーの二人がいた。

「ややや、よく来たな」

ジョーが明るい顔で迎え、猿渡の専用となる机とベッドを指さした。猿渡の心配はジョーの屈託のない声でたちまち消しとんだ。沼尾もニコニコしながら猿渡の荷物運びを気軽に手伝ってくれた。

やがて、夕方までにあと三人が部屋に入ってきた。六人部屋だ。ジョーと沼尾の二人が二年生で、あとの四人は一年生。といってもジョーは二浪しているし、猿渡と倉成は一浪だ。沼尾とキタロー、マスオは現役組。だから、年齢と学年とは必ずしもつりあわない。寮生は全国から集まっているはずなのに、「社会研」にはなぜか四国を含めて関西以西が多い。高校の先輩後輩の関係で勝手にひっぱってくるからだろう。一人だけ東北出身がいる。初めのうちはどこの出身か分からなかったが、親しくなってくると本来のズーズー弁を混じえて話しかけてくるようになった。キタローと名乗った。長髪なのは床屋に行くお金が惜しいからだと弁解した。関西弁は平気で寮内をとびかっているが、ズーズー弁は、やはり遠慮がちだ。

六人部屋の寮生活が順調にすべり出した。沼尾は学究肌で先輩ぶらないし、ジョーは、すっかり大人びて、後輩をこき使うこともない。明けても暮れてもマージャンに熱中している。一年生の四人も、それぞれ部屋のなかに机とベッドを確保して落ち着いた。部屋にテレビはない。あたりまえだな。

駒場寮は大学の構内にあるから、教室まで五分もかからない。しかし、近い人間ほど遅刻する傾向があるという原則にほとんど例外はない。教室に遅れて入ってくるのは、決まって駒場寮生だ。

●東大生気質●●●

4月16日（火）、駒場

よく晴れ、風も温かくて気持ちのよい朝だ。構内の樹々も若葉を大いに伸ばし、生命の鼓動が静かに脈うっている。

「おーい、ヨースケいるか」

耳障りなほど甲高い声をあげながら、主税《ちから》が社会研の部屋に入ってきた。観音開きの扉は二四時間、施錠されることもない。バタンバタン、人が出入りするたびにうるさい音を立てる。こんなことを気にして眠れないようでは駒場寮の住人たる資格はない。静かに忍びこもうと思っても、少なくともギーッという音をたてるはずだ。だから、この扉はコソ泥対策になるかもしれない。とはいっても、果たして、部屋のなかに忍びこんでまで盗るものがあるのかどうか、相当に怪しい。

ヨースケと呼びかけられた男、猿渡はベッドのなかでまだ眠っていた。三人の男に取りかこまれると、ベッドの上に上半身を起こした。

「おい、まだ寝ていたのか。外は今日もいい天気だぞ。もう起きろよ。もうすぐ昼メシの時間だぞ…」

「うーん、そうか」

猿渡は眼をしょぼしょぼさせながら、そばの机の上に放り出していた腕時計を手にとってのぞきこんだ。なるほど起田のいうとおりだ。もう正午に近い。

「二日酔いだな？　あんまり無理して飲むなよ。おまえ、あんまり飲めないタチなんだろ？」

「そうなんだけどさ、きのうはつい調子乗っちゃって……」

猿渡はボサボサ頭を両手でかきむしった。高校生時代に坊主頭だった反動で、浪人生のときにはヒッピー風の長髪にしていたが、大学に入ってからは、おとなしい長髪にした。寝起きのせいで、長髪はグシャグシャだ。

「ゆうべは何時に寝たのか、ヨースケ」

「うん、午前二時まで飲んでいたことは確かなんだけど、そのあとは全然……」

駒場寮の別な部屋での飲み食いに誘われ、ダラダラと飲みすぎてしまったというのが真相だ。

「まあ、ほどほどにしておくんだな」

主税がそう言うと、連れの二人も「そうだ、そうだ」と同調した。四人とも、同じ予備校で勉強した仲間だ。偶然にも駒場で同じクラスになった。昼食を寮食堂で一緒にとることにした。主税と起田は都立高の出身だ。都立の日比谷高校を抜いて私立の灘高が東大合格者で初めてトップになった。やはり中高一貫校の方が受験には有利なのだろう。都立高校を卒業した二人は、おっとりした坊ちゃん風だから、田舎者の猿渡でもなんとか話があった。それでも、方言丸出しにならないようにするのが今でも大変だ。なんかの拍子にぽっと口をついて方言が出てしまう。

「われらがマドンナに会ったか、ヨースケ？」

「いいや」

猿渡が気のない返事をすると、起田が目を輝かして顔を近づけた。

「そうか、それは残念だったな。マドンナが文Ⅲに合格したくらいは知ってるだろうな」

「うん、それは知ってる」

「オレ、きのう学生会館の食堂で、同じテーブルで昼メシ食ったんだぜ」

「えっ、本当なの、それって？」

猿渡の眼つきが急に変わった。起田は「ふっふっふ、おまえみたいに寮でゴロゴロしていると、幸運の女神からも見放されるというわけだ」

「そうなんだよな……。彼女、どうしてるのかな」

先ほどから猿渡の本棚の本を勝手にひっぱりだして立ち読みしていた主税がつぶやいた。主税も猿渡同様、マドンナの大ファンだ。起田は、「それで、マドンナに、オレ、デートを申し込んだんだ」と言って、天井を見上げた。

「本当か？　オマエ、簡単に出し抜くなよな。友だち甲斐がないぞ」

猿渡は、起田の上着の袖をひっぱった。起田は軽くふり払うと「冗談だよ、冗談。オレがデートを申し込みたいな、と思ってたらマドンナのやつ、連れがいてな、そいつと楽しそうに話してるもんだから、デートを申し込むどころじゃなかったよ」

「なーんだ……」

主税ががっかりした声をあげると、猿渡も肩を落とした。

「やっぱり、寮で寝ていても、いい知らせは来ないか」

ニコニコしながら黙って話を聞いていた神水《くわみず》が「オレにとってはマドンナなんて、まるで高根の花だな。手が届きそうもないや」と小さな声で言った。

「あっ、そうそう、小百合さんまで同じクラスになったから、オレびっくりしたよ」

主税が応じると、神水が「小百合さんなら、さっきも会ったよ」とこたえた。

「えっ、どこで?」

「うん、さっき噴水のところをさっそうと歩いていたよ。オレ、今度、彼女にデート申し込んでみようかな」

神水は、遠くを見るような、うっとりした眼つきになった。

このとき、主税が急に入試のことを口にした。予備校仲間の近況を語っているうちに、入試まで連想したようだ。

「それにしても、数学の図形の問題は難しかったよな」

「そうそう。東大は、基本的な問題しか出ないというので安心していたら、なんだか急に応用問題みたいに難しいのが出て、オレ、あせっちゃったよ」

起田が急に現実にひき戻されたような顔をしてつぶやいた。

「予備校の公開模試のとき、同じような問題が出たことがあっただろ」

「うん、あったあった」

主税の問いかけに、今度は猿渡が応じた。

「それで、この問題は前にやって失敗した問題だと思ったら急に頭のなかがクラクラしてきて、慎重になったつもりが、かえって失敗を繰り返すことになってしまった」

「そうか、オレは、前に失敗したので、そのとき三回ほど復習したから、今度は、なんとか解けたぜ」

「うん、失敗はくり返す、だからな」

主税が気落ちした様子でいった。

「失敗をくり返さないようにと予備校の教師がいつも口を酸っぱくして言ってたから、オレもそのつもりでいたんだけど、やっぱり本番になってしまうと、あがってしまってな」

「わかるわかる。そういうものなんだよな」

起田が主税をなぐさめた。

「東大の入試って、オールラウンドにできればいいんだから、ひとつひとつの問題は素直で、ひねくれていないから助かるよな。でも、予備校で、ずっと落とし穴があるような模試を受け続けていると、かえって、妙にかまえてしまって、ここには変な落とし穴があるんじゃないかとカンぐってしまうんだ」

「いやあ、ホントだよな」

猿渡も、すっかり眼が覚めていた。受験のこととなると、女の子の話題以上に眼が輝いてしまう。ついこのあいだまで、頭のなかにはそれしかなかったのだから、それも当然のことだ。

「こういうのをゲスのカングリっていうんだろうな?」

猿渡がそういうと、主税は、「おいおい、オレはおまえなんかと違ってゲスなんかじゃないからな」と口をとがらした。しかし、神水が、「まあ、東大生なんて、みんなゲスと似たようなもんだろ」と、妙に冷《さ》めた口調で言い切ったので、話が途切れた。

起田が、「ともかく、腹減ったし、メシ食いに行こうぜ」と猿渡をせきたてる。主税が「そうだ。今日は寮食の昼メシを食ってみようと思って来たんだ」と続けた。主税たち三人は駒場寮の住人ではない。猿渡はベッドからはい出して、ズボンをはいた。

「寮食堂って、やっぱりまずいのか」

主税が小さい声で猿渡にたずねた。

「せめて、ボリュームくらいあるんだろう」

猿渡も小さい声で、「うん、安い割にはボリューム満点だから、そっちは心配ないさ。でも、味の方は、いまひとつというところだろうな」とこたえた。さすがに自分の住んでる寮の悪口みたいなことは大声で言いたくはない。寮食堂は朝食三五円、昼食五五円、夕食五五円だ。寮生でなくても、お金を払えば誰でも食べられる。寮生は一ヶ月分まとめて食券を購入しておく。

「よし、ともかく、レッツらゴーだ」

四人組はガヤガヤと話しながら、扉を押して部屋を出ていった。

実は、部屋には、このとき、もう一人、住人が寝ていた。ジョーだ。

「ちぇっ、なんてやつらだ。まだ受験の話をしてやがる……」

ジョーは昨夜もテツマンだった。要するに、徹夜でマージャンにうち興じていたわけだ。マージャンは牌をころがす音がうるさい。だから、部屋でできないときには廊下でする。舌うちしながら、ジョーは起きあがると、すばやく身仕度して、同じように寮食堂に向かった。

寮の廊下はいつも薄暗い。リノリウムの床には黒いタールがべったり塗ってあり、その下はコンクリートなのか木製なのか、確かめようもないほどだ。

ジョーが寮食堂に着くと、配膳口の前には長い行列ができていた。新学期が始まったばかりなので、朝から真面目に授業に出ている寮生がそれだけ多いことを意味している。「去年も、今ごろは、こんなだったな」ジョーは一人言をつぶやくと、黙って行列のうしろに並んだ。猿渡たち四人組が、一つのテーブルをとり囲むようにして食べているのが見えた。

「いい気な奴らだ……」

配膳口で渡された今日の昼食は、麦のまじったどんぶりごはんと、肉ジャガだ。大きなジャガイモのかたまりのなかに、小さな牛肉の切れはしが申し訳なさそうに隠れんぼしている。

「ボリューム満点、味の方は少々……、というやつだな」


夕食のあと、今度はジョーの友人が二人連れだって部屋にあらわれた。マージャンの仲間を誘いに来たようだ。このとき、猿渡はフランス語の動詞活用表を前に置いて溜め息をついていた。英語とちがって、フランス語は、名詞に男性形と女性形があるばかりでなく、動詞が時制や人称で複雑に変化する。動詞の活用表だけで一冊の本になっているなんて信じられない。こんなのとても覚えきれそうにないな。猿渡は文系なのに、語学がもとから不得意だった。活用表の本を手にして、「絶望」とはフランス語で何て言うのかな、そう考えていた。このとき、ジョーの声が聞こえてきた。

「東大生って、本当に、なんで、こんなに試験のことしか話題にできない奴ばっかりなのかね。今朝も、一年生の連中が、まだ入試問題について、あーでもない、こーでもない、なんて話して盛りあがっていたんだぜ。まったくいやになっちまうよ。ほかにも、ベトナム情勢とか社会問題について世間にはたくさん話すべきテーマはあるっていうのによー……。予備校の模試がどうだったとか、受験界のマドンナがどこに合格したとか、くだらん話を喜々としてしゃべくりまくって、実にいやになったぜ」

ジョーの相手は、ぶつきら棒にこたえた。

「そりゃあ、仕方ないだろう。それしか人生ない、なんて思って生きてきたんだし、実際に、それしかないんだから。受験勉強のこと以外に東大生が共通して話せるテーマなんか、今どきの東大生にあると思うのか、おまえ。オレだって、自信ないぜ」

なかなか冷めた言葉だ。ジョーはむきになって反論した。

「いや、語るべきことはたくさんあるさ。オレたちは、いつまでも過去にしがみついていてはいけないんだ。そうだろ、毛利」

毛利はジョーをなだめた。

「まあ、春の心はのどけからましだ。そんなにいちいち気にすることないじゃないか。その連中だって、今に変わるに決まってるからな。それより、ともかく、ひとり面子が足りないんだ、つきあえよ」

「うん、それはいいんだけど……」

ジョーは、まんざらでもない声を出して応じた。やがて三人とも部屋の外に出ていった。

猿渡は机に向かったまま、じっと身動きもせずにジョーたちのやりとりを聞いていた。六人部屋のなかに、机とベッドが適当に並べてある。そのレイアウトは部屋によってマチマチだ。机の上においてある本棚が、各人のテリトリーの間仕切りとなっている。だから、部屋のなかの会話は、すべて筒抜け。ジョーたちのやりとりも、別に猿渡に聞かせようと思ってしたのでないことは間違いない。しかし、猿渡はジョーの苦言が耳に痛い。恥ずかしい。そうか、まだ予備校生の意識のまま、そこから脱却しきれていないんだな。大学に入ったんだから、受験とか模試とか、そんなこと、一刻も早く忘れ去る必要があるんだな……。

倉成が「ただいまー」と大きな声をだしながら入ってきた。家庭教師のアルバイトから帰ってきたようだ。例によって扉がバタンバタンとうるさい音をたてる。「なーんだ。相変わらず、うるさい音をたてるんだな」

扉についていた金属製のバネがこわれたので、ジョーが予備にもっていたパンツのひもに取りかえた。

「金属のバネより、こっちの方がよほど静かでいい」

ジョーは理系の学生らしく、自分で工夫したパンツのひも製のバネを自慢した。それでも人が出入りするたびに相変わらず扉はバタンバタンとうるさい音をたてる。とは言ってもよその部屋より少しはうるささが弱まった。

「ああ、腹減った。今夜はいつもの夕食が出なくてさ、オレ、食いっぱぐれてしまったんだ」

「どうしたん」

「うん、母親が学校のPTAの会合に出かけちゃってさ、オレの分までは夕食の用意がなかったんだ」

倉成は哀れな声を出した。夕方の家庭教師の楽しみは、そこの家で豪勢な夕食にありつけることだ。

今夜は、そのあてがはずれてしまったわけだ。

「今夜は残食あるかな」

「さあ、どうかな。夕食たべてた寮生は多かったから、あんまり残ってない気がするけど」

猿渡は、気のりしない返事をした。寮食堂の夕食が相当の量で残ったときには、同じ献立を安くして売り出すことになっている。残飯ではなく、残食と呼ぶ。夕食は正規の炊事夫さんたちがつくり、おばさんたちが配膳する。しかし、残食は寮委員会の所管だ。寮委員になっている寮生が交代で当番になって、メシとおかずを皿に盛りつける。残食はボリューム満点のうえ、夕食よりぐっと安く、三〇円で食べられるから、寮生に圧倒的な人気がある。夜の九時半に、「今晩は残食があります」と案内放送がかかると、お腹をすかした寮生が一斉に部屋をとび出して配膳口の前に行列をつくる。残り残りものだから、行列をつくった全員にまわるとは限らない。行列の途中で配膳が終わってしまうときは、「アアーッ」という深い溜め息が列のうしろから一斉にもれ出る。東大生の出身家庭の所得水準は、金持ちの子弟が通うと世間から見られている慶応大学を抜いて日本一高い。これは事実だ。しかし苦学生もいる。

猿渡の部屋にはどこかのセクトに属してる活動家は一人もいない。みんなノンポリだ。かといって、がり勉タイプでもない。そんななかでマスオは真面目に勉強している。現役で文Ⅰに合格したマスオは、暇さえあれば本を読んでいる。

「あいつ、将来は官僚になって、政治家になることでも考えているんじゃないの……」

同じ文Ⅰ生で二年生の沼尾がマスオについて、本気なのか冗談なのか分からない口調で猿渡にこう言ったとき、「なるほど」と猿渡は素直に納得した。部屋が夜の一二時前に静かになるということはない。それどころか、そのころになると決まって、「おーい、即席ラーメン残ってないか。誰か恵んでくれよ」と言いながら入ってくる者がいる。その常連のひとりが同じ社会研の向かい部屋B室に住んでいる毛利だ。毛利はマージャンが好きな文Iの二年生で、いつも小さな一人用の手鍋とハシだけもっていきなり現われる。憎めない人柄で、誰かが即席ラーメンをただで譲ってやるのを、毛利はいつもニコニコして受けとる。毛利がいつも貧乏しているわけではない。たまには、「今日はマージャンでもうかったから豪勢にいくぞ」と誘いかけてくることもある。そんなときには下の商店街に深夜、ゾロゾロと寮生がくり出すことになる。ところが、そんなことは滅多にはない。とにもかくにも夜の一二時までは、まだ宵の口だ。それでも午前二時をすぎると、さすがの駒場寮も全体が静かになる。

二〇歳《はたち》くらいの男ばかりが六人もいるのだから、

駒場寮は家具つきだから、布団と本をもちこむと、その日から生活ができる。

北寮一階に売店がある。その前に「桑の実」が陣取っている。ここは民主派の拠点だ。売店が襲われるのを避けたいという寮委員会の配慮による。寮委員会は民主派が握っている。寮委員会は駒場寮の運営に全面的に責任をもっている。学部当局が寮運営に口を出すことはない。寮生による完全な自治が確立している。

●自治委員・代議員●●●

4月17日（水）、駒場

フランス語の授業がやっと終った。猿渡は人知れず深い溜め息をついた。ええーっ、大学の授業って、こんなに速いのか……。予習・復習をきちんとしなければ、とても、ついていけそうにない。予備校で猛勉強したから、少しひと休みしたいと思っていたのに……。茫漠とした思いが胸中に広がる。

喜多村助教授が教科書をたたみ終わって立ち上がろうとしたとき、紺野がいつのまにか横に立っていた。助教授に軽く会釈して、「クラスの皆さんは、ちょっとだけ残って下さい」と呼びかけた。立ち上がろうとした者も腰をおろし、これから何が始まるのか待ち構える。

「このクラスを代表する自治委員と代議員を選出しなくてはいけません」

へー、そんな生徒会みたいな係が大学にもあるのか。猿渡は高校で生徒総代をつとめたことを思い出した。生徒会長とは言わず、生徒総代と古めかしい名前がついているのは、戦後の旧制中学以来の伝統を誇るということのあらわれだった。総代の選出は立候補制だ。対立候補がいたから、猿渡はタスキをかけて休み時間に応援弁士とともに学年の違うクラスも訴えてまわった。いったい何を訴えて歩いたのか、さっぱり覚えていない。対立候補と政策的な違いがあったかどうかも定かではない。要はやる気、ガッツを示して、生徒の共感をかちとれたかどうかだ。あまり自信はなかったが、対立候補と言っても隣りのクラスの生徒に僅差で当選することができた。

「大学の自治を支えているのは、実のところ学生なんです。ですから、この自治委員とか代議員というのは、東大の自治を支えるカナメともいうべき大切な役割を担っているのです」

紺野の話は下手するとダラダラと続きそうな気配だ。教室のうしろの方から「おーい、分かったぜ。それで、どうやって選ぶんだー」と、大きな声が飛んできた。聞き慣れた主税の声だ。

「まだ、お互いよく知らないんだから、なりたい人がまずは手をあげてもらった方が早いんじゃないの」

「異議なーし」

別の声が応じた。なんだか無責任な響きのする声だ。誰なんだろう。ふり返ったとき、猿渡は神水と目があった。神水の意外に真剣な目付きに、猿渡も居ずまいを正した。

「それじゃあ、なりたい人に手を上げてもらって、それについて信任投票みたいにして投票するっていうことで、いいですか」

紺野が問いかけると、「異議なーし」の声とともに賛同の拍手がパラパラとおきた。

「では、立候補したい人は、手を挙げて自分の名前を言って下さい」

まっさきに最後列の小柄な男性が手を挙げた。

「オレは自治委員に立候補する。刑部、おさかべ、だ」

刑部は、じっと黙って様子を見ていた。その眼つきからして、いかにもどこかのセクトの活動家だという風情だ。負けじと、さっき猿渡と目のあった神水が手を挙げる。

「それじゃあ、ぼくも自治委員に。神水、くわみず、です」

ええーっ、なんで神水が手を挙げたんだろう。猿渡には意外な成り行きだ。

「ほかには?」

こうやって自治委員の定数二人の枠はすぐに埋まった。あとに続く声はあがらない。紺野が「この二人以外に立候補する人はいないようです。信任投票するまでもなく、当選という扱いでいいでしょうか?」と問いかけると、拍手と「異議なし」の声で承認された。

「じゃあ、次は代議員です。こちらは五人だったかな」

紺野が自信のない言い方をする。猿渡は、こんないい加減な調子で大学の自治の根幹になるという係を決めていいものか、少しばかり不安になった。でも、まあ、いいか……。

「それでは、順に手を挙げて名前を言って下さい」

紺野の呼びかけに、次々に手が挙がった。二人の女性が真っ先に手を挙げたのに猿渡は目を見張った。いつだって冷静そうな蓬田《よもぎだ》鳩子と、とがった細目の眼鏡がよく似合ういかにも女性評論家風の神宮小百合だ。この二人を敵にまわしたら、このクラスでやっていく自信なんてないよね。

ストーム

扉が激しく叩かれ、大きな音が部屋中に響く。廊下で騒々しい足音がする。

「何事か?」と思って猿渡が廊下に出てみると、薄暗い廊下に五人ほどの寮生が肩を組んでいる。どなり散らす言葉づかいから相当に酔っていることが分かる。

「われこそは明寮（めいりょう）三Ｂ・アジア文化研究会、アジ文研である。明寮の同志諸君、いざわれらがストームに加われたし」

ひとりが叫ぶと、残る四人が「オーウ」と呼応する。

ああ、これが駒場寮名物のストームってやつか。猿渡は安心した。酔っ払いに下手に逆らうと何をされるか分からない。三十六計、逃ぐるにしかず、だな。すぐに部屋のなかに避難する。

「ああ、玉杯に花うけて……」

肩を組んで、ゲタをわざと高鳴らす様は、まさしく戦前の一高の寮生のストームそのもの。ただし、弊衣破帽とはいかない。学生服は着ていないし、学生帽もかぶってはいない。それにしても参加者が少ないせいか、どうにも気勢があがらない。部屋での飲み会で盛りあがった勢いで廊下に飛び出してきたようだ。これが若い男の欲求不満のはけ口なんだよな…。呼びかけにこたえる者は誰もいない。ストームをかけたアジ文研の寮生たちは、悔しまぎれに部屋の扉をひとつひとつ足蹴りし、とぎれとぎれ歌をがなりたて、廊下を蛇行しながらすすんでいく。

いや、行く手の部屋から寮生が一人出てきて立ちはだかった。

「アジ文研、インポーッ」

ストームの連中も負けじと叫びかえす。

「なにをー、明寮生、インポーッ」

「オレタチ、みんな、インポだーっ」

声ばかりは大きいが、中味が貧しい。

行く手を阻む男の数がふえ、あわや肉弾戦が始まる気配だ。それぞれスクラムを組み、そのままぶつかりあった。そのうち笑いながら、「苦しいぞー」という叫び声があがった。お互いに顔身知りなのだ。「やあ、やあ」と肩を叩きあい、アジ文研のストームはそのまま蛇行を続けた。もやもやを発散させたい。そんな思いが蛇行する男たちの全身からあふれ出ている。

気がつくと、外は小雨が降っている。窓をあけると少し冷気すら感じる風が吹きこんできた。猿渡は大きく両手を開いて深呼吸した。

夕刊の大見出しに、明日、霞が関に三六階建の超高層ビルが開館するとなっている。世間はなんて景気がいいんだろうな。

たしかに日本は戦後三度目の好景気が続いていた。一度目は一九五五年から五六年にかけての神武景気。二度目は一九五九年から六一年にかけての岩戸景気。そして、三度目が三年前の一九六五年からこのあと七〇年まで続いた、いざなぎ景気であった。

高度経済成長が続くなかで産業構造が急激に変化していった。輸出品の主力は船舶から自動車、家電そして機械となった。輸出額も一〇〇億ドルをこし、国際収支の黒字が定着して、日本は外貨不足の心配をしなくてすむようになった。

●ダンパ●●●

4月20日(土)、駒場

目が覚めて外に出てみると少し膚寒い。空を見あげると今日もよく晴れそうだ。今日も一日何の予定もない。寮食堂で朝食をとって部屋に戻ると、そのままベッドに倒れこんだ。寝っころがりながら新聞を読む。

あー、ひまだ、ひまだ……。

バタン、バタン。入口の扉がうるさい音をたてる。ジョーが顔を出した。

「おい、今夜のダンパ、行かないか?」

「えっ、何?」

ダンパって、何なんだ。猿渡は初耳だった。

「おまえ、東京の予備校に一年もいて、そんなことも知らないのか。情けない奴だなー、もう。まったく」

哀れみの目でジョーは猿渡を見おろした。

「ダンスパーティーのことだよ、ダンスパーティー。おまえ、よっぽど女の子に縁がないんだな」

「ええ、まあ、残念ながら、そのとおりでありまして」

ここで見栄を張っても仕方がない。猿渡は、素直に認めた。女の子と話をしてみたい。これは心の底からの真剣な願いだ。駒場寮のなかにじっとくすぶっていても、女の子と話せる機会はまったくないことは先刻承知ずみのこと。とはいっても、何の手がかりもないから悶々とするしかない。

ダンスパーティーって、なんだかお金がすごくかかりそうだな。学生会館の貼り紙には高い入場料が書いてあったぞ、たしか……。

猿渡がためらっている気持ちを、ジョーはいち早く見破った。

「心配するな、お金の方は。タダ券もらってきたからよ」

あー、やれやれ。なんとかなりそうだ。でも、もうひとつ心配なことがある。いや、こちらの方が、より深刻だ。社交ダンスなんて踊ったことがない。映画で紳士・淑女が軽やかにステップを踏んでいるシーンを見たことはある。でも、そんなの自分とは全然別世界だと思ってきた。一年間の東京での予備校生活では、女の子にもダンスにも全然縁がなかった。「実は」と猿渡が恐る恐る切り出そうとすると、ジョーは早くも察して笑顔を見せた。

「踊れないんだろ。とっくに分かってるって、そんなこと。心配しなくていい。講習会つきなんだから。だいたい田舎からポット出の東大生がダンスを踊れるなんて、誰も思っちゃいないから、安心しなって」

ジョーは真面目な顔でつけ加えた。

「といっても心配だろうから、オレが今から少し手ほどきしてやるからな」

ジョーはワルツの基本のステップをゆっくり踏みはじめた。

「ワンツースリー。ワンツースリー」

見よう見まねで猿渡も足を動かす。子どものころから運動神経は鈍かったんだよな。誰に似たのかな……。内心、そう思いながらも、ジョーの足の動きに必死についていく。ジョーは、いかにもぎこちない猿渡の足どりを見ても、決して冷やかさない。むしろ、おだて上手だ。

「うん、その調子。いいぞ。いいぞ。ほら、その調子だ。あっ、いや、そうじゃない。こうだ」

ジョーは何度もお手本を示してくれる。

少しはついていけるようになったかな。猿渡が、小さく溜め息をついていると、扉が開いてキタローが入ってきた。

「おーっ、おまえさんたち何してるんだ」

キタローは大げさに驚いた。ジョーが足どりを止めた。

「おっ、いいところへ来た。今夜のダンパの練習だ。一緒に行こうぜ」

「えっ、今夜、ダンパか……。行ってみたいな。でも」

「どうしたのか。お金の心配か。そっちのことなら」

ジョーが言いかけると、キタローが両手で制するようにして「いや、なに、今夜は家庭教師に出かけなくちゃいけないもんだから」と小さくつぶやいた。

「そっかー、そいつは残念だな」

ジョーも、家庭教師に出かけると聞いたら深追いはしない。それでもキタローは、ちょうどよい機会だと言ってステップをジョーにならって踏みはじめた。猿渡と違って、キタローの足取りは軽やかだし、リズミカルだ。とても初心者とは思えない。

「おめぇ、なかなかうまいじゃんか」

ジョーは感心したように言った。キタローは得意気な様子で、両手は女性を抱く格好にしてステップを続ける。

夕方、猿渡は構内にある同窓会館にジョーと二人で出かけた。建物の周囲は人だかりがするほど大勢の学生がたむろしている。男子学生は大半がブレザーを着ている。派手な赤いネクタイをしている学生も多い。女子学生も、正装をしてやってきました、そんな感じだ。猿渡はひどく気遅れした。フロアーでは講習会が既に始まっている。

猿渡はジョーに背中を押されるようにして中に入っていった。

何人ものリーダーがステップの基本を手本に示してくれる。猿渡はジョーに先刻教えられたことを思い出しながら、ステップを踏んでいく。

曲にあわせて何とか身体が動かせるようになったころ、パーティーが始まった。外で待っていた学生たちがゾロゾロと中へ入ってくる。おっ、あれは神水だな。今夜は、かなりめかしこんでるぞ。ブレザー姿にネクタイまで絞めちゃって。おやっ、連れの女性は誰だろう。人混みのなかで見失ってしまった。

あっ、マドンナがいる。猿渡の胸が高鳴った。誰と踊っているんだろう。

神水だった。意外や意外。めかしこんではいても、存在自体に田舎臭さがにじみ出ている。もっとも、四国の片田舎から出てきた自分も負けてはいないけど……。

神水の足つきは真剣だ。何事も必死に真剣に取り組む性格のようだ。それに比べると相手役のマドンナには余裕がある。笑顔がなんともいえない。うっとりしている。そんなムードだ。こんなことがあっていいのか。猿渡は嫉妬心に駆られた。

だんだん余裕が出てくると、会場内に同じクラスの連中を何人も発見した。プレイボーイ気取りの帆士は派手に身体を動かしている。九州出身というのに、臆することもなく大きな声で次々に女性にアタックしている。ちっとは見習わなきゃいかんな……。猿渡は大いに反省させられた。

主税はセンスがあるのか、軽やかにステップを踏んで相手の女性をリードしている。

パートナー交換タイムになった。相手の女性を見ないまま挨拶し、頭を上げると、なんとマドンナが目の前に立っている。「よ、よろしくお願いします」と、猿渡はかすれた声で辛じて挨拶した。

なぜかマドンナは身体を密着させて来る。えっ、どうして。周囲もびっしり踊っているので逃げるわけにもいかない。そんなにくっついてきたら、オレ、困るよ。そう思っていると、急に勃起した。

ええーっ、そんな気はなかったのに……。恥ずかしい。気になって仕方ない。マドンナは、そんな猿渡の思いを知らず、身体を密着させたまま一心に踊っている。猿渡は勃起した分身が気になって仕方がない。もう足のステップどころじゃない。オレって変態なのかなあ。つい顔が赫らんでしまう。とても踊りに集中できない。さっきからステップを間違えてばかり。隣りで踊っている女の子の足を踏まないよう、そっと足を踏み出すので、どうしてもワンテンポ遅れてしまう。いやいや、自分で自分が嫌になってしまう。おーっ、恥ずかしい。脇の下に冷や汗が流れる。マドンナが「どうかしたの」、怪訝そうな顔つきで猿渡の顔をまじまじと見つめた。眩しい。慌てて目をそらす。ああ、ダンスって疲れるもんだね……。

次はワルツだ。ジョーが壁の花になっていた女性を二人ひっぱってきた。女子大からやってきたものの、人の波に怖じ気づいて、二人とももじもじしていたのだ。猿渡は「ダンスは今日が初めてです。よろしくお願いします」と声をかけて女性と向かいあった。

曲が始まる。やっぱり思うようには足が動かない。相手の女性は、なんとか猿渡の足を踏まないように、うまくリードしてくれる。それが分かると、猿渡はますます身体がコチコチになった。まるで油の切れたロボット。ガチガチの動作しかできない。関節の動きがボキボキ音をたてそうな気配だ。一曲終るまでに他のペアーと何度もぶつかりそうになった。いや、何度かぶつかったのだろう。それすら分からない。ともかく相手の女性の足を踏んづけないようにしよう。それだけを念じて、ずっと下を向いてステップを踏みつづけた。脇の下が冷や汗でびっしょりになるのが自分でも分かる。

相手の女性は微笑みながら、軽やかにリードしてくれる。それだけが救いだ。やっと一曲が終った。もう十曲くらいステップを踏んだ気がする。女性の方から先に小さく目礼しながら「ありがとうございました」という声がかかった。猿渡もあわてて「こちらこそ」と頭を下げて礼を言った。

尚美《なおみ》は高校のとき同じクラスだった美由紀に誘われ二人でやってきていた。このところ暗い顔をして冴えない尚美に美由紀が気晴らしになるわよと声をかけたのだった。

ノドがカラカラだ。猿渡は次の曲が始まる前にフロアーを脱け出した。夜店のように学生がジュースなどを売っている。ジュースを一本買ってラッパ飲みすると、ようやく人心地がついた。ややっ、小百合も来ているぞ。誰かと楽しそうに踊っている。いったい、どこのどいつだろう。死角になって顔が見えない。

次の曲が終わったとき、ジョーが捜しにやってきた。

「おい、もう少し積極的にアタックせんといかんぞ。相手の女性の身にもなってやれ」

耳うちされて初めて、猿渡は自分の足のことしか頭になかったことに気がついた。そうは言っても、それなりに必死で足を動かしていたんだものなー。と言いつつも、やはり相手の女性の身に立って考えたら、一曲終わるとさっさと相手の男性に逃げ出されたと感じたら、いかにもみじめだろう……。

それはよく分かる。

ジョーは猿渡をもう一度フロアーの中へひっぱりこんだ。猿渡は、ジョーの強引さがうれしくもあったが、反面疎ましくもあった。もっと運動神経が良くて身のこなしもステップも上手に踏めるのなら、何も好きこのんでフロアーから逃げ出したりはしないさ。先ほどの女性を捜し出して、その前に立った。

「先ほどは失礼しました。またよろしくお願いします」

とは言うものの、急にダンスが上手に踊れるわけはない。軽やかに踊っているカップルの隣りで、ぎこちなく、女性の足を踏みつけるのをひたすら心配しながら足もとばかり見て踊る姿は、いかにもみじめだ。

やっぱり、ダンスパーティーなんか来るんじゃなかったなー……。踊りながら、猿渡は、ダンスに手を出すのはやっぱりやめておこうと結論を出した。

尚美の方も、相手の男性が全然楽しそうに踊ってくれない様子を見て、きっと私に魅力がないからだわ、すっかり落ちこんだ。やっぱり、こうなるのよね。駒場になんか来なければ良かった。美由紀が遠くで楽しそうに踊っている姿を見かけた。世の中って、本当に不公平だわ。美由紀なんて、勉強ができて、容貌も人並み以上で、それに、運動神経がいいからダンスも楽々踊れるし……。でも、神様をうらんではいけないのよね。どうあがいたって、私は私なんだから……。

●読書会●●●

4月25日（木）、駒場

朝からよく晴れて気持ちがいい。構内に鮮かに赤い若葉が周囲の新緑に映えている。たしか芽ふき紅葉《もみじ》という名前だと母から教えられたような気がする。

大教室で法学概論の授業を受ける。嵐山教授は自分の書いた本を教科書として指定していて、授業内容はほとんど書いたとおり。なーんだ、という気が先に立ったせいか、ちっとも頭に入ってこない。もっと教え方に工夫があってもいいんじゃないの。猿渡は腹立たしさと同時に幻滅を感じた。

それでも昼近くなるとお腹が空いた。今日は寮食堂じゃなくて学生会館の方へまわってみよう。並木道のところでマスオと出会ったので、二人して食堂へ向かう。いやいや、すごい雑踏だね。まるで渋谷駅の改札口なみの混みようだ。

駒場に六七〇〇人の学生がいるのに、食堂の椅子はわずか二四〇人分。どう見たって計算があわない。だから、東大生は、またもや昼間から席取り競争に駆り立てられる。とは言っても、食堂の供給能力は一日三〇〇〇食。ということは、駒場の全学生が登校してきたときには半分以上の学生があぶれるということ。厳しい弱肉強食の世界がここにもある。寮食堂を利用する通学生もいることはいるけれど、やはり少ない。いくら値段が安くても、メニューが限られているから、いやだ。どうしても通学生は敬遠してしまう。

なんとか二人分の食券を買い、席も確保した。

「聞きしにまさる混みようだね」

「うん」マスオは素直にうなずく。

「これじゃあ、食堂で隣りあわせに座った美人の女学生と何かの拍子に会話がはずんで、たちまち意気投合する。そんな展開は望むべくもないよな」

「まったく、そんなの夢のまた夢だね」

猿渡は意気消沈した声で、「マドンナと劇的に再会して意気投合するなんて夢を見ていたんだけどさ、儚い夢でしかなかったよ……」

「えっ」マスオが耳ざとく訊き返した。

「マドンナって、誰のことなんだい？」

「わが予備校随一の美女ってうたわれていた美人のことさ」

「東大生にそんな美人がいたかなー」

「うん、たまにはいるさ」

猿渡が確信をもって断言すると、マスオも反抗はしない。

「世の中にたえて美女のなかりせば、春の心はのどけからまし、そんな心境だね」

「おっ、業平だね、それって」

「そのとおり。古今和歌集、在原業平っていうのがすぐに口から出てくるところに受験勉強の成果がしっかり身についているってことなんだよね」

猿渡はマスオの言葉に苦笑いで応えた。

六人部屋の生活にもようやくなじんできた。夕食後、六人は思い思いにくつろいでいる。倉成とマスオは、自分たちのベッドにそれぞれ寝ころがってプロ野球の展開を予想している。ジョーと猿渡はグループサウンズの話から好きな女優の話へと発展していた。二人ともサユリストだということが分かって、意気投合した。キタローは、そばで二人の話を聞きながら朝刊を読んでいる。さっきから静かに夕刊を読んでいたはずの沼尾がいきなり大きな声をあげたので、あとの五人は何事かと思って沼尾をふり返った。

「おい、みんな聞いてくれよ。せっかく同じ部屋でこうやって生活するようになったんだから、ダベリングばかりじゃなくて、読書会をしてみたらどうかと思うんだ」

社会研の部屋では、すでに週に一度、夜にダベリングタイムをもうけることになっていた。これには、のべつまくなしにそばでダベっていられると、勉強の邪魔になって困るという倉成やキタローたち理系の意向も反映されていた。文系とちがい、理系は実験レポートの提出があるし、物理や化学の授業についていくのには予習・復習が欠かせない。文系のマスオも猿渡も話し合いには飢えていたので、ダベリングタイムの設定に賛成し、たちまち衆議一決した。毎週土曜日の夜、七時から一時間ほどをダベリングタイムとして始めた。一度やってみると、お互いの話の中味がかなり薄っぺらなものだということがよく分かった。あまりに世の中のことを知らなさすぎる。少しはまとまった話だなと思って聞いていると、新聞の受け売りの話にすぎないことがほとんどだ。話すべき材料に乏しいし、それを掘り下げて議論するという訓練もうけていないから、話はあっちに飛び、こっちに飛ぶ。要するに何の話をしているのか分からず、ダベリングタイムも欲求不満のひとつになった。沼尾の提案は、これを読書会に切りかえようというものだ。

「そうなんだよね。少しは世の中のことを知らないといけないって気がする。ぐだぐだと取りとめもなく話してるより、何か本を決めて、ひとつのテーマで意見交換でもした方がよっぽど建設的だし、身につくかもしれない」

マスオが真面目な口調でつぶやいた。

「それで、岩波新書を毎週一冊ずつ読んでいって、その感想を出しあってみたらどうだろうか?」

マスオが同調して気をよくした沼尾は、みんなの顔を見まわして、いつもの甲高い声で提案した。

キタローが、「ええっ、一週間に一冊のペースで本を読むの?」と、驚きの声をあげる。

「そんなの簡単だよ、簡単」

ジョーがキタローをなだめた。

「大学生が一週間で新書の一冊も読めないで、どうするんだよ」

キタローも、遊び人間のジョーにたしなめられると、返す言葉はない。ジョーはマージャンに熱中しているが、案外、本好きのようで、ジョーの本棚には理系の本にまじって、哲学から心理学まで本がずらり並んでいる。

「岩波新書なら、いろんな分野のことがコンパクトにまとめられているし、偏った視点もなくてとっつきやすいから、話題の提供としてはいいんじゃないかな。オレもやってみたらいいと思う。たまにはお互い知的刺激も受けなくてはな」

「ジョーのは、やまいだれの痴的刺激の方じゃないのか。少しばかり心配しちゃうな、オレ」

キタローが逆襲するが、ジョーもそれくらいではへこたれない。

「痴人の愛というけれど、知識人も痴人も似たようなもんじゃないか」

ジョーの切りかえしが笑いを呼んだ。沼尾は同じ二年生ということで、あらかじめジョーに根廻ししていたようだ。一年生の四人が賛成してくれたのが分かると、沼尾は満足そうにいった。

「じゃあ、善は急げ、というから、今度の土曜日から始めよう。最近読んだ『誤った裁判』という本がすごく面白かったので、まずは、ぼくがレポーターというか、話題の口火を切ってやってみるからさ、みんな買って読んどいて」

倉成が、「ええっ、まわし読みするんじゃないの?」と素頓狂な声をあげた。横にいたマスオが、「岩波新書くらい自分で買えよな」と、たしなめる。

「そんなことより、読書会で何かレポートしなくてはいけないのか。オレ困るんだよな。オレ、そんなこと苦手なんだ。オレのときには誰か替わってくれないか。代わりにおごってやるからさ」

キタローがいかにも困ったという口調で見まわして哀願した。ジョーが、「ダメダメ」と手をふった。

「おまえさ、そんなこと言ったって、社会に出たら、いつだって意見発表を求められるんだぞ。今のうちから人前で意見を言えるように訓練しておいた方がいいんだぞ」

「それは分かるんだけど、そうは言っても苦手のものは苦手なんだよ。だからオレは人間相手の文系じゃなくて、試験管相手で生活できるように理系を選んだんだし……」

キタローは弱々しく首をふった。

「まあ、そんなに気にすることはないって」

今度は、沼尾がキタローのなだめ役にまわった。

「何事も経験なんだから、やってみるうちに案外、自分の知らない側面が発見できるかもしれないよ」

社会研は明寮の一階の奥に向かいあってSとBの二部屋を占めている。読書会が始まることになったのは猿渡のS室だけ。もう一つのB室の方は呼びかける人間がいないから読書会はできない。だから、B室の寮生がS室の読書会に参加したいなら認めようということになった。

駒場寮は古い建物だけに天井は高い。六人の寮生はそれぞれ好きなように机とベッドを配置している。神経質なキタローは、「明かりがまぶしいと眠れない」といって、机のまわりにカーテンをとりつけ、自分のお城をつくりあげた。猿渡も神経質な方だったが、カーテンを取りつけると、何だか孤立している感じがして気にいらない。だから、衝立てがわりの本棚を机の上においただけで、あとは何もしなかった。本棚に並べる本もほとんどない。

そうか、岩波新書くらいは少しずつ読まないといかんな。猿渡は決して本が嫌いなのではない。むしろ本好きの方だ。しかし、長い受験生活のなかで、本を読みたいという欲求をずっと押し殺してきていたので、急に受験の重しがはずれても、読書欲がわき出てくることがなかった。今ようやく、その芽ばえを感じた。

●子ども会パート●●●

4月26日（金）、北町

尚美は、先週のダンスパーティから落ち込んだ気分のままだ。空虚って、きっとこんな状況をいうんだわ。今朝の新聞に自殺者が年間一万五〇〇〇人もいて、日本の自殺率は世界のトップクラスだとあった。まさかわたしが自殺するなんてありないけど、それにしても……。ひしひしと寂寥感が身を包む。いったい、わたしは大学に何を求めてきたんだっけ。これから一体どうしたらいいのかしら。

桜の花は早くに散ってしまい、もう緑の濃い葉を身一杯にまとっている。しなやかな葉に陽がさし、そよ風を受けて気持ちよさそうに揺れている。今年は早くもハナミズキが人眼を魅きつける艶っぽいピンクの花を咲かせている。隣には鮮かな紫色のハナズオウが枝ごと花になり、天に向かって突き出ている。心を浮きたたせていい春なのに、尚美の心は鈍く沈んでいる。

ツバメが一羽さっと飛んでいくのが見えた。あら、もう寒い国から渡ってきたのね。季節の移り変わりだけは、いつも間違いないのよね。でも、わたしは……。

高校時代に入っていた茶道部の延長で学内の茶道クラブに顔を出してみた。でも、あまりに些末な形式にこだわり、上下関係の異常な厳しさにたちまち息が詰まった。とてもこんなところは辛抱できないと思って退部を申し出ると、先輩たちが露骨にいやな顔をした。

「そういうことは、たった一週間くらいじゃ何も分からないものなのよ」

「そういうこと」が何を意味をするのか、尚美には分からなかったが、それを知りたいとも思わない。

ひたすら退部を願い出て、ようやく先輩たちにあきらめてもらった。組織のいやらしさを垣間見た思いをして尚美は茶道クラブを去った。

次に、教会に顔を出してみた。「蔦のからまるチャペル」という歌そのままの小さな教会堂が大学の構内にある。ミッション系の女子大だから、あるのも当然だ。うす暗い教会堂のなかで、ありがたいお説教を聞いてるうちに、自分が求めているのは、こことは違うなという気がしてきた。なにより、ここでは友だちが見つかる保障がない。尚美は、何でも話せるような、心の許せる友だちが欲しくてたまらない。

午後から、糸杉の並木路の両側にいろんなサークルがテントをはって勧誘の声を枯らしている。女子大なのに、男子学生も結構来ている。混成合唱団とか、他の大学から応援に来ているのだ。尚美がキョロキョロしながら歩いていると、「読んで下さい」、ひょいと横から男の声がかかってビラを手渡された。立ちどまって何気なくビラをながめはじめる。泥臭い感じのビラに、こう書かれていた。

「真実を学びとろうとするあなたに、北町から呼びかける。北町セツルメント」

セツルメントって、いったい何。北町って、どこかしら。尚美は、立ちどまったまま、ビラのつき出された方向に眼を向けた。並木道の切れ目にベニヤ板一枚の立て看板があり、倉庫からでも運んできたらしい古ぼけた机とイスが一対おいてある。机の上にパンフレットが乱雑に積み重なっている。尚美は机の方に近づいて、ビラを差し出した先ほどの男子学生に向かって訊いた。

「セツルメントって、わたし聞いたことがないんですけど、いったい何なんですか。何をするところですか？」

そのとき、男子学生は二人いた。一人は少し離れた路上でビラを配っている。尚美のストレートな質問を受けた男は、「あのう……」と、おずおずした調子で説明をはじめた。自信がないというのではなく、少しどもる癖があるというだけだということがすぐに分かった。真面目に話そうとすると、余計に緊張して、どもってしまうようだ。

「セツルメントって、戦前、イギリスで始まったものなんですけど、地域に出かけていって定着する、ほらセツルメントっていう英単語があるでしょ、あれですよ。子ども会とか若者サークルとかに入って、そのなかで地域の矛盾をつかみながら、学生が現実を通して学んでいこうとするサークルです。一言では、なかなかうまく説明しきれないんですけど、無理して一言でいうと、そうなります」

わたし、時間があるから別に無理して一言でいってくれなくてもいいんですけど……。尚美はよっぽどそう言ってあげようかと思ったが、真剣に説明しようとしているのに水をかけたら悪いと思って、軽くうなずくだけにした。

ビラを配り終ったらしく、もう一人の男子学生も「雨が降らなくて良かったよ」と言いながら近づいてきた。度の強そうな部厚いメガネをかけている。眼つきのやさしい丸顔の男だ。

「いろんなパートに分かれているんです。子どもたちと一緒になって遊んだり勉強を教えたりする子ども会パートもありますし、青年労働者を主体とする若者サークルに入ってサークル活動をしている青年部パートもあります。いろんな大学から集まってきていて、楽しいし、いろいろ考えさせられるサークルですよ。一度、ぜひ、北町に見に来ませんか」

尚美の心が、このとき大きく動いた。いったい何が自分を魅きつけたのか、あとで考えると自分でもよく分からない。泥臭いビラが良かったのか。それとも説明してくれた男子学生に魅かれたのか。あるいは北町のイメージを勝手に描いて、それに魅きつけられたのかもしれない。

ともかく、尚美はさっそく明くる日、北町まで出かけることにした。机の上のパンフレットを手にとって、北町までの道順を確認する。パートはとりあえず子ども会だ。だって子どもは可愛いいんだもの。自分でも、もう一回あの天真爛漫の時代に戻れたらいいな、といつも考えていた。子どもがみな純粋だとは尚美だって思わない。だけど、子どもたちと一緒に遊べる。それを聞いただけで、他の説明は聞かなくてもいい、そんな気分だった。

●運動会ごっこ●●●

4月27日（土）、北町

早目に昼食をすませて、尚美は北町へ出かけた。さすがに一人では心細い気がしたので、寮で同じ部屋の雅子と史江が暇そうしていたから前の晩に声をかけて一緒に出かけた。三人は国電を乗りついで、バスに乗った。朝のうちは公労協の統一ストの関係でダイヤが少し乱れていたが、尚美たちには影響なかった。海辺の方向に向かってバスはすすんでいく。昼間なのに、石油工場の高い煙突から燃えるガスの炎があがっているのが見える。石油くさいし、ホコリっぽい。空がどんよりしているのは、曇天のせいかしら、それとも空気が汚れているからなのかしら。大きな製鉄所の隣に、小さな町工場も見える。防具面を手にした労働者が機械の熔接をしている。強烈な火花が眩しい。隣でクレーンが動き、大きな音がガンガン響いている。工場のあいだに、社宅のようなアパート群がある。小さいながらもブランコやすべり台のついている公園もある。古ぼけた木造アパートが大きな工場の陰に見えている。えっ、こんなところにも人が住んでいるのかしら……。

尚美が目を見開いているうちに、きのう教えられたバス停に着いた。北町二丁目だ。バス停は小さなパチンコ店の真ん前にある。勤め帰りの労働者向けのパチンコ店かしら。でも、すりガラスのなかに昼間から客が入っているのが見える。買物カゴを下においてパチンコに興じているおばさんたちがいた。小さな商店街を通り抜けて、裏通りの狭い路地を入っていく。近道なのかしら。洗濯物があっちにもこっちにも干しっぱなしになっている。いかにも日当りが悪い。ようやく目的地の公園に着いた。公園のまわりは、二階建の古ぼけた民間アパートと長屋式の平屋建ばかりだ。公園には砂場とブランコ台しかない。子どもたちが大勢いて騒々しい。真ん中あたりに小柄な女子学生が一人立って、子どもたちに何か一生懸命に説明している。

尚美たち三人が近づいていくと、その女子学生はニコニコしながら手招きした。

「いらっしゃい。ちょうどよかったわ。これから運動会ごっこをするところなの。今日はセツラーが二人も休んで、わたし一人なのよ。ちょっと手伝ってね」

子どもたちから「ヒマワリ、早くしようよ」と呼びかけられ、あわてて先ほどの位置に戻っていった。本当にヒマワリのような丸い明るい顔をしている。尚美たちは、ヒマワリがいかにも楽しそうに子どもたちと話している方へ近づいていった。

「えっ、今ごろ運動会するのかしら」

尚美に、史江が話しかけた。史江は思ったことは何でも言わないと気がすまない性格だ。

「まあ、いいじゃないの、ゴッコ遊びなんだからさ。史江」

尚美に代わって、雅子が史江をなだめた。雅子には事なかれ主義のところがある。

ヒマワリが説明していたのは、要するにリレー競争のルールだ。子どもたちは、「小さい子がいるよ。どうするの?」と、疑問を投げかける。

「小さい子たちにも走らせてあげようよ」

小学五年生くらいの赤いスカートをはいた女の子が提案すると、「そうだ。そうだ」「ワーイ」と賛成する声、喜びの声が一斉にあがる。学校の運動会に参加できなくても、ここなら大きい兄ちゃん、姉ちゃんたちにまじって走ることができる。期待に胸をふくらませて、小さい子たちがヒマワリのまわりに殺到する。ヒマワリが、少し心配そうに言った。

「でも、最後まで走れるかしら?」

初めに提案した女の子が、「うん、大丈夫だよ」と、すぐに答える。

「スタートラインを変えたり、走る長さも短かくしてやればいいんだよ」

「なるほど、そうね。そうしましょう」

ヒマワリは即座に決断を下す。

「みんな同じだと、かえって平等でも公平でもないわね」

小学校の高学年の子はあまりいない。だいたい中学年の子たちがリーダーシップをとってすすめていく。学校にまだ行っていないような小さい子たちが取り巻いている。

「じゃあ、スタートラインは、ここらあたりにしましょうか」

ヒマワリが指示したところに、尚美たちがラインを引く。小さい子たちが、尚美にまとわりついて離れない。途中で小雨が少しパラパラと降ってきた。尚美は空を見上げた。大丈夫だわ。きっと本降りにはならないわ。

ようやくリレーの準備ができた。小さい子から順番に走る。なるべく公平になるように、列を並べかえる。男の子、女の子、そして、中学年と低学年の子を同じような比率に並べかえた。

どの子も単なる応援の見物人ではなく、自分も町内対抗リレーに参加できるというので、眼が輝いている。子どもたちは、自分という存在が周囲から受け入れられ認められると、大いに能力を発揮し、活気づく。子どもたちは自信にみちて、テキパキとすすめていく。ここでは、あくまで子どもが中心だ。ヒマワリたちは、そばにいて、話がうまくすすむようにアドバイスをする存在でしかない。そこに違和感はない。子どもたちも、いわば親に代わって大学生がそばにいてくれるというだけで、安心して遊んでいられる。

いよいよリレーが始まった。いくつか決められたスタートラインから、大きな笛と拍手を合図に一斉にスタートする。子どもたちの顔つきは真剣そのもの。走りながら歯をくいしばっている。次の走者にバトンタッチをするとき、バトンをとりこぼすと、「ガンバレー」という声援が、味方チームだけでなく、あちこちから飛んでくる。やせて貧相な体格の子もいれば、胸がふくらみはじめていて、この子は本当にまだ小学生なのかしらと疑問を抱かせる体格の女の子もいる。ヒマワリも尚美たち三人も、最後に走った。子どもたちが全員ゴール付近に集まってきて、しきりに応援する。ヒマワリが先頭でゴールインした。

リレーのあとは、別のゲームだ。ヒマワリが次々にゲームのルールを紹介する。カンケリ、ドロジュン、いろいろある。

夕方まで子どもたちと一緒になって遊ぶと、さすがにくたくたになった。ヒマワリは、もう子どもたちを帰す時間と判断したようだ。

「また、明日、ここの公園で遊ぼうね」

「うん。また明日、きっとね」

子どもたちは、すっかり満足した顔つきで、ヒマワリたちに声をかけながら帰っていく。

「今日は本当に助かったわ。セツラーがあと二人来るはずだったんだけど、急に来れなくなったという連絡があって、わたし心細かったのよ。本当にちょうどよかったわ」

ヒマワリが心細く思っていたとは信じられなかったが、尚美たちにしても、大いに歓迎されて、ヒマワリの役に立てたことはうれしい。

「ちょっとここから離れているけど、ハウスに寄っていかない？」

ヒマワリが誘ってくれたので、断わる理由もなく、尚美たち三人はヒマワリのあとをついていく。

長屋式の古い木造住宅が密集している。先ほどの子どもたちが、まだ家の前で遊んでいた。商店街のはずれにハウスがあった。入口は家主と共用で、下宿人が別に三人ほどいるという。ハウスは手前の左側だ。小さな四畳半で、小さな本棚には教育関係の本が溢れている。机はテーブル兼用のようだ。共同炊事場でお湯をわかして、インスタント・コーヒーをいれた。

「わたし、教育大学の二年生なの。セツルメントの方も入って二年目になるわ」

尚美は、改めて部屋を見まわした。きちんと整理整頓されていて、人が住んでいるという雰囲気ではない。

「子どもって、本当に可愛いわよね。あのパワーを分けてもらいたいと、いつも思ってるわ。でも、一人一人をよく見ていくと、何の心配もなく屈託なさそうに見えてる子が案外、家庭では深刻な状況になっていたりしてね。家庭訪問もたまにやるんだけど、それがすっごく勉強になるの。教科書にかいてあることに、いくつも実例としてぶつかるのね。本当に、セツルメントって、地域の大学そのものっていう感じなのよ」

ヒマワリはコーヒーを飲みおわると、カップを手にしたまま真剣な顔つきで尚美たち一人一人の眼をのぞきこむ。

「ぜひ、子ども会に入ってね。一緒にやりましょうよ。今日の子どもたちが待ってるわよ」

尚美は、「はい。よろしくお願いします」と、すぐに応じて頭を下げた。尚美は新しい道が目の前に開けたという気がしている。これこそ、自分が探していた道だ。

あとの二人は、まだ決めかねているようで、「ええ、考えてみます」とだけ答えた。「今日は、久しぶりに、とても楽しかったです」。この言葉に嘘はない。

コーヒーを飲みおわると、尚美たちはヒマワリに見送られてバスに乗った。

「今日は、ホントに、とても楽しかったわ。ヒマワリって、すごい人ね」

バスの中で、雅子も史江も、何度も同じことを尚美にくり返した。

「でも、わたしには、とてもあそこまで子どもたちのなかには入っていけないわ」

雅子は、セツルメントに入る勇気はないと言った。雅子って、なんでも消極的なのよね。どうしてなのかしらん。せっかく大学に入ったんだから、もっといろんなことにチャレンジしたらいいのに。

史江の方は、「わたし、別に、やりたいことがあるの」と断わりを言った。そうね。史江は雅子とちがって活発的だ。彼氏が何人もいて、とても忙しそうだから、セツルメントに魅力を感じないのも当然よね。尚美も二人に無理強いするつもりはない。ひと、それぞれだものね。セツルメントとは一体何なのか、尚美にはまったく分からない。しかし、子どもたちの元気に遊ぶ姿と、ヒマワリの輝く笑顔に尚美は強く魅きつけられた。セツルメントって、初めて知ったけど、なんだか面白そうよね。

● 誤った裁判 ●●●

4月29日（月）、駒場

朝のうちは少し寒いほどだった。思い出したように降っていた小雨は、ようやく止んだ。すっきりしない天気だ。

「あー腹減った。メシ食いに行かないか」

キタローが声をかける。マスオが「おう」と応じた。猿渡はとっくに夕食をすませて、夕刊を読んでいた。

「あー喰った、喰った」

いれかわりにジョーが部屋に戻ってきた。

「ふーん、平均のベア一二％で春闘もヤマを越すか……。世間は景気がいいんだなー」

ジョーが猿渡の読んでいた夕刊に頭をつっこんできた。

「まあ、これも労働組合の力が強くなったからなんだろうな。都政も美濃部知事になって一年になるもんな。やっぱり革新都政って、いいもんだよな、猿渡」

えっ、猿渡は革新都政を漠然とは支持していたが、具体的に何をしているか全然知らないから、返事を合わせるのに窮した。

「だってよー、朝鮮大学校だって、このあいだ都が認可したんだぜ」

「そうですね……」

猿渡も、それくらいは新聞記事を読んで知っていた。

読書会の第一回目は土曜日ではなく月曜日になった。土曜・日曜で本を読んでおくためだ。『誤った裁判』という本は猿渡に大きな衝撃を与えた。無実の人間が裁判手続のなかで争うすべもなく死刑に処せられることがあるなんて、猿渡には想像すらできないことが書かれている。まさか、こんなことは事実であってほしくない、そんな猿渡の願いはむなしい。沼尾のレポートによると、このような冤罪事件というのは、実はありふれているのだという。国家権力という言葉のもつ実体がうすぼんやりとではあるが、猿渡の頭のなかに影を結んだ。

読書会で議論しはじめると、ダベリングタイムのときより、各人の生活体験の違いにもとづく意見の相違がくっきりと浮きぼりになった。猿渡にとっての生活上の常識が東北出身のキタローに通じないことは多い。おかげで夜九時までの制限時間になっても議論が消化不良のままだから、時間を少し延長した。夜一〇時すぎ、「いけねえ、まだ実験のレポートが出来てなかったんだ」と倉成が叫び、あわてて自分の机に戻った。レポート提出の必要ない文系の三人は、そのまま声を落としてひそひそ声で話を続けた。

●他人の頭●●●

4月30日（火）、駒場

昼すぎからすごい雷雨になった。黒い雲が空を覆い、大粒の雨が激しく降るなか、稲妻が走り抜ける。猿渡は、飼っていた犬が雷を恐れて床下で震えながら小さくなっている姿を思い出した。ゴールデンウィークの初日から冷たい雨が降って外へ出かける気にもならない。気温がぐっと下がり、寮のなかは寒々とした感じだ。こんなときは、布団に入ったまま小説でも読んでいるに限る。いや、やっぱり岩波新書くらい読むかな。誰かに面白そうな本を借りてこよう。

晴れたら、どっかへ気晴らしに出かけたいね。渋谷に出て、映画でも見に行くとするか。全線座だったら古い名画がかかってるかも……。やっぱり映画館の大きなスクリーンで見る映画はいいよね。テレビの小さな画面だとせせこましくていけない。見る方のスケールまで小さくなってしまう。猿渡は、少し寒気を感じた。風邪なんかひいてしまったら嫌だね。早目に風呂に入ってこよう。

明寮から渡り廊下を少し歩くと、その先が風呂場になっている。タオルと洗面道具をもって重いドアを開けると、ゴロゴロときしんだ音をたてた。なかは静かで、水の音しかない。おっ、一番風呂だぞ。脱衣場のカゴに衣服を投げいれ、風呂場に入っていく。湯気がもうもうと沸きたっているが、誰もいない。さっと身体に湯をかけてザンブと浴槽にとびこむ。ザバーッとお湯があふれ出た。おおっ、熱い。水道の蛇口をひねって全開にする。。とても首まで漬かれそうもない熱さだ。水道の蛇口付近だけはなんとか我慢できるほどの温度になった。じわりと首までつかって、じっと身体を休める。

水を出しっ放しにしていると、熱さのカドもとれてきた。少し水道の蛇口から離れて、両足を伸ばしてみる。

「うーん、極楽極楽」

田舎のじいちゃんの家にいったとき、五右衛門風呂に入ったことがある。たしか下駄をはいて入った。一緒に入ったじいちゃんは、手ぬぐいを頭にのせて「おー、極楽極楽」とつぶやいた。可愛いがってくれたじいちゃんは去年、猿渡の合格を見届ける前に心臓マヒであっけなく急死してしまった。

えっ、どうして……。猿渡の分身がいきなり勃起した。思いあたる節は何もない。突然のことで本人が一番驚いた。まあ、不随意筋なんだから、どうしようもないさ。じっと我が分身を眺め、右手で触ってみる。いとおしい、大切な分身だ……。右手で亀頭のところを握りしめる。このまま包皮はむけないのかしらん。えいっ、思いきって亀頭をむき出しにしてやった。あっ、大丈夫かな。やれば簡単だった。別に痛くはない。それどころか、むしろ下半身はスッキリした感じだ。

ガタン
そのとき、出入口のドアが開いた。こんなところを見られたら、恥ずかしい。早く身体を洗って、さっさと風呂からあがった方がいいぞ。

浴室のドアを開け、タオルで前を隠すこともなく入ってきたのは、ジョーだった。

「おっ猿渡か。お湯加減はどうだ?」

「さっきまでちょっと熱すぎたけれど、今はちょうどいい按配ってとこ」

猿渡は逃げるように浴室からあがった。パンツをはくと、むき出しになったばかりの亀頭があたって気になる。これまで感じたことのないような不思議な感触だ。ズボンのごわごわした部分に亀頭があたると、こすれた思いで痛痒い。こんな調子の分身じゃあ、女性を知らないまま人生を終えてしまうことになるのだろうか……。童貞のまんま、女性の身体を一度も知らずに人生を終えてしまうなんて、なんだか寂しいよな。一度きりの人生なんだから、一度か二度の冒険は許されていいように思うんだけど……。

風呂場を出ると、まだ陽は明るい。といっても、時折、強い風に乗って横なぐりの雨が降りかかってくる。


夜、いつものように部屋でダベリングが始まった。雨は小降りになったのかな、それとも止んだのかな。

「どーこの誰かは知らないけれど、誰もがみーんな知っている。月光仮面のおじさんは、正義の味方よ、良い人よ」

マスオが調子はずれの鼻歌をうたいながら部室に戻ってきた。

「覚えているだろう。夕方六時からのテレビにさ、オートバイにまたがって、白いマスクに白い長いマフラーをなびかせちゃってさ」

「うん、もちろん、よく覚えてるさ。ずーっとテレビ見てたから」

猿渡に続いてキタローがこたえた。

「おれなんか、自分の家にテレビがなかったからよー、わざわざ近くの銭湯に入りにいってさ、そこでテレビを見せてもらってたんだぜ。近所の悪ガキどもと同じようにさ」

ひとしきりテレビの話で盛りあがったあと、しばし沈黙のときが流れた。次の話題をどうするかな。そう考えていたとき、沼尾が口を開いた。

アメリカがベトナムに侵略しているのもひどいけど、イスラエルによるアラブ侵略だって許されないんじゃないの。そもそもアラブ世界にイスラエルが建国されたこと自体がアメリカとヨーロッパの帝国主義の陰謀なんだ。

猿渡がそれに反論しはじめた。イスラエルに加担するような発言をしていると、ジョーが「おまえ、それって、朝日新聞の受け売りそのままじゃないの」と皮肉る。猿渡は一瞬たじろいだ。たしかに図星だ。情報源がそれしかないと、物の見方が偏ってしまう。もっと現実を幅広く、そして深く見つめる必要があるようだ。猿渡も、なんとかしなくちゃいかんな、そう思った。

●オカムラのバイト●●●

5月2日（木）、駒場

駒場寮の三棟のあいだの空間は整備されて花壇となっている。誰が手入れしているのか、四季折々の花を見事に咲かせている。今はアイリスだ。黄色いアイリスの多いなかに鮮烈な白色のアイリスが咲いて純白さを際立たせている。結婚式のときの花嫁衣装に純白のウェディングドレスを女性が好むわけが分かるな……。といっても、それはまだ、はるかに遠い将来のことなんだよね。

桜の木はすっかり目に青葉という装いに変えた。これで初鰹《かつお》に縁がないのも寂しいね。

夕食後、部屋でくつろいでいると、寮内放送があった。

「明日、オカムラのバイトがあります。希望する人は事務室までおいでください」

「ヤッター」とジョーが右手を突き出して叫んだ。

「割のいいバイトだぞ。誰か一緒に行くやつはいないか。連れてってやるぞ」

「オカムラのバイト」とは何だろう。でも、割のいいものらしい。猿渡は読みかけの本をベッドに放り投げると、ジョーのあとを尾いていった。ジョーは駆け足で北寮二階へ階段をのぼっていく。猿渡がゆっくり上がろうとすると、あちこちから寮生が駆けつけ、たちまち狭い事務室内は寮生で溢れた。

駒場寮の事務室には、としの頃五〇歳台に見えるおばちゃんがいる。門野《かどの》さんだ。門野さんは寮生あてに電話がかかってきたときには、ドスのきいた低い声で放送して呼び出す。寮生あての郵便物も仕分けして渡してくれる。

門野さんが、ドスの利いたダミ声で「ほら、先着順よ。今日は一〇人だけだから」と声をかけた。猿渡はなんとか八番目になってセーフだ。ジョーは抜け目なく三番手に位置している。猿渡に向かって、「間にあってよかったな」と声を投げかけた。

さらに寮生が集まってきた。オカムラのバイトって、そんなに割がいいものなのか。

門野さんは「残念でした。今回は満杯だから、また今度お願いね」といちいち声をかける。

「あーあ、だめだったか。残念……」

遅れてきた寮生は肩を落として引き返していく。

バイトの集合場所と時間を確認すると、ジョーは猿渡に目配せして部屋に戻った。

「いったいオカムラのバイトって、何すんの」

猿渡の問いにジョーがこたえた。

「一種の引っ越し作業みたいなやつだ。オカムラって、事務所にスチール机などを売って搬入する会社だ。古い机を運び出して、新しい事務机を運びこむ作業だよ」

ああ、それならやれそうだ。猿渡は割のいいアルバイトの中味を知って安堵した。

「やっぱり、まじめな東大生にやらせた方が商品を丁寧に扱ってもらえるっていうんで、駒場寮に手配を頼んでくるんだ」

なるほど、「まじめな東大生」か。肉体労働の面でも、少しは東大生だって社会の役に立っているっていうわけなのか。

「トラックの荷おろしからやらされるから、危いっていうことはないんだけど、やっぱり多少は腰や肩が痛くはなるさ」

「それくらいは仕方ないや」

猿渡は、すっかりその気になった。

●サークルノート●●●

5月4日（土）、駒場

外は小雨が降っている。気温が下がって少し肌寒い。

読書会のとき、突如として沼尾がサークルノートなるものを提案した。

「部屋で週に一度議論するだけでなく、ノートを回覧して、みんながそれに自由に意見を書きこめるようにしたら、もっと議論が深まって面白くなると思う」

いかにも真面目な秀才タイプの沼尾だが、そのアイデアと行動力に猿渡はいつも感心する。それでも、ときどき沼尾は何かオレたちをどこかに導こうという魂胆があるのだろうか。どこかのセクトの隠れメンバーかもしれないな。そんな疑問を抱いたことがある。沼尾は議論のときに、決して相手を力づくでねじ伏せようとはしない。いつも、おだやかに「うんうん」と相手の話を最後までよく聞き、ひと呼吸おいてから、自分の意見を淡々と述べていく。そこに押しつけがましさは感じられない。ただ、相手の意見が沼尾の考えと違うときには、大きく首をかしげる。そして、「本当にそうかなー」と小さな声でつぶやく。沼尾が首をかしげて「そうかなー」と言うと、相手は動揺せざるをえない。じっくり落ち着いてモノを考えようという沼尾の態度には、それくらいの迫力がある。

サークルノートの回覧にはマスオが真先に賛成した。猿渡のあとに倉成も賛意を表明した。倉成は読書会の討議時間の延長をそれで喰いとめたいのが狙いのようだ。いつもレポートが苦手だといっているキタローは、「三行でも勘弁してくれるならいいよ」といって、あえて反対はしない。ジョーも、オレも三行ですますからなと同調した。

　サークルノートは、一週間のうちに何か書いて次の人にまわすことになった。ノートはいつでも公開で、誰でも途中に自由に書きこめることも決まった。大学ノートに沼尾が「社会研ノート」と黒のマジックインキで太々と表題を書きこんで、猿渡の机の上においた。

「ヨースケ、おまえから始めてくれよ。あんまり気ばらなくてもいいけど、初めから三行だけというのも勘弁してくれよな。初めがそれだと、あとが続かない心配があるからな」

　沼尾はそういうと、猿渡の肩を軽くたたいて自分の机に戻った。沼尾は二年生といっても現役合格しているので、猿渡と同じ年齢だ。いや正確にいうと、高校まで同じ学年で、生まれは猿渡の方が二ヶ月ほど早い。しかし、いつも落ち着いて話す沼尾には、どこか大人《たいじん》の風格があり、猿渡からすると、いかにも一年上の先輩という意識をかきたてられる存在だ。同じようなことは、一年生のマスオについても言えた。マスオは現役合格の文I生だから、猿渡より学年はひとつ下になる。日本海に面した地方の小都市の県立高校の出身で、典型的な田舎の秀才だ。ところが、小柄で丸顔にメガネをかけていつもニコニコしている様子は、まるで愛敬のよいメガネザルみたいで、秀才らしさを全然感じさせない。しかし、話をして、その要領の良さに猿渡はすっかり圧倒された。一度本を読んだら、滅多に内容を忘れないという。だから、勉強時間がごく短くてすむ。夜、部屋でみんなが騒いでいても平気でひとり本を読んでいる。気を散らすことがない。すばやく復習と予習をすますと、決まった時間にさっさとベッドに潜りこんで寝てしまう。睡眠時間は受験時代にも八時間を割ったことがないという。あの天才アインシュタインと同じだ。駒場寮に入ってからも八時間睡眠を確保している。いつでも、どこでも、どんな状況でも眠れる。これがマスオの特技だ。おかげで目覚めはスッキリしているし、脳の働きはいつも快調だから、ちょっとやそっとでは一度覚えたこと、理解したことは忘れない。猿渡も真似してみたが、八時間睡眠の方は実現したものの、肝心の理解力と記憶力に変化はなさそうだったので、マスオとは少しばかり頭の構造が違うのだろうと自分に言いきかせ、八時間睡眠の追求は断念した。

猿渡は相変らず語学の授業についていけない。フランス語は早くも入門から初級に入った。英語は難解なギリシア悲劇がテキストだ。大都会のセンスを身につけたクラスメートには違和感が強く、気軽に話しかけるのもためらわれる。猿渡は五月病にかかってしまうのではないか、そんな焦りを感じた。しかし、駒場寮の生活が救いだ。猿渡は、サークルノートに自己紹介とあわせて自分の当面する悩みを書きなぐった。それは三行どころか、一頁まるまる使って終わらないほどの分量になった。

「せっかく、あこがれの東大生になったのに、女の子と話す機会がほとんど（実は、全然）ないのが、いかにも悲しい（ひたぶるにうら悲し）。これでは、まるで受験時代と同じだ。灰色そのものだ。そこで、ボクは明日の合ハイに一縷の望みを託している。しかし、現実は厳しいようだ。

ところで、ボクは今大いに反省している。今のように授業が終わって（ちゃんと出てるのか？）寮に戻ってきても（マンガ）本を読んで、メシ食って寝るだけ、というのでは、いかにも救われがたい。

ボクは、ここに断乎たる決意表明をしたい（ヨーシ、イクゾ！）。夕食までのヒマな時間は、寮内でブラブラせず、図書館に行って頭を鍛えるか、グランドで身体を動かすか、できる限りの有意義な時間のすごし方をやってみることにした。諸君、ワレに続け！（ブラボー。ヒヤ、ヒヤ）」

猿渡が書いたものを誰かが早くも見つけたらしい。赤ペンで書きこみがあった。右でカッコ内の部分は、その書きこみだ。

次のマスオにサークルノートをまわすと、暇を持て余していたマスオは一日一人の約束も忘れて、机に向かった。明日の合ハイに行こうか行くまいか悩んでいたから、それを吐き出したかった。マスオが書き終わってトイレに行ったすきに猿渡が覗きこむと、身につまされる悩みが書きつづられていた。

「僕は身長が一六〇センチしかない。これが僕の常なる悩みだ。

このため、僕はずっと何度となく女の子にふられてきた。女の子に相手にしてもらえないということは、実に悲しい辛いことだ。それで、僕はもうあきらめた(いやいや、まだあきらめるのは早いぞ!)。もう女の子のことは考えないようにしよう。これが僕の決意だ。

もてない諸君が僕に続くことを願う(オレは、やーだね)」

マスオはこんな「追伸」も書いていた。

「合ハイなんて実にくだらないことだ。女なんて、所詮たいしたことない存在なのだ。僕は明日の合ハイには行かないことにする。そのつもりだ。また、いつもの悲しみを味わいたくないから(無理せんでいいよ。一緒に行こう! 倉成)」

倉成が近づいてきて、赤エンピツで余白に書きこんだ。倉成は合ハイの積極的推進派だ。予備校時代にも女の子とは適当につきあっていたようで、今でも寮に女の子から電話がかかってくる数少ない寮生のひとりだ。

「人生から恋愛を抜いてしまったら、どんなに味気ないものになってしまうことだろう。諸君、早々とあきらめることなく、人生をもっと充実させ、ぼくらなりの非凡さをめざそうではないか」

戻ってきたマスオが倉成の言葉を読んで、次のように反論を書きこんだ。

「恋愛というものの意義について、ボクはハナハダ懐疑的である。本当に積極的な意義があるのか、誰か教えてほしい。

合ハイなんて全員参加しないようにしよう。それは非生産的このうえもないものだから。諸君、女の子なんかに眼をくれず、大いに書を読み、人生を語り、学問をしよう」

マスオの書きこみを読んだキタローが特徴ある字で、「インポ万才！　万万才!!」と大きくなぐり書きした。

実のところ、マスオの気持ちは大きく揺れていた。本音をいえば合ハイにはもちろん参加したい。しかし、参加した女の子から、背が低くてメガネ猿みたいな顔をしたマスオに声をかけてもらえるのかどうか、全然自信がない。それに、いったい女の子と話すとき何を話題にしたらよいのか、それも分からない。受験勉強のことならいくらでも話せるが、今さらそんなことを話しても意味がない。人気歌手のこと、芸能界の動きなどにはまったくうとい。人生を語ろうにも、読み始めた哲学書は難解な理論ばかりで、とても他人に話せるような状況にはない。

このやりとりを全部読んだジョーがマスオを口説いた。結局、マスオは先輩であるジョーに強引に誘われて、断りきれなかったという格好で合ハイに参加することにした。さすがにジョーは、だてに年齢《とし》はとっていない。

●合ハイ●●●

5月5日（日）、駒場

生憎なことに猿渡は風邪をひいてしまい、終日、駒場寮で寝ていた。合ハイにはもちろん参加したかった。だけど、朝からひどい悪寒がして頭がフラフラする状態では、とても無理はできない。残念無念……。

マスオたちは夜八時ころ、ロシア民謡を大きな声でうたいながら元気一杯で帰ってきた。合ハイの最後に行った歌声喫茶の余韻を楽しんでいるのだ。マスオの第一声は、「いやー、今日は楽しかった。合ハイがこんなに楽しいものだとは知らなかった」。まさに案ずるより産むが易しだ。女の子たちとはうまく話ができたらしい。

心配していた天気の方はなんとかもってくれて、新宿御苑でバレーボールして身体を動かしたり、子どものようにゲーム遊びに打ち興じたという。猿渡には妬ましい限りだが、これも仕方のないことだ。

「先輩、また、ぜひ連れて行って下さい」

マスオはジョーに手をあわせて頭を下げて頼みこんだ。その大ゲサな身振りにわざとらしさはない。ジョーの方も、そこまで頼みこまれて悪い気がするはずもない。

「よしよし、また、どこかの女子大とわたりをつけて合ハイを計画してやるとしよう」

マスオは、「ぜひ、よろしくお願いします」といって、深々と頭を下げる。猿渡は、ベッドのなかからマスオが頭を下げる様子を見てうらやましくてならない。次は絶対に行くぞ。

B室の毛利が空の手鍋をカチャカチャ鳴らしながら入ってくる音が聞こえた。マスオに向かって、「おい、今日はどうだった。成果はあがったかな。相手はポンジョかトンジョか、どっちだったんか」

マスオは「ええ、まああってところですかね」と控え目にこたえた。「今日はポンジョでしたよ。トンジョの方がいい娘が多いんですかね?」

毛利は、「うんにゃ、こればっかりはどっちがいいというより、各人の好みだからな」と最後は言葉を濁して逃げた。

トイレに起きたついでに、猿渡は机の上に置いてあったサークルノートに世を拗ねた気分で書きこんだ。

「ぼくのこのごろ嫌いなものを五つあげてみる。

一つ、自動車。東京はあまりにも多すぎる。うるさい。排気ガスが臭くてたまらない。二つ、女性の赤いマニキュア。背筋がぞっとする。三つ、電車のなかの澱んだ空気。息が詰まりそうになる。四つ、大学の講義。予備校より断然つまらない。五つ、どこへ行ってたのと訊かれること。やましいことは何もないから、余計に嫌になる」

● 人生いかに生くべきか ●●●

5月6日（月）、駒場

「すげえなー、ベトコンは。大統領宮殿まで六キロの地点で激戦中だとよ」

毛利が夕刊を手にしてS室に入ってきた。南ベトナムでベトナム解放民族戦線の軍事勢力がサイゴンに進攻し、アメリカ軍や南ベトナム政府軍と激戦中だという。中国人の多いショロン地区でも解放戦線の兵士たちが頑張っているらしい。今年二月のテト攻勢の第二波だ。

キタローが「人生いかに生くべきか」という大上段のテーマをサークルノートに書きつけた。冗談の多いキタローも、やはり内面ではいろいろ考えているのだ。

「我々は、人生をいかに生きるべきかという疑問を常に抱いている。その解答は永遠に得ることのできないものかもしれない。また、万人、それぞれに異なるものかもしれない。けれど、この問題を考えることが無駄なこととは決して思えない。生きるという言葉には、死という概念が何のためらいもなく是認されている。すなわち、人間とは死ぬべきものという概念が存在する。よって、我々は、いかに生くべきかを考える前に、人間は病気、老衰、事故などの人為を超えた方法によって死ぬまで、なぜ生きていかなければならないのか、その疑問にぶつかるはずである。

この問いに対して、ある人は、人生は楽しいから生きていくのだと答え、ある人は生きること自体に意義があるからだと、別の人は『死のうと思えば、いつでも死ねるから、まあ死ぬまでは生きているのさ』などなど、それぞれ答えることだろう。

今のところ、僕には、生きている理由が分からない。どうか、賢人諸君、僕に理由を教えてほしい」

キタローの書き出しから推測して、きっとキタローなりの答えが書かれているものと読んでいって、あてが外れてしまった。キタローは冗談抜きに「生きている理由」を求めている。果たして、自分が生きている理由は何なのか、猿渡にとっても大いなる疑問である。

猿渡は大学に入ったら、大いに勉強するつもりだった。姉たちや妹に少しは自慢話もしてやりたい。ところが、いざ授業が始まってみると、文Ⅱ生のすすむべき経済の勉強をしようなんて気にちっともならない。それどころか、こんなことをしてていいのだろうか。そんな疑問が離れない。語学の授業は文Ⅰ生と合同で小さな教室で受ける。これはまあ高校生活の延長線だ。英語はギリシャ悲劇を読んでいく。英語が読めるというのは当然の前提だ。読解のスピードはものすごく速い。きちんと予習していかなかったら、とても授業についていけない。第二外国語のフランス語は、動詞の活用を少し覚えたと思ったら、日常会話の訓練なんて抜きでやがて文章を読まされるらしい。動詞の活用もきちんと覚えていないうちからサルトルの文章を読ませるなんて無茶だ。しかし、喜多村助教授は、大学とはそんなところなんだ、と平気な顔で授業をすすめていく。

授業が終って、今日は天気もいいから車に乗ってどこかへ遊びに行こう、そんな話をしている連中がいる。自宅からの通学生のなかには自家用車で通学している学生がいるのだ。親の車をちょっと借りてきたんだろう。そう思っていたら、そうではないことが分かった。親に買ってもらったのだという。それも一人や二人ではない。猿渡は寮生活との落差の大きさに愕然とした。

ほかの授業は、みんな大教室だ。分かったような分からないような内容の話をマイクを通して聞いているうちに、遠くに見える教授の姿が別世界に住む人間のように見えてくる。これが学問を学ぶということなのだろうか。そんな疑問が沸々と胸のうちに湧いてくる。きっと、大教室の前の方にすわって、教授の顔を真近に見ながら話を聞いていれば、また違うのだろう。ところが猿渡は、いつも講義に遅れて出席し、空いた席をうしろの方に見つけてすわる。そうやってウロウロしているあいだにも教授の話はどんどん進んでいくし、もともと別世界の話でしかないから、ちっとも頭に残らない。

人生とは絶対価値追求の場

5月7日（火）、駒場

三行で終わらせるといったジョーが、キタローの疑問にこたえるような長文を書いた。その字のきれいさにも猿渡は眼をみはった。流れるような達筆だ。読みにくさもない。

「近ごろ、なんとなく、毎日毎日が同じことの繰り返しのように感じられる。人生の意義とは何かというキタローからの問題提起にこたえ、日頃の惰性を自分なりに乗りこえたい。

人生とは何か。改めてこう問われて、適確にこたえられる者が果たして何人いるだろうか。しかし、現になんぴとも人生航路を歩み続けている。それを自覚しているにせよ、していないにせよ……。

かつて我が輩は、死の間際に、自分は誰に対しても誠実にしてきたし、また、死んでいくのにも誰にも迷惑をかけなかったと言えるようになりたいと思っていた。しかし、いま考えると、これは現実にはあまりに消極的だし、かつ、実現不可能なことのようにも思える。実際、死に際して、誰にも迷惑をかけてこなかった人生というのが、ありうるはずがない。

そこで、今、我が輩は、他の目的のための手段となりえないもの、すなわち絶対価値、阿部次郎のいうところの人格を求めることを人生の最大かつ最高の目的としたいと考えている。つまり、我が輩にとって、人生とは絶対価値追求の場であるということである。このため、我が輩は、いま学問をし、読書をしている。

しかし、このような我が輩の見解が最高かつ唯一無二のものとは決して考えていない。諸君の御高説をぜひ拝聴したい」

ジョーは、やはり単なるマージャン狂いの遊び人ではない。文章が不得意だという言葉とは裏腹に、立派な字で筋の通った文章をジョーが書いたことに、猿渡は心に妬みすら感じ、劣等感に苛まれた。

雨が寮の外に放置してあるトタン板にあたってリズミカルな雨音を奏でている。今さら親を恨んでもしょうがない。夢見心地でその音を聞いているうちに意識が遠のいた。

非凡さへの憧れ

5月8日（水）、駒場

猿渡に風邪をうつされたのか、倉成は朝から寒気がする。寮の外は今日も雨が降っている。これを五月雨というのかとぼんやりした頭で思った。いや、いやこんなことじゃいかんぜよ。気を奮いたたせた。

倉成もサークルノートで展開中の議論に参加することにした。

「人間が一生かけて求めるものの一つに、非凡さなるものがあると思う。学者の真理探求にも一般人のお金や権力を得たいという心の底にも、この非凡さへの憧れの心が潜んでいるはずだ。そして、この非凡さへの憧れは、優越感また劣等感と一体になっている。このような心理がはっきり表面にあらわれたとき、それは醜いものとなるし、人はこれを嫌う。そして、自分には、まさか、そんな心理はない、とさえ思う。しかし、ぼくは、それは単なる自己認識の不足だと思う。このような心理は、実は忌み嫌われるべきものではないのだ。むしろ、人格向上のための推進力のひとつにさえなっている」

うーん、これだけでは物足りないな。倉成は合ハイのことも書かずばなるまい、そう考えた。

「合ハイは客観的にみたら成功裡に終ったと言ってよいだろう。ただし、ぼく個人としての好みから言うと、きわだった女性は見当たらなかったのではないかな。集団的な交際の場としては、それに不満の御仁もあろうが、あれで良かったのではなかろうかと思う。

ぼくにとっては、一二人もいた彼女らのなかにぼくの胸をときめかすような素敵な女性は、残念ながらいなかった。だから、かえって気楽に、しかも誰に対してもジェラシーを感ずることもなく楽しめ、かつ有意義な一日であった。ただ、最後の歌声喫茶はどうもしっくりこなかった。むしろ静かな普通の喫茶店で、お茶でも飲みながらロマンチックなお話でもして別れるべきではなかったかという気がする。もちろん、彼女たちが望むなら、ペアーを組んで同伴喫茶に行くことにも異存はなかったんだけれど……（これは冗談）。

ただ、小生は蓼喰う虫も好きずきという言葉を何の疑念もなく信じていたけれど、この考えを少々変えなければならない現象に気がついたので書いておこう。というのは、あの日、寮に帰着して、当然のことながらマスオとジョーがどの女性《ひと》が良かったかと言い出して、なんと奇しくも二人の好むところの女性が一致したということである。小生はこのことに大いに驚かされた。

白色のブラウスに紺色のスカートの、一番若く見える女性だった。これは人類学上の重大問題でもありますゾ。すなわち、男性側から見た女性の品定めは、男性各人によってそれほど異ならないという事実なのである。

これによって、小生の恋愛観は一変せざるをえなくなった。恋愛においては、万人は万人の敵なのである。皆々様、気をつけなされ。いかに親友たりとも、決して、ゆめゆめ気を許してはなりませぬぞよ」

● 弁護士になる ● ● ●

5月9日（木）、駒場

沼尾が寮に戻ってきたのは夜一〇時をまわっていた。今夜は家庭教師の日だった。夕食は、そこの家で子どもと一緒に雑談をしながらとった。中学生の息子は勉強するよりマンガに興味があるという様子で、家庭教師である沼尾に対してもしきりに雑談をもちかけてきて勉強の話を中断させようと試みる。沼尾の方はそんな魂胆みえみえの相手に適当につきあう。やはり、勉強は本人がやる気を出さない限りはどうしようもない。沼尾はノルマの二時間を精一杯つきあってやった。

週に二日も夜の貴重な時間が奪われるのは沼尾にとって大変な苦痛だ。それでも、月六五〇〇円のバイト代を得るためには絶対やめられない。そろそろ勉強しなくてはいけない、という気がしている。頭のなかといって、法律の難解な世界に足をふみいれるのには、まだ大いに躊躇するものがある。頭のなかが固い法律条文で占領されてしまい、世の中の柔らかい何かふわっとした大切なものを失ってしまいそうな気がして怖い。

沼尾が机に向かってすわって、法律書に手をのばそうとすると、机の端にサークルノートがあるのが眼に入った。あっ、ノートがまわってきたんだな。ノートを手にとると、そのままベッドに寝ころがる。ノートで生き方論争が始まっていることを見て、沼尾も自分の日頃の思いを書きつらねる気になった。ベッドから起きあがり、机に向かう。

「人生いかに生くべきか。その答えは簡単だ」

沼尾は、出だしにこう書いてみた。本当は、そんな簡単なものであるはずがない。しかし、沼尾の気持ちとは裏腹に、手がひとりでに反語的に書き出し、動いていく。

「それは、人生を有意義に生きるべきだ、ということだ。それでは、何が有意義なのか？　それは、諸君の正常な頭で判断してほしい」

猿渡がフランス語の活用を覚えようとしているようだ。先ほどから、低い声で、何やらブツブツ言っているのが聞こえてくる。沼尾は、天井を見あげた。すすけた天井で、ずっと見ていると何かしら陰鬱な気分になってくる。サークルノートに眼を戻して、書き続けた。

「有意義だと言えるためには、最低、人生に目標をもつことが必要だと思う。何を目標にもつのかは、各人もちろん異なるだろう。しかし、将来、ぼくが何になって、何をするのかは、ぜひとも考えなければならないことだ。結局、いかに生くべきかは、生きている間に自分が何をすればいいのか、ということである。これに対する各自の具体的な答えは本を読むなり、サークル活動をするなりして着実に探し出せばいいと思う。だから、もしこのノートで議論するのなら、いかに生くべきかという抽象的な問題ではなく、自分が何をしたらいいのか、具体的かつ身近なものとして取りあげた方がいいと思う」

しかし、沼尾自身も具体的な身近なものとして、確たるものがあるわけではない。ただ、一刻も早く確立したいと考えてはいた。

「僕は東大法学部にすすむつもりだから、僕の場合、進路は大きくいって三つある。官庁、民間の会社そして法曹界だ。そこで何ができるのか、何を自分はしたいのか。人の生き方には、大きく分けて二つあると僕は思う。自分中心の、つまり安楽な生活を送りうる人と、そうでない人とがいる社会で、まず、自分の生活が保障され、安楽な生涯が保障されることを望み、そのためには苛酷な生存競争に勝ち残ろうとする。競争であるからには、絶えず他人より上を望んでいなければならない。もう一つの生き方がある。もちろん自分の生活は保障され、幸福な毎日がすごせるようになりたいが、そのためには他人を押しのけ、押しつけなければならない。とすると、自分だけが上を望むのでは、決してみんなが幸福になる道ではない。自分が安楽な生活を送れるようにするためには、みんながそうでなければならない。こういう考えの人は、決して平均以上の生活は保障されない」

沼尾はこう書いてみて、何か論理がおかしいように思えた。もっと直接的に書くべきだと自分で反省した。相変わらず猿渡のブツブツ声が隣りから聞こえてくる。バタンと扉があいて、倉成が「ああ疲れた」と言いながら部屋に入ってきた。そのままベッドにもぐりこんだようだ。静かになった。

「自分が出世して偉い人になり、それから貧乏人や困っている人たちに役に立つことをしようと考えている人は多い。僕もその人の善意の気持ちは買いたい。しかし、よくよく考えてみると、現実にはこういう人は本質的に第一のタイプと何ら変わらないものだ。労働者や貧乏人に味方して行動しようという立派な人が、官庁や大会社に入って出世できるはずがない。もし、出世できたとしても、そのあとは何もできないだろう。なぜなら、出世するには労働者や貧乏人の味方をするという考えを捨てるのが条件になるだろうから。つまり、日本の官僚機構や大会社組織をそのままにして、困っている人たちに役立つことを実行しようというのは、どう考えても実行不可能なことなのだ」

沼尾は眼をつぶった。自分は、結局のところ、どちらになるのだろうか。心の底深くにはいつも不安がある。部屋は静まりかえっている。まだ夜の一一時だから、このままみんなが静かに寝てしまうはずはない。嵐の前の静けさだろう。

「だから、第一のタイプは誠実な人間の生きるべき道ではない。現実の不合理と矛盾から目をおおうことのできる人間にのみ可能な道だ。ひどい人は、単なる利己主義、そして、せいぜい小市民的な生き方にとどまるだろう。第二のタイプこそ、誠実に生きようとする人が人間としてとるべき当然の道だ。自分をとりまく社会に不合理と矛盾がみちあふれている限り、それを取り除こうと努力することが先決だ。矛盾にとりまかれて自分だけ安楽でありうると考えるのは妄想にすぎない。泥にまみれながら、オレだけは清潔だと思っていても仕方がない。絶対にオレは汚れないと思って泥のなかに入っても、しょせんは汚れて出てくるだけだ。汚れないためには、泥をよけるか、泥をなくすしかない。つまり、泥をよけて、泥をなくす努力をすることだと思う。だから、僕は官庁や会社に入らず、裁判官や検事にならず、弁護士になる道を選ぶ」

沼尾がここまで書きすすめたとき、またバタンと扉があいて、誰かが部屋に入ってきた。

「ああ、腹減った。誰かラーメン一丁めぐんでくれよ」

向かいのB室から毛利が小さな手鍋だけをもって入ってきた。ジョーが、すぐに「ああ、いいぜ。オレのを一丁くれてやるよ」と応じる。ジョーと毛利は気のあう同士だ。ジョーは机のひき出しにしまっていた即席ラーメンの袋をひとつ取り出して、毛利に渡す。

「サンキュー。やはり、もつべきは友だよな」

毛利はうれしそうな声を出して廊下にすぐ出ていった。

「友よー、夜明け前の闇のなかでー」

大きな歌声が廊下から聞こえてきた。沼尾はノートにもう少し書き足りないところがあったが、ラーメンのやりとりを聞いて現実に急にひき戻され、今日やるべき勉強のことを思い出した。それ以上書くのをやめ、ノートを閉じると、キタローの机の上に届けた。それから本棚にある刑法の教科書をとりだして読みはじめた。


冗談好きなキタローがサークルノートに赤エンピツで書きこんだ。

「弁護士だって、金もうけばかりの人が多いんじゃないの?」

猿渡は、この書きこみを見て、弁護士だって案外キタローの言うとおりなのかもしれないと思った。職業選択だけで人生の意義が変わるものなのか、もうひとつよく分からない。ただそれにしても、大学受験が終わって、まだ一年ちょっとしかたっていないのに、もう今度は司法試験という超難関の試験を沼尾がめざしていることに猿渡はちょっとした衝撃を感じた。

次に猿渡がサークルノートを見たとき、沼尾がキタローに反論していた。

「たしかに金もうけを目的とするのなら、第一のタイプと弁護士は変わらないだろう。しかし、生き甲斐をもって、社会が一歩一歩前進していくことに貢献するために、いま弁護士は求められている」

猿渡は、沼尾の確信にみちた反論を読んで素直にスゴイと思った。自分自身は今いったい何をしたらいいのか、まったく分からないままだ。情けないね……。

●学生運動は自己弁護（？）●●●

5月10日（金）、駒場

まわってきたサークルノートを開いて、マスオは一気に書きはじめた。

「ぼくは、皆さんも既に気がついていることとは思うけれど、はなはだ問題意識が薄く、自分でも、その無知を大いに反省はしている。けれども、そんなぼくにも言わせてほしい。いま構内でマイクをもってがなりたてている諸君に対して本能的な嫌悪感を抱いている。はたして、彼らのうちの何人が、卒業後も自分の信念を貫いていくのでしょうか。彼らはいろんなことを言っているように見えて、実は二年生は二年生で、ほとんど同じような型にはまったことしか言っていないのではありませんか。そう見えるのは、ぼくの偏見でしょうか。

ぼくらが四〇、五〇の年齢に達したころ、今ぼくらが支配者層を批判しているのと同じように、そのときの大学生によって批判されているのではないでしょうか。もちろん、そのとき、ぼくらは『若輩どもめ、何をほざいているか』と思うのでしょうが……。

ぼくらが東大に入ってきたのは、果たして、本当に学問の探求という純粋な意味のみだったのでしょうか。恐らく、何人かの例外を除いては、見栄とか、出世欲とか、少々の下心をもっていたに違いないとぼくは思えるのです。

このことは、大学に不満を感じながらも、駒場六〇〇〇人のうち、大学を去っていく人が一年に一〇人にもみたないという、東大生の東大への異常な執着心によって裏づけられていると思うのです。

東大って、それほど魅力的なところですか。イヒヒヒ、ぼくは、ここで何かしら疚《やま》しい気になってしまうのであります。学生運動というのは、大学生という気楽な地位での単なる自己弁護ではないのか。真に批判的な人間ならば、高校時代から行動を開始するはずだし、受験勉強なんて、ばからしくてやっていられないはずなのでは……。

盲目的な疚しい心からの大学進学。自己弁護からの赤色生活。そして、エリートとしてのバラ色の生活。こんなカメレオン的人生が果たして価値ある人生と言えるのでしょうか。少くとも、ぼくはカメレオンではありたくない」

マスオは「二伸」といって次のように書き足した。

「僕の欠点は、非社交性、陰気だということである。僕の内面には、他に対して優位を保とうとする心と、どうしようもない劣等感とが常に同居している。いったい、これをどうしたらよいのか。誰か、ぜひ教えてほしい（うーん、これは難問だ）」

いつもニコニコしていて、悩みなんかないように思えるマスオが、本人の内面では陰気で非社交的だと思って苦悩しており、「どうしようもない劣等感」をもっているということに、猿渡は思わずのけぞった。秀才には秀才なりの悩みというものがあるんだな。自分ひとりが悩んでいるわけではないことを知って、同時に安心もした。

●三周年パーティー●●●

5月11日（土）、北町

猿渡は昼までベッドでぐずぐず寝ていた。朝八時ごろ一度眼をさましてトイレに立ったあと、「どうせ今日は何もすることがない」と思って、また布団に潜りこんだのだ。このところ猿渡は元気がない。風邪の方はすっかり治ったはずなのだが、心のなかにスキ間風が吹き抜けている。受験生時代に、大学に入ったらあれもしよう、これもしようと思っていたことが嘘のように、何も思い浮かばない。

猿渡は人の気配を感じて眼をうすく開けた。ジョーが朝刊を手にして立っている。きのうからパリでベトナム解放民族戦線がアメリカと話し合いを始めたという記事が見える。

「おい、ヨースケ。おまえ、今日もヒマなんだろ。夕方から面白いところに連れていってやるから、ついてきな。いいな」

「はい」

猿渡は素直に返事しながら、いったいジョーのいう面白いところって何だろうかと訝しんだ。猿渡はまだ好奇心だけは失っていない。好奇心まで失ってしまったら、かなりの重症だ。幸い、猿渡には、何か面白いことはないかな、という好奇心だけはまだ旺盛にある。何だか分からないが、夕方からの予定が決まると急に空腹を感じ、起き上がる元気が出てきた。

オカムラのバイトでもらった一四二〇円はまだそのまま残っているし、今日は久しぶりに豪華な百円定食といくか。

豪華な百円定食とは寮食堂のカツドンのこと。いつもの昼食は五五円だ。このカツドンは肉のボリュウムもそこそこある。厚い衣のなかに薄っぺらな肉がある、なんていうものではない。猿渡がカツドンを食べているそばを毛利が通りかかった。

「おっ、今日は豪勢にやってるな。バイト代でも入ったのか?」

厚い肉と格闘中の猿渡は黙ってうなずいた。

「そっかー、それはよかったな。お祝いに一句しんぜよう。ひさかたの光のどけき春の日に、しづ心なく花の散るらむ」

「古今集ですね」

肉を飲みこんで猿渡が応じると、毛利は満足そうにうなずいた。

夕方、猿渡はジョーに連れられて駒場寮を出た。井之頭線に乗ると、冷房車両なるものにあたった。全国はじめてだという。うーん、便利になったもんだ。でも、まだ冷房なんて早いんじゃないの。いや、満員電車だったら必要なのかな。渋谷に出て、国電に乗り換えた。もうひとつ乗り換えて、川を渡ってから国電を降り、バスに乗る。古くからの工業地帯のなかをバスは走っていく。いかにもすけた工場街だ。しかし、工場にはさまれたようにして古ぼけた小さな商店街があり、長屋式の民家もあって、人々がそこで生活もしていることが分かる。出かけたときにはよく晴れていたのに、いつのまにか曇天になった。いやいや、汚れたスモッグのせいで空が見えないのかも……。バスに二〇分も揺られたころに北町三丁目に着き、そこでバスを降りる。ここにも古ぼけた小さな商店街がある。夕方だから買物客でそれなりに混みあっている。店員の呼びこみのかけ声が久しぶりに生活の実感を猿渡に感じさせた。

商店街のはずれに小さな公園があり、その一角に古い木造モルタルの民家があった。近づくと、中からにぎやかな音楽と人声が聞こえてくる。おや、ダンスパーティーかな?

猿渡は、このあいだ駒場の同窓会館で催されたダンス教室を思い出した。このあいだ習ったステップなんか見事に忘れちゃったし、困ったな。猿渡が少し歩く速度を落とし、ひるんだ気持ちになっているのをジョーは察したようだ。ふり返って、元気な声を投げかけた。

「ここだ、入ってみよう」

ジョーにうながされて、猿渡が玄関の戸を開けると、入口にはたくさんの靴であふれている。建物のなかには、たくさんの若者がいて、手拍子をとりながら、歌っていた。小さな舞台にはエレキギターをかき鳴らす若者がいて、マイクをもった女性がしきりに座を盛りあげようとしている。

歌が終わると、さっきより少しスローテンポのにぎやかな演奏が始まった。男女がペアになって踊りはじめた。猿渡が入口付近でまごついていると、ジョーの方は、さっさと近くにいた女の子に声をかけて手をとりあって踊りはじめた。おーい、オレはいったいどうなるんだ。猿渡は内心そう叫んだが、仕方なく踊りの邪魔にならないように壁の方に身を寄せて腕を組んで見物をはじめた。すると、小柄な女性が近づいてきて、声をかけた。

「あなた、初めてなの? ジョーの連れなの? 私と踊りましょうよ」

返事するより早く、その女性は猿渡の手をとって踊りの輪のなかにひっぱっていく。社交ダンスを踊っているわけではないから、まわりの踊りを見よう見まねでリズムにあわせて身体をくねらせるしかない。猿渡が一生懸命にリズムにあわせようとしている様子をみて、相手の女性は、その調子よ、という感じでニッコリ微笑む。その笑顔を見て、猿渡の気持ちもほぐれ、次第に周囲の雰囲気に溶けこんでいく。向うでジョーの踊ってる姿も見える。不思議な感覚だ。ここには生き生きとした若者たちが大勢いる。暗く沈んだ陰鬱な駒場寮の空気とはまるで違った別世界がここにある。

静かな曲に変わった。ワルツだ。このあいだ基本ステップを習ったばかりで、まったく自信がない。先ほどからの女性の手を握って踊りはじめた。足もとばかりを気にしている猿渡に、その女性がたずねた。

「いま、何を勉強してるの?」

軽い口調の質問だったから、きちんとした返答を期待するというより、ただ会話のきっかけをつかみたいという意思表示だったのだろう。しかし、猿渡にとっては、まさしく「それが問題なんだ!」と叫びたいほどの難問を、いきなり初対面の女性にぶつけられ、面くらった。周囲には若者たちのあふれんばかりのエネルギーがみちている。猿渡の身体のどこかにも、それにこたえようとするものがある。しかし、何かがそれをきつく阻んでいる。大学のなかで、何を求めたらいいのだろうか。勉強しているのか、何をいったい勉強しようとしているのか。猿渡は途方にくれた。一瞬、ぐっと言葉をのみこみ、むせた感じで、「うん」とだけ言った。答えにならないことはよく分かっている。女性は「どうかしたの?」と心配そうに猿渡の顔をのぞきこんだ。

「いや、何ともありません。まだ一年生で、入ったばかりですから、勉強はこれからです。経済の仕組みを勉強しようとは思ってるんですけど……」

ようやく猿渡は、これだけのことをかすれた声をしぼり出すようにして答えた。このところ本を読んでも身に入らず、寮のなかで、ごろごろ怠惰な日々をすごしてきた。これではいけない。そんな思いもあって、ジョーの誘いに乗ってやってきたのだ。そんなことを彼女にそのまま伝えていいものかどうか、猿渡には判断がつかない。また、本当のことを言ったら恥ずかしいという思いも強い。

女性は、「そうなの」と気のない返事をした。そして、別のカップルにふれあうと、「元気にしてる?」とか、お互いに声をかけあう。なかなか人気者のようだ。

猿渡のステップは、あっちこっちぶつかってばかりいたが、途中から、それも気にならず、次第に音楽にあわせて身体が動くようになった。要は、リズムにあわせて楽しく身体を動かし、雰囲気を楽しめばいいんだ。そう思うと、身体の動きがすっきり軽くなった。誰も注目して見ているわけじゃないんだから、変に意識する方がおかしい。自分なりにそう言いきかせた。何回かパートナーチェンジをしているうちに初めの女性にまためぐりあった。

「あら、随分うまくなったのね。この調子でいくと、そのうち選手権試合に出れるかもよ」

冗談めいて話しかけてきた。猿渡には天使の囁きに聞こえた。

「おかげさまで。ぼく、猿渡というんです。四国出身です。よろしく」

今度は自分でも驚くほどスムーズに声が出た。猿渡は人生の出会いを感じた。不思議な感触だ。身体の芯から何か熱いものがわきあがってくる。これが自分の求めていたものかもしれない。そんな気がする。

「あら、失礼。わたし、オリーブっていうの。ほら、ポパイに出てくるオリーブよ。でも、あんなに細くないんだけど、わたしって」

眼の前のオリーブは、たしかに決して細身の体型ではない。そのうえフリルのついた白いブラウスの胸のふくらみが眩しいほど盛りあがっている。小柄だけど、とても愛敬がある。ニッコリしたときにえくぼが両頰にできるのが、なんともいえない。猿渡はたちまち魅きつけられた。

「今度の土曜日の例会にもぜひ来てね」

オリーブが猿渡の耳元に口を近づけ、囁くようにして誘う。二人だけのデートに誘われたみたいに頭がボーッとなった猿渡は、

「はい、行きます」

これだけ言うのに、声がうわずっているのが自分でもよく分かる。一緒に踊ったときに握ったオリーブでの手はしなやかで、少しばかり冷たい。美人の手は冷たいっていうのは本当なんだ。猿渡は、そんなことを考えながら、茫然と出入口付近に立ちつくした。

くすんだブレザーを着た男が近寄ってきた。

「明日、暇《ひま》ですか？　時間がとれるんでしたら、セツルメントの紹介をしますから、ぜひ来てください」

これがセツルメントなのか。地域で活動してるらしいと聞いていたけど、これがそうだったのか。

セツルメントという学生サークルがあり、駒場寮にも部屋があることは猿渡ももちろん知っていた。ただ、そこは何だか学生運動との関わりが深そうだったし、部屋の雰囲気も暗い感じがして、敬遠し

ていた。たまに、女子学生が部屋に出入りしているのを見かけて、そのときはうらやましいというか、妬ましい気持ちを抱いていた。とても自分から積極的に戸を叩いてみるだけの勇気はなかった。それが今日、一気に抜け落ちた。

ジョーが猿渡を見つけて近づいてきた。

「おい、ちゃんと踊れたか」

「うん、まあまあというところですかね」

これは本心と違った、まったくの照れ隠しの返事だ。

「それはよかった。どうだ、かわいい女の子もいただろう」

ニコニコしてジョーが問いかけると、猿渡は大きくうなずいた。

「セツルメントに入ることにしました。今度の例会にも行きます」

ジョーは猿渡の肩をたたいて「そりゃあ、よかった」と大きな声を出した。

「それでは、今日のところは、これくらいにして我々も帰るとするか」

建物のなかではまだ何人か後片付けをしている。猿渡は眼の先で追ってみたが、オリーブの姿はもう見えない。猿渡は、ジョーに連れられてまたバスに乗った。バスの中から、工場の高い煙突が火を吐いているのが見える。

「あれはフレアスタックというんだ。いらなくなった排ガスを燃やしているんだってさ」

猿渡には、それが人生の希望の灯に見えた。

あとで分かったことだが、遊び人でマージャンばかりしていると思っていたジョーはセツルメントサークルに入っていて、子ども会パートに属していた。パーティーに参加したのは、猿渡をセツルメントに誘うという大義名分のもとに女の子とダンスをしたかったという単純な理由からだ。猿渡は自分がダシに使われたことを知っても怒らなかった。それどころか、オリーブという素敵な女性を知ることができて、ジョーに心から感謝した。といっても、別にジョーに何かおごってやったというわけではない。少しばかり感謝の気持ちをあらわす態度をとってジョーに接したというだけで、肝心のジョーがそのことに気がついたのかは定かでない。

●セツラーネーム●●●

5月12日（日）、北町

午後から猿渡はひとりで北町へ出かけた。朝のうちは曇り空だったが、昼過ぎからポツリポツリ降りはじめた。

北町にはセツラーが何人か下宿しているらしい。その一人がガンバだ。北町二丁目のバス停で降りて、商店街のはずれにある小さなパチンコ店の横の路地を入っていく。突きあたりの古ぼけた木造アパートを外階段からのぼった二階の奥にガンバの下宿はある。

昨日もらった地図をたどって、恐る恐る戸をたたくと、なかからすぐに「オーウ」という太い男の声が返ってきた。朝ひげをそっていないのか、むさくるしい顔をした男が顔を出し、

「やあ、よく来てくれた。さあ、あがって」

猿渡を部屋に招き入れた。畳の間は四畳半、わきに小さな台所がついている。トイレは外に共同のものがついている。四畳半には、学生が三人すわっていた。女性が二人いる。こんな狭いところで、女子学生と膝つきあわせて話すのは初めてなので、猿渡はひどく緊張する。女子学生たちはスカートをはいて畳の上にすわっているので、膝のところにハンカチをおいたり、脱いだセーターをかけている。今はやりのミニスカートだったら眼のやり場に困ってしまうな、そんなことばかり考えながら、「どうも初めまして」と頭を下げながら猿渡は奥の方にすすんで腰をおろす。初めは正座してかしこまってはみたものの、慣れない正座ですぐ足がしびれ、あぐらをかいて坐り直した。男はすわり方を

気にしなくていいから、こういうときは便利だ。

　これからセツラー会議というのが始まる。若者サークルの例会の前後にセツラー会議というのをやるというのはジョーが話してくれた。しかし、いったい何を話し合うのだろうか。昨日のパーティーの反省会でもするのかな。ただぼんやり参加しただけでオリーブ以外の参加者は誰も印象に残っていない。でも、そんなことをあからさまに言ったら、ここにいる女の子たちに総スカンをくらいそうだな……。猿渡は部屋のなかを見まわしながら、頭の中ではそんなことを考えていた。

　ガンバが、「今日はこれで全員そろったから、まずは自己紹介をしようや」と口火を切った。困ったな、新参者が真先にやるのだろうか。いったい何をしゃべればいいんだろうか。猿渡が顔をしかめるのと同時に、ガンバが「まずは、ぼくから始めるよ」と言って、自分の紹介を始めた。猿渡はひと安心した。

「うまれは東北、石巻です。いわば漁港の町です。といっても漁師の息子ではありません。オヤジは高校の教員をしています。いま、駒場の二年生で、理科I類ですから、将来は研究者になろうかな、と思っています。セツルメントに入ったのは、大学の授業が面白くなくて飽きたりない思いをしているところに、オリエンテーションでひっかかってしまいました。別の世界を知りたいなと思っていたので、飛びこんでしまったというわけです。セツラー二年生というわけですけど、今でもセツルメントって何ですか、と訊かれても十分に答えることができません。自分自身よく分かっていないのですから、それも当然です。よろしく」

　ガンバがおわって次に移ろうとすると、隣りにいた女性が「名前も言わなくっちゃ。ガンバって、ガンバロウっていう歌から来ているのよね」と他己紹介した。ガンバは「そうなんだ。ガンバロウの歌をいつも大きな声でうたって目立ったものだから、ガンバってつけられたんだ」と言いながら首筋のところに手をあてて照れ笑いした。ほのぼのとした人間味があって好感のもてる先輩だな……。

二年生が自己紹介の見本をしてくれたので、残る二人のセツラーも順番に出身地と大学のこと、将来の進路などを簡単に自己紹介した。カンナとトマトだ。雰囲気がなごんだのをみて、ガンバが、「じゃあ、猿渡くんに、さっそくセツラーネームをつけてやろうよ」と呼びかけた。猿渡以外にはセツラーネームがついていることは自己紹介のときに分かった。でも、どんな名前をつけられるのか、少し心配になった。なるべくカッコいい名前がいいなあ。

「猿渡というと、やっぱり山里の猿というイメージなんだよね。でも、ヤマザルとかモンキー、モン太というんじゃあ、少し可哀想かな」

「そ、そうですよ、そう」

猿渡は、小学校や中学校のとき、同級生たちに「モンキー」と呼ばれて嫌な思いをしたことを思い出していた。隣にすわっていた女性が、猿渡の方をふり返っていった。

「そうね。ほら、猿飛佐助っていたじゃない、それならカッコいいんじゃない？」

カンナだ。眼がくりくりしていて、髪の毛は肩までのばしている。

「そう、そうよね」

丸顔の女性が賛成した。トマトだ。カンナは応援を得て、興に乗って話を続ける。

「だから、佐助っていうのは、どうかしら。猿渡さんは、見たところ敏捷そうだし」

「佐助、ね。なかなかカッコいい名前だな。どうかな、本人としては？」

ガンバに水を向けられて猿渡は一瞬返事をとまどった。セツラーネームなるものは、思いつきでつけるんだね。ただ、本人の了解も一応必要とはするらしい。もちろん猿渡に異存はない。猿渡佐助っていうのはよく読んでいたマンガの主人公だし、敏捷そうだといわれると、ほめられている気がして、悪い気はしない。

セツルメントのなかでは、すべて、このセツラーネームで呼びあう。「さん」とか「くん」もつけず、呼び捨てだ。これによって、先輩とか後輩というタテの関係は消え去り、すべて横の仲間同士の結びつきということになる。心理的にも垣根がとり払われてしまう仲間うちの隠語だ。

猿渡は、実のところ敏捷なんかではない。それどころか、子どものころから身体を動かすより本を読むのが好きで、運動神経は鈍い方だ。頭でっかちで、帽子はいつも二年上の学年用のものを母親に買ってもらっていた。「この子は頭でっかちで困ってしまうわ」と、いつも母親の静代が愚痴をこぼすのを猿渡は聞かされ、何か悪いことをしているかのように思わされてきた。スポーツにしても放課後の草野球のときは、せいぜいライトだ。バッターボックスに立ってもあえなく三振して、味方の「アーアー、またか」という嘆きの声を聞くことの方が多かった。本が好きだから、学校の図書室にいり浸っていたし、まじめにコツコツ勉強していたから成績だけは良かった。おとなしくて成績のいいのだけが取り柄で、ほかには何のいいところもないと思いこんできた。ところが、なんとか一浪して東大に入って駒場寮で生活しはじめると、頭のいい学生が身近にゴロゴロしていて、猿渡の取り柄もたちまち影が薄れた。理系の学生同士の話にはとてもついていけず、コンプレックスを感じるばかり。おとなしいというのは、駒場寮のなかでは積極的に評価されるというより消極評価の対象となる。もっとはっきり言うと、無視される存在だ。おとなしいというのは、自分の考えや要求を他人にきちんと伝えられないということだ。そうなると、猿渡には何の取り柄もないことになる。えっ、それでは、一体、自分は何者なんだろうか……。そんな疑問が頭の中をかすめるようになっていた。そんなときに、猿渡に「佐助」という名前が与えられた。このセツラー集団のなかだったらうまれ変われるかもしれない。みんなから、「佐助」「佐助」と呼ばれるようになると、猿渡は、何だか肩に長くのしかかっていた重荷をひとつおろした気がする。それは、あこがれの東大生になったということからくる自意識過剰、取り柄があると思いこんできた高慢な心を捨て去ったということなのか、自分でもよくは分からない。いずれにせよ、猿渡は「佐助」と呼ばれることによって、人間として生まれ変わった気分に浸ることができる。その気分を尊重して、これからは佐助と呼ぶことにしよう。

ガンバの下宿を出ると、外は本格的な雨が降っていた。

駒場寮に戻ると、沼尾がジョーと毛利の三人で新聞を囲んで話していた。

「フランスの学生も、なかなかやるよねー。すごいよ」

二万人の学生がカルチェ・ラタンでバリケードを築いて警官隊とまるで市街戦なみの激しい攻防戦を繰り広げたという。

「いや、二万人どころか三万人だってよ。学生が四〇〇人も捕まったって」

「すごいね、日本じゃ考えられないよな」

「いや、いや。案外わかんないよ。いまに日本だってフランスみたいになるかもよ」

ジョーが自信ありげに鼻をうごめかす。佐助は、日本ではそんな事態はありえないと思った。

沼尾が冷めた口調で言った。

「だって、医学部なんか一月二九日から無期限ストに入ってるんだよ。それでも、ちっとも盛りあがっていないじゃないの」

「いやいや」ジョーは軽く手を左右にふった。「何かのきっかけさえあれば、きっと日本だってボッと火がつくものさ、よーく見ててみな」

「なんだか、すごく自信あるじゃない」

沼尾がジョーを冷やかす。ジョーは鼻の頭を右手でなでながら「それだけ、今や学生一般の不満が高まっているっていうことだな」と言葉短く言い切った。

●ベトナム反戦デモ●●●

5月13日（月）、駒場

朝からしょぼしょぼ雨が元気なく降っている。もう梅雨に入ったのか。一瞬、錯覚した。気温は上がらず、膚寒い。気が滅入ってしまうなあ、もう……。

朝刊にパリでベトナム和平会談が本格的に始まったと報じられている。やっと実質的な討議に入ったわけだ。北ベトナムはアメリカの北爆と敵対的行為の無条件停止を求め、アメリカは相互的な軍事抑制措置を主張する。サイゴンに対する解放戦線の今回の攻撃は四日ほど続いた。ベトコンが依然として健在だということは誰の目にも歴然だ。

沼尾がサークルノートにベトナム反戦デモについて書いた。

「デモなんかやるべきではない。いや絶対に行くべきだ。賛否両論はあるだろう。ここで、行くべきではない、無関心でもよい、それより勉強が大切だという意見の持ち主に一つだけ考えてもらいたいことがある。ただデモに行けといっているのではないので、くれぐれも誤解のないように願いたい。それは、自分にとってベトナムなんて関係ないことだと思っているあなたとは反対に、ベトナム問題は自分たちの問題だと考えている人が現にいるというのはなぜなのかをぜひ考えてもらいたいということ。

自分は何もしなくていいと思っている根拠、なぜそう思うのか考え直す必要があるのではないのか。勉強で忙しいというのなら、何のために勉強しなければならないのか。勉強とは何なのか、改めて考え直してもいいのではないのか、ということでもある。

事実に目をつむることはやさしいが、必要なときには勇敢に事実に目を向けてほしい。語学を一生懸命にやっているあいだに、自衛隊にとられて外国へ送られるというんでは、まったく後の祭りではないだろうか。

スケベエ、ノンベエ、何でも結構。でも、戦場へ行っても、スケベエ、ノンベエのままでいられるのだろうか」

●エチケット知らず●●●

5月15日（水）、駒場

フランス語は相変わらず難しい。どうしてこんなにたくさんの活用があるんだろうか。フランス人の子どもはまったく偉いよ。これだけの活用を無意識のうちにできるなんて。

おっと、お腹《なか》が痛い。ああ、これは腹痛じゃないぞ。要するにトイレへの最短信号が点燈したのだ。薬を飲む必要もない。トイレで排出すればいいだけのこと。腕時計を見る。あとたっぷり一〇分はあるぞ。困ったな。とてもあと一〇分なんて待てそうもない。いったいどうしたっていうんだろう。昨晩の食いあわせでも悪かったというのか。いやいや、単に自然が呼んでるだけ。体調がいい証拠だよ。うーん、それにしても困った。どうしよう。

喜多村助教授はフランス語の活用を説明している。授業の邪魔をしてはいけない。ちょっとトイレに行ってきます、なんて、恥ずかしくてとても言えない。黙って脱け出して、また、そっと戻ってこよう。机の上のテキストとノートをそのままにして、佐助は腰を浮かした。そのとき、ガタンと音がして喜多村助教授と目があいそうになったので、慌てて佐助は目を逸らし、そのまま出口に向って小走りで駆けていった。あとはトイレへ一目散だ。戻ったときも、授業は何事もないように続いた。

ああ、よかった……。

授業が終ったとき、神水が近づいてきた。

「さっき、あんたが抜け出したあと、喜多村先生が近ごろの学生はエチケットを知らんと嘆いていたぜ」

「うん、悪かった」

黙って出た方が良いかと思ってしたことだったので、エチケットを知らないと言われると佐助は心外だった。でも、自分が教える身だったら、同じことをきっと言うだろうとも思った。人は結局のところ、他人の考えているところは分からず、その行動だけで判断するしかないからだ。

佐助はこんなときは、やはり「ちょっとトイレに行ってきます。すみません」と小さな声で言うことにしよう。と思った。ただ、高校生までは、授業の途中でお腹が痛くなることはあっても今日みたいなことはなく、最後まで我慢ができた。やっぱり身体が何かしら拒否反応を示しているのかもしれない。そうも考えた。

佐助が、サークルノートにこの顚末を書いたところ、沼尾が次のようなコメントを書いた。

「他人の考えていることは結局その行動だけで判断するよりほかないというのには少々、異議がある。なるほど自分と他人とは性格その他あらゆる点で違っているから、他人の考えが完全に、また明確に分かることは不可能だろう。ただ、他人がある行動をとったとき、もし自分がそんな行動をとるとしたら、それはどんな考えからだろうかとある範囲では推察しうると思う。そして、その範囲内でなるべく好意的にその行動を判断してやろうという心構えを持つことも必要であり、可能だと思う。ただし、今日のような場合に、彼の心理を理解せよと教官に望むのは、立場と年齢の差から見て不可能だとは思うが……」

●ジョーの誕生祝い●●●

5月16日（木）、駒場

まさに五月晴れだ。朝から本当に気持ちがいい。ジョーが二一歳になった。誕生祝いを駒場寮の下にある駅前商店街のはずれの日之出屋でやることになった。会費は一人三〇〇円。金欠病の寮生が多いことを考えて、幹事役を買って出た佐助が二度に分けて集金した。倉成はアルバイトの家庭教師の日程が変えられないということで、申し訳ないが欠席するという。

夜九時になった。五人は部屋を出て、一列になって矢内原門を抜けて、駅前商店街へおりていく。いつもなら商店街のなかほどにあるラーメン屋に入ってタンメンを食べるのだが、今日はその前を素通りする。ラーメン屋のなかは今夜も寮生たちで一杯だ。そんな寮生を横眼に、五人は意気盛んに日之出屋をめざす。日之出屋は小料理屋だから、ラーメン屋と同じ値段というわけにはいかない。少しばかり値がはるから、佐助たちにとって日頃は少し近寄りにくい店なのだ。しかし、今日はかねて用意した会費と大義名分がある。五人は元気よく日之出屋のガラス扉を開けてドヤドヤと入っていく。先客は誰もいない。日之出屋は、深夜にならないと客が来ない深夜営業型の小料理屋だ。奥の座敷に五人はあがりこんで、壁に貼られている「お品書き」を見まわす。テーブルの上にも小さな「お品書き」を書いた木の札が立っている。

まだ若い女将さんがおしぼりをもって注文をとりに来た。「ビール、とりあえず三本」と、幹事役の佐助が元気な声で注文すると、女将さんは「ビール三本」と帳場の方に向かって叫ぶ。奥の方から、「あいよ」と渋い声で返事が返ってきた。女将さんが続いて注文を聞こうとするので、「まだ決まってないから、とりあえず、早いとこビール三本もってきて」と佐助は制する。女将さんは愛想よく「はい、はい」と言って引っこんだ。女性の前で、あまり貧乏学生のふところ勘定を知られたくはない。今夜はビールは六本までと決めていた。ビールをふやせば、食べ物を減らすしかない。限られた予算内では、みんな飲むよりは食べたい。

「やはり、まずは冷ややっこだな」

「それより、揚げ出しトーフだ」

「うんにゃ、やっぱり、レバニラいためを喰いたいな」

「久しぶりにうまい本物のテンプラを食ってみたいな」

「おい、うなぎのカバ焼きとか、どじょうの柳川ナベなんかもあるぞ。うまそうだな。精もつくぞ、食べてみよう」

みんなの勝手な注文を全部通していたら、たちまち予算オーバーになってしまう。オーバーしたとき、一体だれがそれを負担するのか。下手すると幹事の佐助がかぶることになりかねない。

佐助は「エヘン」とわざとらしくせきをした。

「まあ、諸君、あいや待たれい。今日は、あくまでもジョー先生の二一歳の誕生祝いの会であるぞ。よって、まずは当のジョー先生の意向を尊重しようではないか」

沼尾がすぐに「異議なし」と応じた。ほかの者は、渋々「まあ、仕方がないか」と、小さい声でつぶやく。

「あとは、予算の都合上、私めにおいて、ジョー先生と相談のうえで適当に注文することにさせてもらいたい。北海道の方で大変な地震も起きたようなので、やっぱり料理は控え目にするかな、という考えもある」

「そんなの関係ないぞ」沼尾が野次った。

「やっぱり、自分のふところ具合だけだな、関係あるのは」マスオがつぶやく。

佐助がジョーをうながした。ジョーは満面に笑みを浮かべている。

「そうだな、ここはやはり諸君の栄養補給も考えてレバニラいためといきたいね」

さっそく佐助がレバニラいためを大声で五人前注文した。ジョーが佐助にたずねた。

「おい、今夜は、我が輩にだけは刺身の盛り合わせがつくということはないのか」

「残念でした。会費制ということは、本人をふくめて、みんな平等ということで了解願います。もっとも、今夜、みんなでジョーをおごってやって、近いうちにジョーが我々全員におごり返してくれるという約束をするのなら、話は全然別だけど……」

「いやいや、それは滅相もない」

たちまちジョーは撤回する。女将さんがビールを運んできた。まずは、沼尾の音頭でジョーの誕生日を祝ってグラスをあわせて乾杯する。沼尾の提案で、ジョーに記念スピーチをさせることになった。レバニラいためが運ばれてくるまでの待ち時間のつぶし方としては、いいアイデアだ。

調理場の方からいい匂いが漂ってくる。ジョーの口元に視線が集中する。

「エヘン」ジョーは手の甲を口にあてて、一度、軽くセキをした。

「本日は、いつも暇をもてあましている諸君に、わざわざ我が輩の生誕二一年の記念すべき日に、かくも盛大な祝宴を開いていただいたことに、心から感謝したい。たっての要請であるので、我が輩のとっておきのスピーチを今からほんの少しだけ開陳することにしたい。しばし、ご静聴願いたい」

ジョーがもったいぶっていると、沼尾が、「テーマは何なの？」と素っ気ない調子で訊いた。ジョーはニヤリと笑った。

「わが初恋の思い出を、この際、少しばかり披瀝し、あわせて、今後のわが人生の展望を語ってみたい」

「それはいい」

沼尾が素直にほめると、キタローも「うん、ぜひ聞いてみたい」といって腕を組み、ジョーの話を聞く態勢をととのえた。ところが、お酒に弱いジョーは、コップ一杯のビールで、すでに顔を赫くしている。ちゃんと話ができるのか、少しばかり不安を抱かせる。

「いやはや、我が輩は、今となっては、かえすがえすも残念でたまらないが、正直いって奥手そのものじゃった。好きな女の子には声もかけられず、フォークダンスのときにその女の子の手を握っただけで、胸の鼓動がきこえるほどだった」

「それは、ぼくも同じだ」マスオが小さくつぶやく。

ジョーは、「うん、うん」とうなずきながら、話をすすめる。その顔は真面目そのものだ。冗談を言っているようで、本音を吐こうとしている様子がうかがわれる。

「ある日、我が輩は突然、思った。ひょっとして、我が輩は、このまま女性を知らず、童貞のまま一生を終わってしまうのではないだろうか、と。そう思ったら、心配で心配でたまらないようになってしまった。本当に、心底からあせった」

「実は、ぼくも今同じことを心配している」

マスオが、また横でつぶやく。

「とはいっても、今のところ、我が輩には何の展望もない。そこを日夜、夜も眠れないほど悩んでおるのじゃ」

佐助が、「それじゃあ、ジョーもセツルメントで彼女を見つければいいじゃないか」と叫ぶと、沼尾が睨みつけた。

「おいおい、佐助は社会について勉強するためにセツルメントに行きだしたのかと思ったら、なーんだ、彼女を探すためにセツルメントに行っているのか」

「ええっ、そんな……」

佐助はまさに図星をさされ、反駁の言葉をとっさに思いつかない。

「いやいや、女の子と仲良くなることと、社会の現実から学ぶということは、ちっとも矛盾しないことだ。佐助、そんなに、慌てることじゃないぞ」

さすが、ジョーは佐助に援助の手を差しのべる。

「我が輩も、そのつもりでセツルメントにときどき顔を出すことにしている。しかし、あそこは、なかなか厳しいところもある。初めからホンネで近づくのは難しいし、これはいいなと思う女の子にはたいてい彼氏がいて、それを横取りするほどの勇気もない」

ジョーが苦悩のほどを述べているところに、女将さんが、「ハーイ、お待ちどうさま」と軽やかに言いながら、まだ湯気のたっている大皿のレバニラいためを運んできた。ちょうどよいところで話は中断した。五人とも寮食堂で夕食をすませたはずなのに、まるで飢えた子どもだ。一斉にハシをつき出し、口に運びはじめる。ここでモタモタしていてはごちそうにありつけない。しばし無言のまま、必死の競争がはじまる。大皿がなくなりかけた頃、佐助は帳場の方へ出かけていって、次の料理を注文した。注文するとき、横に仲間がいると、いろいろ文句を言われるのを心配して一人抜け出したのだ。

一段落した沼尾が、ジョーに「早く続きを話せよ」とせきたてる。ジョーはモグモグ口を動かしていたのを一気に飲みこんだ。

「我が輩の、一番の悩みは」

ジョーは言いかけて、やめた。

「いや、やっぱり恥ずかしいから、やめておこう」

「おいおい、なんだなんだ。言いかけておいて途中でやめるなんて男のすることじゃないぞ」

沼尾が真先に文句を言い、マスオもキタローもそれに続く。注文を終えて戻ってきた佐助も、元の席につくなり、その非難合戦に加わった。集中攻撃を受けたジョーは、頭をかきかき、下をうつむきながらようやく話を再開する。

「我が輩は童貞である」

「うん、それは、もう、さっき聞いた。それに、そんなことは、聞かんでもとっくに皆に知れておる」

沼尾が冷たい口調で言い放った。ジョーはますます困った顔をして、残る四人の顔を眺めまわす。

「実は、我が輩はホーケイなのだ。これに、いかに対処すべきかで実は悩んでいる、というわけだ」

ジョーは、そこまで言うと、コップに残っていたビールをぐいと飲み干して、下をうつむいた。

「なーるほど」これは沼尾の反応だ。

「なーんだ、そんなことか」これはキタローの言葉。

「何、それ?」これは佐助。

「ええっ」あとは言葉にならなかったのはマスオ。

四者四様。心あたりのある者、何と言っていいか分からなかった者、何のことかすぐには分からなかった者、さっぱり分からなかった者。それぞれ、受けとめ方が違っている。

沼尾が慈愛にみちた顔つきで、ジョーの肩をたたいた。

「それって、完全ホーケイか、不完全ホーケイかで、手術すべきかどうか違うらしいよ。一度、医者に診てもらったらいいんじゃないの」

「うんにゃ」ジョーは決然と断わる。

「我が輩は、その点についても実は悩んでおる。医者に行けば看護婦さんがおるじゃろ。若い女性の前で、我が輩のあそこを開陳するわけにもいかん。だからこそ、悩んでおるのじゃ」

ジョーは、言い方こそふざけているが、内心はすごく真面目だ。佐助が軽い気持ちで訊いた。

「それって、今、気にしなくちゃいけないことなの。どうせ今すぐ使うつもりがないんだったら、もうしばらく様子をみて、それまで放っておいたら、どう」

佐助もまるで奥手だから、自分がホーケイかどうか、全然気にしていない。

「おいおい、我が輩は、もう二一歳という立派な大人なんだぞ。昔の男の元服は一四歳だったというのに、今すぐ使うつもりがないならなんて、そんな情けない冗談はよしてくれよな。我が輩だって、そろそろ機会があれば、ということぐらいの覚悟はあるんだ」

「覚悟があるっていったって、実際、当面そのあてはないんだろ?」

沼尾がまたもや冷ややかに言い放つ。ジョーは話の腰をすっかり折られてしまった。しかし、かといって沼尾に怒鳴りかえすだけの元気もない。

「いやいや、こういうことは事前の用意が大切なんだ。いざというときに役に立たないようだったら、困るからな」

「しかし、立つことは立つんだろう?」

沼尾がわざと言葉尻をとらえて意地悪な質問を投げつける。ジョーは、まだ手にしていたコップを落としそうになった。

「おいおい我が輩をそんなに見くびってもらっちゃあ、いかんぜよ」

「それなら、いいじゃないの。放っといたら、自然になるようになるもんだよ。気にすることはないさ」

沼尾は心あたりが自分にあるのか、すっかり悟りを開いたかのような口調だ。

「そうかなー、そういうものかなー」

ジョーにはいささか不満な気持ちも残ったが、ことが微妙な問題だけに、それ以上の深追いはしない。それでも、日頃だれにも言えず悩んでいたことを口に出せて、心の方はかなり軽くなっている。自分の真面目な話をきちんと聞いてもらえる機会はなかなかないものだ。みんな話したがっていて、じっくり他人の話を聞いてやろうということにはなかなかならない。

女将さんが佐助の追加注文した料理を次々に運んできた。揚げ出しトーフ、肉ジャガ、天プラ。テーブルの上に、そこそこの料理が並ぶ。佐助は予算を告げて交渉してきたのだ。店は学生料金で出血サービスしてくれたようだ。一斉にハシが伸びる。みんな食べ盛りの年齢だから、またたくまに皿が片付いていく。

「じゃあ、もう一回、残ったビールでジョー主席の生誕を祝して乾杯しよう」

沼尾がうれしそうな声で音頭をとる。五人はコップをあわせる。

「偉大なる舵取、我らの人生の教師、ジョー主席よ、永遠なれ」

マスオが流行の毛沢東賛美をまねて、調子よく言った。

寮生活のなかで男が六人集まっても不思議なほど猥談が出ない。もちろん、みんな関心がないわけではない。ただ経験と想像力が決定的に不足していた。遊ぶお金に不自由しているうえ、彼女もいない。悲しいかな、猥談の種も持ちあわせがない。

残ってる料理とビールを最後まできれいに食べ、飲み尽くした。店も混んできた。中年のサラリーマンたちが上着を脱いで、くたびれたYシャツ姿で飲んでいる。ネクタイをゆるめて、なにやら深刻そうな顔つきだ。社内で面白くないことがあったのだろうか。それとも、いつものウサ晴らしなのだろうか。あぐらをかきながら、今日一日の仕事の疲れを全身ににじみ出しながらビールを飲んでいる男たちの姿は、ひょっとして自分の将来像かもしれない。佐助はそばを通りながらそう思った。

勘定をすますと、五人は満たされた思いで、ジョーを先頭に薄暗い矢内原門を通って寮に戻った。

ホーチミン・ルート

5月17日（金）、駒場

今日は朝から晴れて、気持ちのいい日だった。

ジョーが夕刊を手にしながら叫んだ。

「なんとかしてホーチミン・ルートをぶっつぶそうと、アメリカは必死なんだよな」

「うん、うん。ジャングルのなかを走ってるのかな」

佐助は尻馬に乗って調子をあわせる。二人の話に沼尾が近寄ってきた。

「おいおい、ホーチミン・ルートなんてアメリカ帝国主義のデッチあげたデマだぜ。簡単に、そんなデマを信じてしまったら困るよ」

沼尾はいかにも苦々しいという顔を見せる。佐助は、しまった、と思った。そうだよな、アメリカの言ってることなんて、本当にあてにならないんだよな。ホーチミン・ルートなんて、アメリカが北からの侵略と戦っているって正当化するための口実にすぎないんだった。しかし、そこで佐助の頭は、はたと思考が停止した。

毛利が頭をあげた。ずっと黙って聞いていたようだ。

「いやいや、本当のところは、ソ連も中国も武器・弾薬とか兵隊とかも派遣して応援してるらしい。そうじゃなくっちゃ、南でアメリカ軍と互角にたたかえるわけないじゃないか」

それもそうだな。佐助は、今度は、毛利の言うのももっともだと思った。いつも、あっちに揺れ、こっちに揺れる。

「アメリカの北爆にしても、最近、アメリカの戦闘機が次々に撃ち落とされているらしいんだけど、中国軍が持ちこんだ高性能の高射砲陣地のせいらしい」

いくら軍事通の毛利の話だといっても、なんだか信じられない話だ。

「でも、そんな話、アメリカは何も言ってないぜ」

ジョーが異議をとなえた。

「うん、それはアメリカには朝鮮戦争の教訓があるからじゃないかな」

「えっ、朝鮮戦争の教訓って、いったい何、それ？」

「ベトナムに大量の中国軍がいて、直接アメリカとの戦闘に従事していることをアメリカ国民が知ったら、みんなすぐ朝鮮戦争で中国軍が参戦して苦労させられたことを思い出してしまうんだよ」

「ふーん」

「そんなことになったら、ベトナム反戦運動に一層弾みがついてしまう。それがアメリカ政府は怖いんだね」

「なるほどね、そういうものなんかなー」

ジョーは分かったような分からないような顔をして黙った。佐助もそれは同じだ。何だか信じられないような話だった。いったい、このベトナム戦争っていつまで続くのだろうか。そのうち終わるものなんだろうか……。さっぱり先が見えない。

沼尾がソンミ事件の生々しい虐殺現場写真をのせた大版の写真集をもってきた。ジョーが真っ先に手にとる。

「ひでえことするな、アメリカって」

「年寄りも子どもも、みんな殺してしまったんだね」

佐助もジョーとまったく同じ気持ちだ。

「ベトナム人民を守るためのはずの軍隊が、真っ先に人民をうち殺してしまったら、いったい軍隊は何のためにあるの」

佐助がつぶやくと、毛利が「軍隊なんて、もちろん軍人のためにあるものさ」と即座に断言した。

「うんにゃ、政治家のためにも存在する」

続いてジョーが見事に喝破する。佐助は、いちいち同感だった。

「パリのオルリー空港がマヒ状態だってよー」

「一度、パリに行ってみたいね」

「いいね、花の都、パリか」

「おいおい、パリで学生と労働者がゼネストを決行中なんだぜ。学生が起ちあがり、それを労働者が支援しているんだ」

「日本じゃ、そんなことはありえないよね」

佐助は信じられない思いだ。

今夜も蒸し暑い。北海道に続いて福島でも震度四の地震があったらしい。東京だって、そのうち大地震が起きるのかもしれないな。まあ、深刻に考えすぎても仕方がない。世の中は、すべてなるようになるもんだ。ケセラセラー、なるようになるー……だ。

それぞれ自分の机に戻った。やはり、みんな学生だ。といって、机に向かっているから授業の予習・復習しているとは限らない。佐助は気乗りせず、机の上に頬杖をついて本箱の教科書の背文字を眺めていた。明日、オリーブに会えるかな。

机の上にサークルノートが隠れていた。マスオが学生運動の活動家を批判している。うーん、そうかもしれないけれど……。読み終えると、ペンを持って書き始めた。

「学生運動について、ぼくはまだよく知らない。大いに批判しなければならない点もかなりあるように思う。でも、それなりに考えて、自分でよいと思ったことを大部分の人はやっているようには思う。といっても、実のところ、ぼくは学生運動には恐いという気持ちがある。もっと言うと、警察に捕まったりして親に迷惑をかけることを恐れるし、ぼく自身の出世が不可能になることを心配もするから。

今のぼくの心のうちには、出世したい心と、真面目に世のために尽くしたい心の両方が併存している。これから、ぼくは一体どうなるのだろう……。

ぼくはセツルメントをはじめたし、寮にいて、アルバイトをしながら、勉強をしなければいけない状況にある。みんな果たして共存できるのだろうか?

留年なんかしたくないし、それに家庭の経済事情がそれを許さない。厳しいけれども、みんなやってみようとは思っている。ぼくがインポでないことを証明するためにも」

●サークル例会●●●

5月18日（土）、北町

セツラー会議が早目に終わった。夕方からのサークル例会まで少し間があるし、お腹もすいてきたので、少し腹ごしらえしようということになり、みんなで外に出た。いや、ガンバは急ぎのレポートがあるとかいって下宿にひとり残った。佐助たちは、どんより曇った空の下、北町の商店街をぶらぶら歩く。さすがに夕方の商店街は活気がある。買物カゴをぶら下げたおばさんたちが店先で立ちどまっている。呼びこみの店員が、今晩のおかずはこれだよ、と威勢のいい声をあげる。魚屋の隣には惣菜屋があり、おいしそうなコロッケが揚がっている。佐助の好物はメンチカツだ。たっぷりの油を入れた鍋のなかで、大きなメンチカツがジュージューと音をたてて揚げられている。揚がったばかりのメンチカツから、油がしたたり落ち、包み紙をべっとりぬらす。店のおかみさんがニコニコしながら客に手渡す。

「まいどありー」

佐助は、久しぶりに生活の香りを感じた。駒場寮にいたら絶対味わうことのできない生活感覚だ。

佐助たちは、中華料理店を見つけて、古い縄ノレンをくぐった。

「やっぱり、タンメンだな。関東のラーメンは、醤油っぽくてうどんみたいだし」

「そうだわね。野菜をたくさん食べなくちゃね」

佐助がタンメンを選ぶと、栄養科のカンナも同じものにした。トマトはメニューを見て、選びかねている。結局、みんなタンメンを注文した。うす味で、キャベツが山盛りのタンメンが出てきた。

「今度、もう少し時間があったら、北町のおいしい定食屋へ、みんなで行きましょ」

カンナが、食べ終わってから呼びかける。「うん、いいね」、佐助はすぐに承知の声をあげた。


もと来た道を通って、商店街を抜けて、ガンバの下宿に戻った。ガンバは、まだ机に向かってレポートづくりをしていた。そのそばで若者が一人あぐらをかいて所在なさそうな様子で坐っている。頭髪をポマードでてかてかになでつけて、少しニヤけた感じの若者だ。

「おう、待ってたぜ」

あとで名前の分かったその若者は、オソ松と呼ばれている。

「けっ、オレ、今日は、ひどい目にあったんだよー」

佐助たちセツラーが腰をおろすと同時にオソ松はしゃべりだした。ガンバも机の上のレポートを片づけて畳の上にあぐらをかいてすわる。オソ松のしゃべ方にはひどい癖がある。語尾をぴんとはねあげるように話すのが北町風のしゃべり方だ。同じ関東地域でも、地域によってかなりの方言の違いがある。アクセントのおき方、語尾のあげ下げに微妙な差があるのだ。

「係長のやつはよー、前の月までは、一日一〇ライン五〇〇台の生産で頑張ってくれと言ってたのがよー、今月からは、いきなり五二〇台に目標をあげることにしたから、よろしくって言ったんだぜ。おいおい、いったい誰がどこで決めたのかよ。オレがそう言おうと思ったらよー、オレのまわりのヤツなんか、しばらくぶつぶつ言ってはいたけど、結局、誰も何も言わないんだぜ。もちろん、オレも黙っていたけどよー。そんなことしたって、バカみるだけだもんなー。でもよー、やられた身になってみりゃあ、よく分かるけどよー、ホント辛いもんなんだぜ、このアップは……。ホント、係長のヤツにはアッタマくるぜ」

オソ松は、ブレザー姿もバッチリ決めている。「サークルには可愛いい女の子をひっかけに来てるんだけどよー、なかなか可愛いい子はいないし、可愛いい子はひっかかってくれないから、オレ、困ってんだよー」と、本気とも冗談ともとれることを口走って笑わせる。

「うーん、なかなか大変なんだなー」

ガンバが相槌をうつと、オソ松は「うん、うん」といって話を続ける。

「朝会のとき、係長のヤツは、ライバル社を抜いて日本一、ナンバーワンの会社をめざそう、といつも叫ぶんだ。そんなこといったって、こっちは、それよりもう少し給料あげてくんないかなーって、冷ややかにうけとめてるよ。だけどよー、いつも係長がひとり燃えあがって、手がつけられないんだぜ。ホント、いやになっちまうよー」

「ひどいね、それは」

ガンバは、テーブルの上を片づけながら、セツラーを奥の方につめさせた。もう、やがて、ほかの若者たちも顔を見せる時間だ。

「そいでよー」

オソ松は、セツラーみんなが自分の話に注目してくれているのを十分に意識して、その細くとがった鼻を右の人差し指でなでた。「よー」とか「さー」という語尾をわざとらしくはねあげて話すのも北町風だ。

「班競争が、これから、もっとひどくなりそうなんだぜ」

「えっ、班競争って、何のこと？」

佐助が疑問を口にすると、正面にすわったガンバが、「オソ松の勤めているカンデン、関東電機では、労働者が五人一組で班をつくらされて、班同士で生産成績を競争させているらしいんだ」と、小声で解説した。それを聞いてカンナが、「まるで、江戸時代の五人組ね」と低い声でつぶやく。オソ松はカンナを横眼で見ながら、うんうんと大きく頭を上下にふった。

「そうなんだ。まったく、ひでえ話だと思うんだけどよー、ベルトの速さが、これまでより月に一割ずつ段階的に速くなっていくというんだ。それじゃあ、こっちは、まったく眼がまわっちまうぜ」

オソ松は、大げさに両手を広げて、あきれたというポーズをしてみせる。

「ベルトって、何のこと？」

それまでトマトは黙ってきいていたが、いよいよ話についていけないという感じで疑問を声に出した。

「ベルトコンベアーのことだよ」

オソ松は、女性からの質問だということを意識したようで、丁寧な口調でこたえた。

「半製品をベルトコンベアーに乗っけてよ、流れ作業でずっとつくっていくわけなのさ」

トマトは大きくうなずいた。オソ松はその様子を見て、安心して話を続ける。今夜は、まだほかの若者は誰も顔を出さない。オソ松の独演会がそのまま続く。セツラーは黙って話を聞く。

「そいでよー、ついこのあいだ会社を辞めたヤツなんか、ホント、可哀想かったぜ。そいつなんかよー、ベルトについていけずによー、仕方ないから、ベルトの上の半製品を全部おろして自分の席のまわりに積みあげてしまったんだよー」

「ええっ、そんなことしていいの？」

トマトが驚きの声をあげた。

「もちろん、ダメだよ。みんな必死になってベルトの流れにあわせて作業をしているんだから、その流れを無視して誰かが途中でためこんだりしたら流れの下の連中は、干あがって仕事ができなくなるだろ、そんなの許されっこないさー」

「ふーん。それで、その人、どうなったの？」

首を傾げたまま、トマトは質問を続けた。

「係長のやつがすぐに飛んできたさ。そいつはよー、それからずっと係長の眼の前で仕事をさせられたのよ。午前中に一回しかない五分間のトイレタイムのときにも休まず仕事を続けたんだけどよー、やっぱり遅れを取り戻すことはできなかったさ」

「大変なのね」

トマトは深いため息をついた。

「そりゃあ、オレだってよー」

トマトの同情心を引きたい気持ちからか、声のトーンをぐっと落としてオソ松が付け加えた。

「たまには、ベルトにのっかってる製品をそっと下におろすことだって、あるんだぜ。ホント、そんなときにはヒケ目感じちゃうよな。だってよー、班同士で競争してるじゃんかよー、だから、オレがみんなの足をひっぱることになるんだからよー」

「じゃん」とか「じゃんか」という語尾も北町風のしゃべり方だ。それじゃあ、班同士で競争しているというより、競争させられているということじゃないのか。佐助は疑問に思った。同じ疑問をカンナも抱いたらしい。

「それって、少しおかしくないのかしら?」

「えっ……」

オソ松が真面目な顔をして、カンナの方をふりかえった。このころには、ようやく何人かの若者が顔を見せていて、入口付近につめあっていた。カンナは臆することなく、自分の疑問を口にした。

「だって、ベルトの流れが速すぎるのが根本的な問題なんでしょ?」

「そりゃあ、そうだけどよー」

オソ松があわてて弁解をはじめる。女性から正面きって疑問をぶつけられたのは初めてのことのようで、出だしの言葉は震えていた。

「会社の連中は、いつだってストップウォッチで標準の所要時間を計測してベルトコンベアーの流れを精密に決めているんだから、標準動作どおりの手順でやれば何も問題はない。疲労度を考えて休憩時間だってきちんと組み込んでいるんだから、合理的だし、科学的だと言ってるんだぜ」

「でも」

今度はトマトがカンナに加勢する。

「人間って、いつもそんなに機械と同じように動けるのかしら。体調の悪いときだってあるんだし、女性には月一回の生理だってあるのよ」

「それは、そうなんだよな」

ひげの濃い若者が口をはさんだ。髪の毛もボサボサで、顔つきはさらにいかめしい。だが、笑うと可愛いらしいえくぼができる。そのミスマッチが憎めない雰囲気をかもし出す。アラシと呼ばれていると聞いて、佐助はなるほどと思った。ヤマアラシのイメージにぴったりだ。

「前の日の酒が残っていたり、頭のなかがムシャクシャしているときなんか、手が思うように動かないもんな」

「そうでしょ」

カンナが応じた。

「女の人は、生理のときには辛い人も多いんだから」

「生理休暇は取りにくいことが多いのかしら?」

カンナに続いて、トマトが首をかしげた。

「それで、さっきの可哀想な人は、一体どうなったの?」

カンナが話を戻すと、出番をとり戻したオソ松はほっとした表情を見せる。

「そいつはよー、班長が気をきかせて係長によそへ配置を転換してやってくれと頼んだらしい」

「まあ、やっかい払いしたというのが本当のところだな」

アラシが横から口を出す。

「それで?」

カンナとトマトが同時に声をあげる。

「それを聞いてよー、ヤッコさん、こんな会社に自分の居場所はないと、さっさと見切りをつけて、自分の方から辞めちまったさ」

「ああ、そうなの……」

カンナはがっかりした様子を見せた。トマトも悲しそうな顔をしている。

「ところがよー」

オソ松が甲高い声で話を続けた。

「職場の連中なんか、みんな、あいつが辞めてくれて、せいせいしたって拍手したっていうんだぜ。オレなんか、もう、どうなっちゃってるのかよって、思ったさ。何が何だか、よく分かんねえよ」

「そういうことって、ホント、あるんだよな」

アラシがボソッとつぶやいたあと、沈黙が続いて座がシラけた。ガンバが部屋の中を見まわしながら、低い声で解説する。

「班ごとに厳しい競争をさせられているから、足をひっぱるような能率の悪い労働者は自分たちの敵みたいに見えてくるんだね、きっと。本当の敵は、そんな仲間同士のいがみあいをさせている会社なんだけどね」

オソ松がかなり気を悪くした様子で、口をとがらしてガンバに噛みつく。

「おいおい、ガンバ。会社って敵なのかよ。敵といえば、悪いヤツということだぜ。西部劇ならガンマンがやってきて、みんな殺される連中っていうことだぜ。ホントに、そうなのかよ?」

「うーん」

ガンバは、オソ松の逆襲がどこまで真意なのか測りかねて、答えに窮した。オソ松はいつになく真剣な表情だ。

「オレ、会社のおかげでメシ食ってるんだもんな。岩手の山奥からよー、集団就職で出てきてから、天下のカンデン様に勤めて働いているから、メシも食えて、ちっとは田舎のお袋さんにも仕送りしてるんだぜ。田舎にそのままくすぶっていたらよー、飢え死にはしないかもしらんけどよー、仕事らしい仕事もなくて、その日暮しをしなくちゃなんないんだぜ。そいでもって会社を敵なんか言ってた日には、オレも会社を辞めなくちゃいけなくなるんだぜ」

オソ松はガンバに必死にくいさがる。アラシが、天井を見あげながら低い声で独り言のようにポツリとつぶやく。

「まあ、よせよ。それとこれとは違うだろ?」

オソ松は、今度はアラシにつっかかっていく。

「どこが、どんなに違うのか、オレにもよく分かるように説明してくれないかよー」

「だって、ガンバは、会社は労働者を搾取してもうかっている。労働者同士がいがみあいをしていると、それを上から眺めて喜んでるヤツらがいる。それが会社だと言いたかったんだと思うんだ。そうだろ、ガンバ?」

ガンバは、アラシの助け舟でほっとした表情で、大きくうなずいた。

「これは、社会科学のモノの見方の問題なんだ。オソ松も、少しは勉強した方がいいと思うよ」

アラシが最後は軽い口調でオソ松に向かって言ったので、オソ松も逃げやすくなった。アラシはオソ松を見くだしたわけではない。もちろん追いつめたりもしない。オソ松も、「まあ、いいや、勉強のことは今度考えるとして、今日は、このあいだの三周年の集いの反省会をすることになってるんだよな」と笑いながら、話題の転換を図った。

すでに時刻は六時半をまわっている。サークル例会の今日のテーマは、オソ松のいうとおり、三周年の集いの反省会だ。アラシが座長をつとめて進行していく。

佐助は、オリーブの姿が見えないので、先ほどから今日はオリーブはどうしたのかな、と気を揉んでいた。オリーブの顔を見たくて来てるのに、と告白するつもりはなかったが、残念な思いで、その後の話し合いにも身が入らない。

「オリーブはどうしたんだい？」

アラシがオリーブの欠席に気がついて声をあげると、そばにいた女性が「今日は、ちょっと都合が悪いんだって」とすぐに返事した。

「おー、いいなー。彼氏とデートかよー」

オソ松がひやかした。佐助が、そうかー、オリーブには、やっぱり、デートする彼氏がいるのか、とがっかりした顔をしてると、先ほどの女性が、「そんなんじゃないらしいわ。田舎から親が出てきてるのよ。何の用事だろうって心配してたわ」と、オソ松を軽くいなした。

「親が出て来ているのか。何かあったんだろうな。親が突然田舎から上京してくると、まったく碌《ろく》なことはないもんな」

アラシが、またボソボソっと低い声でつぶやいた。

「んだんだ」

オソ松が、田舎の方言丸出しで相槌をうつ。心は田舎に戻っているようだ。そんなとき、ふいに口から方言がとび出してくる。

佐助は、今夜はオリーブに会えず、少しばかり心が沈んだ状態で駒場寮に戻った。

●社会思想史●●●

5月21日（火）、駒場

広い七四三番教室は学生でぎっしり埋まっている。いつものように少し遅れて教室に入った佐助は、気恥しさを感じながら空席を求めてウロウロし、やっと後方に空いた席を見つけて坐った。

聖徳教授の社会思想史の授業は学生に人気がある。沼尾が昨夜、聖徳教授について、まあ批判的に学ぶ対象だよなと皮肉をこめながらも佐助に受講するようすすめた。えっ、どうして。佐助が問いかけると、沼尾は鼻をこすりながら解説した。

講義はマックス・ウェーバーの『プロテスタンティズムの倫理と資本主義の精神』をとりあげている。ウェーバーは反マルクスの立場だ。世界史に基本法則があるなんて絶対に認めない。つまり唯物史観をとらないし、マルクスの史的一元論を批判して徹底的な史的多元論に立っている。

ふむ、ふむ。分かったような顔をして沼尾の解説を聞いていたが、実のところ佐助にはチンプンカンプンだ。唯物史観とか史的一元論などと言われても、なんのことやらサッパリ見当もつかない。でも、まるで知らないと白状するのもプライドが許さない。少しは聞きかじっていることにしておこう。気遅れもあって、ただひたすら首を上下させた。

聖徳教授は手元においた講義ノートに目を走らせながら、ゆっくり話していく。学生に話しかけながら自分も考えている。いや自分の考えを反芻して練りあげている。いやいや、模索していると言うべきか。そんな真剣な口調に、つい引きずりこまれる。さすが、学生に一番人気のわけだ。古ぼけた講義ノートをつかって十年一律、同じことを繰り返す、そんな講義とは明らかに異なる。

「禁欲的なプロテスタントは、暴利をむさぼる商業や、その担い手である旧来の大商人を敵視した。ところが、そこにこそ近代的な資本主義がうまれ、発達した。そこに謎がある。その謎をウェーバーは見事に解き明かした」

聖徳教授は、ときどきキーワードを黒板に大きく板書する。

「勤勉とか倹約というだけなら、日本にだって二宮尊徳をはじめ何人も主張した学者がいる。中国では、日常的にお金もうけのことが人の口にのぼるし、お金もうけに対して社会的な反感もない。しかし、そこには近代の資本主義は生まれなかった。なぜか?」

うーん、学問って、ひょっとしたら面白いのかもしれない。なんだか底の深いものに触れているという実感がしてきたぞ。佐助は聖徳教授の講義を感心しながら頬杖をついて聴いていた。ところが気がついてみると、周囲の学生は、大半が熱心にノートを取っている。それも、要約なんかではなくて、一言一句、書き落とさないように必死でノートに書き込んでいる。そうなのか、大学の講義って、ノートを取りながら聴くものなのか……。あわてて机の下のカバンの中を探して大学ノートをひっぱり出した。生協の売店で買ったノートは、真っ白のままだ。

「近代的資本主義の精神の担い手は資本家だけでなく、労働者もその担い手である必要がある。それには、長いあいだの宗教教育の成果として労働者が天職だと思って働くことが不可欠の前提条件だ」

聖徳教授の講義は淡々としているが、中味は濃い。佐助も必死でノートを取りはじめた。

「世俗の職業は神の召命であり、現世において果すべく神から与えられた使命である。修道院における生活がとくに価値あるというものでは決してない……」

天職か……。いったいオレの天職って何なのだろう。

佐助のノートを取る手が一瞬止まった。

「そこでは利潤の追求が合法化されただけでなく、まさしく神の意志にそうものとまで考えられている」

ふむ、ふむ。ほんの少しだけ分りかけてきた。そんな感じがする。

「結果として、お金がもうかり、お金が残っていく。それが新しい資本主義の社会的な機構を形づくっていく」

うーん、なんとなく分かるんだけど、あと一息っていうところだな。やっぱり勉強不足だぞ、こりゃあ。もっと古典を読んで勉強しなくっちゃ。時間を浪費する者は自分の霊魂を軽んずる者だ。テキストの注に誰かのそんな言葉が書かれていた。きっと、そうなんだろうな。時間を浪費するなっていうことか。いつの間にか聖徳教授の授業は終っていた。学生たちが立ち上がってざわめいているなか、教授も演壇に広げていたノートを片付けて足早に七四三番教室を後にする。

佐助は学者になる気なんて、さらさらない。それでも、学問には知的探求心を満足させるものがあることを知ったのは、今日の最大の収穫だ。百年前いや数千年前に書かれたことが、今も通用する考え方であるかもしれない。そう考えたとき、時空を超えて、世界が眼前に広がる。そんなものかもしれない。佐助は大学に入って初めて満ち足りた思いで五月晴れで光かがやく銀杏並木を歩いて駒場寮に向かった。

フランスで労働者が工場を占拠し、ドゴール体制が危機に瀕しているというのが夕刊の大見出しだ。

フランスも大変だね。日本は、おかげさまと言うべきか、とんと平穏無事だよ。

いやいや、北寮前の三叉路のところには今日もマイクをかまえた男が立ってアジ演説している。

「反動的かつ反人民的な登録医制度を粉砕するために、今こそ全駒場の学友諸君は立ちあがろう。医学部では自衛隊から委託され、お金をもらって研究をすすめていることが発覚した。しかし、これは医学部だけのことだろうか。我々は軍学協同路線に断平反対する。軍学協同を粉砕しよう」

そうだった。医学部のストライキはまだ続いているんだった。平穏無事なのは見かけだけか……。

五月病

5月24日(金)、三鷹

ドアを開けると、左手にスチール製の古びたロッカーが四人分並んでいる。続いて、すぐ二段ベッドがある。真ん中を通路にして向かいあう格好だ。寝るときにはカーテンで閉める。その奥に、机が四つ並ぶ。机の向きは部屋によって違っている。尚美の部屋は四つの机が固まっている。とはいっても本箱を前に立てているから、直接にお互いの顔が見られるわけではない。よその部屋では机をカーテンで仕切っているところもある。

もともと、それほど広くないからカーテンで仕切られていようといまいと、窮屈なことには変わりはない。と言っても、尚美にとって物理的な狭さは全然問題ではない。手を伸ばせば友人がいるという狭さは、かえって親密な関係を客観的には築きやすいというプラスの効果も期待しうる。子どものころから大家族のなかで育ってきているから、周囲に人が多勢いるのには慣れている。問題はそこにはない。こんなに身近に住んでいるのに、心の世界では、はるか遠く異星人のようにかけ離れている。その心理的な距りが尚美を圧倒する。

都立高出身の尚美が女子大の寮に入ったのは、国家公務員の父親が転勤のために地方の官舎に入ったからだ。尚美は親から自立するいい機会だと思って大学の寮に申し込んだ。

同じ部屋の雅子が五月病にかかっていると分かったのは、つい何日か前のこと。はじめのうちは、雅子が突然何にもしゃべらなくなったのを不思議に思った程度だった。きっと、いろいろ考えごとしてるのね。そう思っていた。

　自分でも何がしたいのか、よく分からないのよ。雅子が食事しながらポツリと言ったとき、尚美は、私もよ、と答えた。そのうち、雅子の生活が昼と夜で逆転しはじめた。夕食後、机に向かって本を読んでいるかと思うと、ベッドに電気スタンドを持ちこんで本を読んでいる。尚美が夜中に目を覚ましたときに雅子のベッドだけ明るかったことがある。大きな溜め息を聞いたことも二度や三度ではない。眠れないのかしら。寝つきのいい尚美には眠れない人の悩みが本当のところ理解はできない。どうしたのかしらと思っているうち、また寝入ってしまった。

　朝、尚美が起き出したとき、雅子のベッドは物音ひとつしなかった。朝食をすませて身支度をして授業に出ようとするときにも雅子が起き出してくる気配はない。昼休みに部屋に戻ったときには、さすがに雅子のベッドは空になっていた。四月の雅子は愛想よくて、みんなに挨拶していたのに、このところ朝夕の挨拶まで欠かすようになった。いや、何やら口元でブツブツ言っているのだけど、相手には聞きとれない。目線をそらしてしまうから、話しかけるのもためらう。

　尚美にしても、大学生活にはすっかり慣れたものの、雅子の変化にどう対応してよいのか分からない。寮監に伝えるべきなのかどうかさえ、判断がつかない。そのうち、私だって雅子みたいに、自分の殻に閉じこもってしまうかもしれないわね。尚美にとって雅子の様子は決して他人事ではない。

　きのう、夕食にパサパサのひじきが出た。テーブルに向かいあって坐った史江が、「ええっ、こんなの食べさせるの？」と悲鳴をあげた。地方の素封家の娘に育ち、舌の肥えた史江の口にあわなかったのだろう。尚美の方は食事が美味しいとか、まずいとか、あまり関心がない。もともと食が細いのだ。別にダイエットしているわけではない。食べようという欲求が身体の内側にあまり起きてこない。生きるためのエネルギー補給は最低限でいいという感じ。いや、これは尚美の頭のなかでそうなっているというのではなく、身体の方がエネルギーを発散させ、その補給を求めるというようにはなっていないということだ。

夕食後、尚美たちがくつろいでいると、見知らぬ中年の女性が顔を出した。どこかで見たことがあるわ、そう思っていると、雅子の母親だと自己紹介した。あっそうだわ。尚美は入寮手続きのとき、雅子に代わってテキパキ応対していた母親の姿を思い出した。

もともと小柄な母親が「どうも娘のことで大変ご迷惑をおかけしました」と小さくなって話すのを聞いているうちに、雅子が既に退寮手続きをすましたことが分かった。いや、大学自体も休学するようだ。もとは愛敬のある顔なのに、いかにも悩みが浮き出している表情で、雅子の母親はしきりに尚美たちに向かってペコペコと頭を下げてお辞儀する。そう言えば、雅子は午後からずっと姿を見かけなかったわ……。母親の話しぶりでは、雅子は一足先にホテルに入って待っているらしい。

尚美には、雅子の悩みが本当のところ、どこにあったのかよく分からない。雅子のいた、空になったベッドを見つめながら、尚美はもっと雅子と話しておくべきだったと後悔した。

尚美も、高校時代は勉強にだけ打ちこみ、社会の事象から目を逸らして生きてきた。大学に入ったら思う存分、好きなことに打ちこもうと思っていたのに、下手すると高校生活の延長線になりかねない大学生活だ。私の方も、このままでいいのかしら。なんだか底知れぬ不安を感じてしまう。雅子も、きっと同じことを悩んでいたのよね。ひとりで真剣に考え、悩み、悩んだあげく自分のなかで何かがきっと破裂してしまったのね。

私は、私は一体どうしたらいいのかしら。学内に求めて見つからないんだから、きっと大学の外にあるんだわ。やっぱり、このあいだのセツルメントがいいみたいね。

尚美は、一度はセツルメントに入るつもりになったのにその後、なんとなく行きそびれていた。行動よね、行動。

尚美は雅子の退寮・休学を見て大いに反省させられた。これからは足を運び、行動しながら考えることにする。そう、固く決意した。明日は、やっぱり五月祭に行ってみよう。きっと何かが見つかるわ……。

● ベトナム代表団歓迎集会 ●●●

5月25日（土）、本郷

「まったく蒸し暑いね」

　佐助のそばにいる汗かきのマスオは、先ほどからしきりにハンカチで首のまわりの汗をぬぐっている。安田講堂前の広場は学生で身動きがとれない。ベトナムの解放戦士を大きく描いた絵が塀風のように前面を飾っている。司会者が壇上から「六五〇〇人もの参加を得て、この集会は大成功しました。東大当局の妨害を完全に跳ね返すことができました」と叫んだ。こたえてウォーッという声が湧き起こる。本当に六五〇〇人もいるのかどうかは分からない。でも、それくらいの学生がいてもちっとも不思議じゃない。それは確かだ。

「ベトナム支援のバッジとプレート、リーフレットが一組で一〇〇円です。英雄的に闘っているベトナム人民を支援するためにぜひ買ってください。ベトナム人民へのカンパだと思って協力してください」

　紙袋をたくさん抱えた学生が売り子として集会参加者の群れのなかを呼びかけてまわっている。マスオが先に買ったのにつられて、佐助も一組買うことにした。壇上に男女の学生が並び、歌唱指導しながらベトナムの歌を参加者とともにうたう。ベトナム人民のたたかいに歌で連帯の気持ちをあらわしたい。そんな気分が盛り上がっていく。

「この群衆は集会でないと認める」と東大当局が通告してきた。司会者がそれを知らせると、大喚声がはじけた。参加者の意気は天を衝く勢いだ。

午後四時半をまわったころ、正門の方から整然とした拍手の音が聞こえてきはじめた。正門から入ったベトナム代表団が銀杏並木道をすすんでくる。人、人、人の波をかきわけるようにしてゆっくり歩む。盛大な拍手は、やがてリズミカルなものに変わった。

代表団が舞台にたどり着き、演壇に向かう。ハ・スオン・チュウン団長がもの静かな、低い声で訴えはじめた。

「ベトナムのことは、ベトナム人民にまかせてほしいのです。それによって初めて、ベトナムに本当の平和が訪れるのです」

ハ団長は、「アメリカによる北爆下における大学教師と学生の生活とたたかい」と題して三〇分にわたって静かな口調で話した。連日、アメリカ軍と激しくたたかっている国からやって来たとは思えないほど落ち着きはらっている。佐助はそこに深い自信を感じとった。

「戦時下でも学生は増え、熱心に教育がすすめられています。これは、ホーチミン主席の自由と独立ほど尊いものはないという教えをベトナム人民が実践している。そういうことにすぎません」

隣りにいた毛利が、佐助に小声で話しかけた。

「本当は、安田講堂のなかでやることになっていたんだぜ」

佐助とマスオは毛利に誘われて集会に参加していた。この歓迎集会も五月祭の企画のひとつだ。佐助は、てっきり当初から安田講堂前の広場が予定されていたものと思っていたから、毛利の話に驚いた。

「ところが、あとになって東大当局が安田講堂を集会に使うことは認めないと言い出したんだ。ひどいもんだぜ、電源まで切っちゃったんだから」

それはひどい。隣りで耳をそばだてていたマスオも憤慨した。

「だけど、ベトナム代表団を歓迎する実行委員会が結成されて取り組まれたんじゃないの?」

「うん」毛利が両手を組んだまま深くうなずいた。

「昨日から五〇人ほど泊まりこんで徹夜で準備して、安田講堂内はすっかりOK、準備万端だった」

そう言えば毛利の眼の端は赤くなっている。徹夜作業に従事していたんだな。

「今日の警備にしても、三〇〇人くらい警備隊を確保してるんだ」

なるほど、広場周辺の要所要所に、腕に自信のありそうな学生たちが固まって周囲を注意深く見守っている。

「ところが、ところが。学生委員長から、学部長会議で五月祭の企画として認めないことに決まったという連絡があったんだ。もし強行すれば、責任者の処分もありうるってさ……」

「えーっ、ひどいね、それは」

「いやいや、もっとひどいことがあるよ。評議会として東大は歓迎しないことを決めたというんだ。それで、安河内総長が直接自分で日本ベトナム友好協会の会長に電話して歓迎集会を中止するよう申し入れたんだって」

「えーっ、それはないだろ」

マスオがあまりに大きな声をあげたので、周囲にいた学生たちがマスオを注目した。

「不屈に戦っているベトナム人民に対して失礼きわまりないよね、それって」

「そうだ、そうだ」

「異議なーし」

周囲からマスオに同調する声があがった。

「東大人なら、誰だってベトナム人民の英雄的な闘いに対して、当然、敬意を表して大歓迎すべきだよな」

マスオは憤然とした口調で言った。

「そう思うだろ。それが本当だよな」

毛利も大きくうなずく。

「まあ、だからこそこんなに大勢、今日は集まっているのさ」

「といっても、四月の田英夫の講演会のときにも結構集まっていたじゃないの」

マスオの言葉に毛利がこたえた。

「ああ、そうだ。あのときも一五〇〇人は集まってたな。なにしろハノイ現地を訪問した報告なんだから、誰だってじかに聞いてみたいからね」

ベトナム戦争の真相には佐助もすごく関心がある。先週、本郷のどこかの教室でベトナム映画が上映されるというチラシを手にして、ぜひ見に行きたいと思った。でも、その日は家庭教師に出かけなくてはいけなかった。

突然、大きな喚声があがった。小柄なハ団長が、話の最後に「ベトナム人民と日本人民の団結、万歳」と叫んで、こぶしを突き上げたのだ。佐助たちも慌てて右腕を突き出し、大声で唱和した。

尚美は一人で本郷の五月祭を見に行った。東大生の美由紀には連絡をとらなかった。構内できっと会えるわよね。そう思った。何か自分の求めているのが見つかるかもしれない。漠然とした期待感を抱いていた。見物客がワンサカ来ていて、銀杏並木はとてもまっすぐなんて歩けない。これじゃあ、美由紀には会えないかもしれないわ。笛の音とともに向うからデモ隊がやってきた。何かしら。ヘルメット姿も混じるデモ隊はときどき立ち止まって、何かを叫んでいる。よく聞きとれないわね……。どうも警察によるパトロールに抗議しているみたい。どうして大学内を警察がパトロールしてはいけないのかしら。尚美が首をかしげながら歩いていると、立て看板を支えていた木の棒に足があたった。立て看板が倒れそうになるのを、そばにいた学生があわてて両手で支える。あら、ごめんなさい。尚美も一緒に立て看板をおさえた。そのとき、セツルメントという字が読めた。あっ、今日もがんばっているのね。スラムで子ども会をやっているという言葉が目に入った。スラムで子どもたちはどのように生きているのかしら。あとでQ太郎と分かったその学生は、ともかく一度来てごらんと熱心に勧めた。尚美は、もちろん行くつもりだ。

美由紀は三四郎池のそばのベンチに腰をおろした。本郷構内の喧騒も池の周辺までは届かない。先ほどから美由紀は神水と言い争いをしていた。なんだか言い負かされてしまった気がして坐りこんだのだった。美由紀は四月下旬のダンパのとき一緒に踊った神水が不器用ながらも真剣に踊っている姿に、周囲の都立高出身者と異質のものを感じて心が魅かれた。その後、美由紀の方から一緒に映画を見に行きませんかと誘った。美由紀は物おじせず、良いと思ったことはすぐに行動に移すのが性分だ。神水はもちろん、いちもにもなく応じた。

神水は何事によらず真正面から物事をとらえ、なんとかして自分の頭で考えようとする。決してカッコ良くはない。社会に対する見方も一途だ。今の世の中はおかしい。いろんな不公平さがまかりとおっている。これは正さなくてはいけない。ひたむきに訴える。美由紀もそこに共感し、大いに魅力を感じた。

ところが、美由紀のクラスは何事によらず斜《はす》に構える人間が多い。地道な努力を冷笑し、既成のものはすべて駄目だと切って捨てる。政治にしても同じ。既成左翼なんて支配体制に組みこまれた補完物にすぎない。いかなる変革の力もない。このように決めつける。反権力・自由人間を標榜する父親の感化を受けて同じように反権力的思考の強い美由紀は、都立高時代に民主派のオルグを受けたものの、もう一歩、加盟にまではふみ切れなかった。それでも、民主派のシンパとして行動してきた。ところが、このごろではクラスの空気に染まってアンチ民主派の方へ心情的になびいている。

「医学部の処分って、現場にいなかった学生まで対象としているんでしょ。それなのに大学当局は非を認めて撤回しようとしてないのよね。そんなのおかしいわ。口で言って分からないのなら、別の実力行使の方法を考えるしかないんじゃないのかしら」

その論理は正しいかもしれないけど、言い方が神水には気にいらない。知りあった当初は本当に素直に考えてくれて共感してくれていたのに、近ごろは何かというと斜に構えた物の言い方しかしないんだから……。

　だから、さっき、神水は美由紀にこう言ってやった。

「世の中を変える力は労働者階級にこそあるんだよ。美由紀さんも一度セツルメントに入って、労働者階級のなかに身を置いて、それを実感したらいいんじゃないの」

　そんな問題提起をした神水自身も、実は、労働者階級のなかに身を置いたことはない。また、セツルメントのことも、それが何であるか、まったく分かっていない。ただ、このところ同じクラスの猿渡の言動を見てると、何だか落ち着いて物事を考えるようになってきた気がして、それを評価しての言葉だった。言った本人も驚く言葉ではあったが、言ったことは決して間違っているとは思わなかった。

　美由紀はベンチから腰をあげ、スカートを軽くはたきながらこたえた。

「分かったわ。考えてみることにする……」

　素直に応じてくれたので、神水は二度びっくりだ。それでも、これで喧嘩別れにならずにすむと、ひと安心の気持ちにもなった。

「それじゃあ、また、構内をひとまわりしてこようか」

　神水が誘うと、美由紀も「そうしましょ」と足をふみ出した。

　三四郎池の水面に木洩れ陽が差してキラキラ眩しく輝いている。

　ドゴール大統領が自らテレビに出て国民に直接訴えかけた。「ドゴールか混乱か」。強烈な訴えだ。ドゴールは国民投票に賭けた。

サークル例会

北町

朝のうちはいい天気だったのに、午後から曇り空となった。湿度も高くなってきたので、夜になったら雨が降るみたい。

佐助は五月祭を早々に切りあげて、タンポポ・サークルの例会に出かけた。まだ三回目なのに、もうずっと通っている。そんな気分だ。ちょっと早目にガンバの下宿に着いたとき、ガンバの姿はなく、かわりにショーチャンとトマト、カンナの三人がいた。今日はオリーブは姿を見せてくれるかな。佐助はそんなことをボンヤリ考えていた。

ショーチャンがポツリポツリ話しはじめた。ショーチャンはオソ松と同じカンデンで働いている。お互いに職場は近いようだが、ラインは全然別らしい。

「うちに下請で入っている連中から聞いたんだけどよー」

同じ東北出身のショーチャンも、すっかり北町風の話し方だ。ただ、オソ松ほど語尾をはねあげた話し方はしない。いつも低い声でボソボソとしゃべる。両肩を少し怒らせた格好の体型で、はにかみながらしゃべる感じはオソ松とそっくりだ。

「電流を調べるときには、素手でさわらされてよー、ヒジの関節までしびれたら一〇〇ボルト、肩までしびれたら二〇〇ボルトだっていう上からの指示が出ているんだとよー。オレ、それ聞いて、てっきり冗談だと思ったさ。ところがよー、ある職場でホントにそれをやって、二〇〇ボルトの電源スイッチに触って感電死したヤツがいるんだってよー。ホント、馬鹿なヤツらだよな、あの連中って」

ショーチャンは、「馬鹿なヤツらだ」と言いつつ、それを軽蔑しているというより、「情けない話だ」という同情心にあふれた話し方をする。

「誰だって、好きこのんで、そんな危ないことなんかしたくないもんな。まったくひでえもんだよ。会社の上の方の連中なんか、オレたち現場の人間の生命なんか、それこそ屁とも思っちゃいないんだぜ。ホント、いやになっちまうよ」

「まったくひどい話だ」と相槌をうちながら、佐助は、あることにはたと思いあたった。「会社の上の方の連中」とは、ひょっとして将来の自分のことじゃないのか。うーん、きっとそうだぞ……。

そのとき、オソ松が「オッス」と元気な声を出してはいってきた。ショーチャンは、オソ松を横眼で見ながら、手だけ軽くあげて話をポツリポツリと続ける。オソ松はあぐらをかいて坐ると、ショーチャンの口元を黙って見つめた。

「会社の春闘にしたって、最低でも一万円くらいは上げてくれなきゃあ困ると思っていたら、その半分の五二〇〇円で早々と組合は会社と妥結してしまったんだぜ。ホント、いやになっちまうよ。オレたち労働者にはストライキ権っちゅうものがあるんだろ? それなら、たまにはドカンと一発ストライキをやってやりゃいいんだ。そうしたら、会社もオレたちのことをそうそう馬鹿にはできないなって、少しは反省するんじゃないのかなー」

黙って下を向いていたオソ松が、ストライキの話しになったとたん顔をあげた。

「おいおい、ストライキをそんなに簡単にやられたら、いくらオレたちのカンデンが大きいっていったって、倒産してしまうかもしれんぜ」

「まさか、そんなことないだろー」

ショーチャンは、オソ松の反問を全然気にしない。

「会社は、これまで、しこたまもうけてきたんだぜ。ケチで有名な天下のカンデンなんだから、どっかにそのもうけをたっぷり貯めこんでいるに違いないんだ。会社の上の方の連中は、事務所の奥深いところにいて、毎日、そんな大金の操作ばかりしてるに決まってるよ。だから、連中の心がどんどん人間ばなれしていくんだよ」

「そういうもんかなー」

ショーチャンの気迫にオソ松は負けた。

「カンデンが倒産なんかするはずがないよ」

「分からんぜ。会社にだって寿命があるとか、誰かが言ってたぜ」

見た眼に一見派手なオソ松は、実際は保守的で、班長のいうことに反撥しつつも、課長には一目おいている。逆に一見おとなしくて、いつも会社の言いなりになっているような印象のショーチャンの方が過激なことを言い出す。佐助は、そのアンバランスに驚かされた。

「ともかくよ、五二〇〇円ぽっちの賃上げじゃあよー、物価の上昇分にも追いつかないぜ」

「うん、それはそうだ」オソ松も、この点についてはまったく異存がない。オソ松は「安月給だから、彼女もできない」と、このあいだも愚痴をこぼした。

「物価上昇のピッチは速いもんな。それにあわせて給料も上げてもらわないと、実質、給料はダウンしてるのと同じだよな」

「ホントだよー、まったく」

ショーチャンは低い声でつぶやいた。しみじみとした実感がこもっている。

「それでも、日経連なんか『五二〇〇円のアップは春闘はじまって以来、最高のアップ額だ。来年からは、今年みたいには上げられない』とか言ってるっていうんだろ。ホント、頭にくるぜ。これだけ景気がいいっていうのによー」

ショーチャンは、新聞をよく読んでいるようだ。オソ松よりよほどしっかりした意見をもっている。

「組合の連中が、もっとしっかりしててくれたらといいんだけんどよー」

オソ松が両手を頭のうしろで組んで、天井をあおぎ見た。これが困ったときのいつものポーズだ。ガンバの部屋の天井の蛍光燈のうち一本は両端が黒ずみ、点滅をくり返している。切れかかっているのだ。

「いいや、組合幹部なんて、まったくあてにならないと、最近、オレ、思うようになったぜ」

ショーチャンがあまりにも断定的に言い切ったので、そばにいた佐助が「えっ、どうして？」と小さな声で疑問をぶつけた。

「このあいだ組合のニュースで読んだんだけどよー、うちの組合幹部の何人かがアメリカの労働組合から招待されて、アメリカに行ってきたんだとさ。そいで、そのときの感想文がニュースにのってたんだ。そこによー、アメリカは広大で素晴らしい国だ。アメリカ人はみんな親切で優しい。日本はもっとアメリカを見習う必要がある。そんなことばっかり書いてあってさ、アメリカがベトナムで戦争していることなんて一言もないんだぜ。これを書いた奴をオレ知ってるんだけど、行く前は、アメリカってのベトナム侵略戦争反対なんて組合大会で発言してたんだぜ。少しはまともなことを言うなと思ってみてたんだけどよー、アメリカに行ったら、もうメロメロになっちまったな」

いつの間にかガンバが部屋に戻ってきていた。

「アメリカの招待って、それを狙ってるんだよ。たたかう組合幹部を骨抜きにしようというんだ。こんなやり方を日本の学者はケネディ・ライシャワー路線と呼んでいるのさ」

「へー、学生さんは、さすがによく知ってるね」

ショーチャンがガンバをほめる。茶化したつもりではないようだ。ガンバも真顔でこたえる。

「うん、このあいだ少し勉強したんだ。ほら、ZDとかQCとか、いろいろアメリカ式の労務管理のことがこのあいだ話題に出てただろ。最近、職場に入ってきた新しいやり方だって聞いたから、どんな背景のものなのか、少し本を読んだりして勉強してみたんだ」

「そうだよな、オレたちも少しは勉強しなくちゃいけないんだよな。よう、オソ松よー」

ショーチャンからボールを投げられたオソ松は、「だから、オレ、このサークルに顔を出してるんだぜ」と言い返す。自分に向いたボールを誰かに投げ返したい。

「それなのに、三周年の集いが終っちまったらよー、最近、また、例会の集まりが悪いじゃんか」

予定時刻をとっくに過ぎているのに、集まりはたしかに良くない。三周年の集いの熱気が嘘みたいだ。アラシも来ていない。やっぱり今日もオリーブは来ないのかな? 佐助がそう思っていると、ガタガタと戸が開いて、オリーブが元気よく入ってきた。

「ああ、しんどかった。今日は、まったく大変な一日だったわ」

そう言って、さっさと隅の方にすわった。あら、集まりが少ないのね、という顔をして、部屋のなかを見まわす。佐助と目線があった。佐助がニッコリすると、オリーブも笑顔を返した。そんな様子がまわりの女性セツラーに気どられるのが恥ずかしくて、すぐ佐助は下をむいて、しばらく顔をあげられなかった。

「オリーブ、一体、何があったんだい」

ガンバがオリーブに声をかけると、オリーブは待ってましたとばかり、職場で朝から起きたことを話しはじめた。この日の例会の前半部分はオリーブの独演会となった。佐助は、オリーブの逞しさにまたまた圧倒された。

アラシが苦虫をかみついた顔で言った。

「まあまあ、オリーブの話はそれくらいにして、せっかくの例会なんだから少しは真面目な話でもしようぜ」

「あーら、わたしがせっかく真面目に職場のことを話してたのに」

オリーブは、つんと拗《す》ねた。ガンバが「まあ、まあ、二人とも」となかに割って入った。

「ほら、前からのテーマだった自己変革は可能か、どうやったら自己変革できるかってやつさ。それを少し話し合ってみようよ」

アラシとガンバが真面目なテーマを持ち出したとたん、サークルの雰囲気が固苦しくなってしまった。ポツリポツリと意見は出るものの、遅れてやって来たアッチャンもマッチも借りてきた猫のように今日はおとなしく、ほとんど口を開かない。

そのうち一人抜け、二人抜けして、流れ解散のようになってしまった。

オリーブがいつもより元気なさそうにしていたせいか、ガンバがオリーブに声をかけて、バス停まで一緒に送っていくことになった。

うしろを佐助はアラシと雑談しながら歩いていく。前を行くガンバとオリーブはいかにも仲の良いカップルで、オリーブの屈託ない笑い声が何度もあがった。

「オリーブも、もとの元気を取り戻したみたいだな」

アラシも気にしていたようだ。

●スラム●●●

5月26日（日）、磯町

北町一丁目のバス停にQ太郎が立って待っていた。北町って普通の町並みじゃないの……。決してスラムなんかじゃないわ。騙されたのかしら。これじゃあ、どこにでもあるような安普請のアパートが建ち並んでいるだけよ。Q太郎は尚美の方を握り返ることもなく、セツルメントの歴史を語りながら、ずんずん歩いていく。やがて大きな土手が前方に見えた。行きどまりだ。いったいどこにスラムがあるというのかしら。なんだか腹立たしさすら感じる。全然話が違うじゃないの。まさか、土手の向こうにスラムがあるっていうんじゃないでしょうね。ひどいわ、見えすいた嘘で私を騙そうとするなんて。Q太郎に文句をぶつけたかったが、Q太郎の方は相変らず一生懸命に戦前戦後のセツルメントの歴史を語っている。それでも、目的地は忘れていないようだ。土手を上にのぼっていく。河原に出るためなら、そこにある切り通しを通ればよいのに……。尚美は切り通しを横眼で見ながら、重い足どりで土手をのぼっていった。

土手をのぼり切ってQ太郎が立ちどまったので、続いて足をとめた。ええっ、これがそうなの。足元が大きく揺れた。電車が大きな音をかきたてて通ると地面も揺れる。目の前に、まさに噂どおりのスラムがあった。Q太郎が左手で大きく指差しながら静かな口調で説明する。

「この河原には一八〇世帯、三五〇人もの人が住んでるんだ。その四割は在日朝鮮人。河原というのは国有地だから、ここは典型的な不法占拠地だね。それに人間は住めないところ、というか、住んじゃいけないところなんだ。だって、台風シーズンとかになると、この北町川が氾濫して、みんな床上浸水とか水浸しになってしまうんだから。公式には住居表示だってない。でも、今じゃあ磯町ということで、郵便も届くのは届くんだけど……」

私鉄電車の走るガード下に建物が集中的に建っている。ガード下は基礎が頑丈にできているのと、少し小高くなっているからバラック式の建物が集まったのだ。ガード下に一〇〇メートルほどの幅で家が建ち並んでいる。

「電車のガード下の生活なんて考えたことあるかい？」

Q太郎は顔を顰めた。

「始発から終電まで、一日中ずっと頭の真上を電車が走っていくんだ。実際、家のなかにいたら分かるけど、まるで戦場のような地響きがするんだ。部屋の中がガタガタ揺れ動いてさ、会話なんか、とても出来ないね。それも、ラッシュ時には一時間のうちに三〇数本の電車が頭上を走るんだから…」

尚美には、その騒音振動のすさまじさを想像することはとてもできない。尚美の近所にも賑やかな商店街があったが、裏庭は広々としていた。そこで四季折々に花の色香を楽しむことができた。

「不法占拠地だから、北町とちがって電気も引けない。そいでもって、自家発電で夕方五時から夜の一一時までは灯りがともり、テレビも見れる。あとはランプで生活するんだよ」

「ええっ、今どき、ランプ生活……。山小屋みたい」

尚美は独り言のようにつぶやいた。

「水道も来てないから、ここは井戸だよ。一〇世帯に一つ、共同ポンプ式の井戸がある。これで炊事・

洗濯すべてをまかなう。飲んでみたら分かるけど、鉄サビの味というか、生すっぱい味がするよ」

尚美は親からなま水を飲んではいけない、お腹をこわしますよ、と言われて育った。とても井戸水をそのまま飲む気になんかなれない。

「洪水のときには井戸のなかにまで汚水が入りこむんだ。だから、何年か前には集団赤痢も発生したという」

ここはたしかにスラムだ。写真集で見たとおりのスラムが目の前に存在する。尚美は現実に圧倒されて言葉も出ない。Q太郎はひととおりの説明を終えると、尚美をうながして、土手をそろそろと降りていく。雨でも降りそうな天気は、尚美の心のうちと同じだ。

真ん中に一本の道が走っている。両側に、掘っ立て小屋のような建物が並ぶ。尚美の育った家に比べると、犬小屋同然の見すぼらしさだ。屋根はたいていトタンでできている。そのさび具合を見て、雨もりしないのか心配になった。窓ガラスも満足なのは一枚としてない。本当に人間がこのなかに住んでるのか不思議な気がする。子ども、といってもやっとおむつがとれたばかりのような子どもが家のなかから出てきた。家の前の溝にまたがると、うんうんと力んでいる。大便しているのだ。溝の汚水はひどい悪臭を放っている。あの子はどうして家のなかで用を足さないのかしら。

Q太郎は、一軒の戸口の前で立ちどまった。

「こんにちはー」

大きな声をあげると「よっこいしょ」とかけ声をかけながらガタガタとすべりの悪い戸を開ける。Q太郎のあとをついて、尚美も一歩、家のなかに足をふみ入れた。鼻をつまみたくなるような悪臭がする。外のドブの悪臭より、空気が澱んでいるだけに、よけいに息が詰まりそうだ。土間にはゴミが散乱し、汚れた子ども靴のほか泥だらけの男物の革靴が二足ころがっている。Q太郎は靴を脱いで「お邪魔します」と声をかけながら部屋に上がった。尚美はどうしたものか、土間でためらった。部屋は二間しかない。どちらも土間から丸見えだ。手前の部屋には二つに折り畳んだ布団があって洋服ダンスもある。といっても服が下がっているから洋服ダンスだろうと思わせるほどの粗末な代物だ。

天井は低く、背の高い人なら頭がつかえるだろう。壁はベニヤ板で、壁紙がわりに、いつの年のか分からないようなカレンダーが貼ってある。天井には二〇ワットの裸電球がぶら下がり、室内を鈍く照らし出している。

奥の部屋には大きなテレビがある。いかにも不釣りあいの大きさだ。Q太郎が「のり子、どうしたんだ」と声をかける。のり子と呼ばれた女の子は、あごのところに右手をあてて、顔を顰《しか》めながらテレビを見ている。コント五五号のお笑い番組でも見ているのか、ときどきのり子は乾いた笑い声をたてる。しかし、そのときでも、右手はあごにあてたまま。どうやら虫歯に泣いているようだ。のり子の向こうで寝ているかと思った母親は横になったままテレビを見ていたらしい。お笑い番組が終わると身を起こした。Q太郎に連れがいるのを見て、驚いた顔つきになって、二人がすわれるように少しだけ片付けた。尚美もやっと部屋にあがる決心がついた。畳は湿気を含んでいて、歩く足裏がじとっとして気持ちが悪い。

卓袱台《ちゃぶだい》にのっている茶碗には食べかけのごはんがそのまま残っていて、ハエがたかっている。

「ここじゃあ、六月になったら蚊帳《かや》をつる家がほとんどなんだ」

Q太郎が尚美の視線に気がついて振り返って小声で説明した。えっ、蚊帳って何……。尚美の家には蚊帳なんてなかった。家の周囲にあった下水溝は定期的に消毒されていたから、夏でも網戸と蚊取り線香で十分だった。

のり子の母親はいかにもくたびれた様子だ。尚美は自分の母親より年長で、だいたい五〇代半ばだと推測した。ところが、話を聞いているうちに、五〇歳どころか、まだ四〇歳にもならないということが分かってきた。Q太郎と話しているうちに、二〇歳前から売春してきたという過去を平気な様子で語り始めたので、尚美は喉が詰まって声も出ない。土間にあった皮靴も、そんな男たちが残したものなのかしら……。

話し終って、のり子の家を出る。通りで女の子たちが何人かでゴム飛びをしている。着地するたびに埃が地面に舞う。どの子も青白くヒョロリとしていて、胸囲は狭い。いかにも発育不全だ。

「おっ、マチ子もさなえも、元気にしてるかな」

Q太郎が元気よく声をかけると、女の子たちが一斉にこちらを向いて、「イーッ」とアッカンベーしてみせた。

「ここの子どもたちは、いつだって腹一杯食べてなんかいないんだから」

Q太郎は尚美の視線の先の女の子たちを見ながら言った。

「病気で寝てる子も多いし、昼間から外で遊んでられる子はまだいい方だよ」

Q太郎の説明を聞きながら、尚美は、そういうものなのかと思いながら、沈んだ心をかかえて歩いていった。道端に酔っ払いが寝ころんでいる。向こうから歩いてきた男は、まるで魂でも抜きとられてしまったかのような覚束ない足どりだ。力の抜けた表情、いや、すべてのエネルギー、精力を吸い取られてしまった脱け殻のような男が尚美とすれ違った。強烈な体臭が臭ってくる。これが、きっとスラムの臭いというものなのね。

●ドゴールの留任声明●●●

5月31日（金）、駒場

今日は朝から見事な五月晴れだ。銀杏並木の緑が眩しいほど照り輝いている。駒場寮の薄暗い部屋に閉じこもっているなんて人生の重大な間違いだよ。佐助は三叉路に立って大きく深呼吸した。きっと今日は何かいいことあるだろう、そんな予感がした。

パリでドゴール支持派が盛大なデモ行進を敢行した。昨日は二〇万人のドゴール反対派がデモの隊列を組んだ。ドゴール支持派は、その三倍の六〇万人を集め、シャンゼリゼ大通りを埋め尽くした。ドゴール大統領は、その勢いに乗って開き直り、留任を声明した。完全な対決姿勢をうち出したわけだ。相変らず強気でがんばっている。

夕方、佐助は、今日は何もいいことはなかったなと思った。予感はあたることもあれば、あたらないこともある。人生はそんなに簡単に先が見えるなんてことはない。夕闇が迫ってくる並木道を歩きながら、つくづくそう思った。

主税の下宿

下北沢

タクシーがやって来た。布団を大きな風呂敷に包みこみ、ボストンバッグに着替えと教科書などを詰めこんで先ほどから玄関先に立って待っていた。母親は心配そうな顔で見守るだけで何も言わない。

「じゃあ、ね」

主税はついに自宅を出て下宿することにした。先だつものが心配なので、母親の了解はとった。もちろん父親には内緒の行動だ。どうせ昼間に帰って来る心配はない。荷物はボチボチ持ち出せばいい。

自民党の若手代議士として売り出し中の父親には反撥、いや嫌悪感すら感じる。人間としての信頼なんて、まるでない。外ではタカ派を高言して天下国家を論じているが、家庭では暴君そのもの。どうしてこんな男に妻として忍従しているのか呆れてしまう。まるで家政婦以下、家事奴隷でしかない。何度そう思ってきただろうか。いつも政治家の妻になるため結婚したんじゃない。そういって嫌な顔をしているくせに、いざ選挙のときになると、母親もニコニコ顔で選挙区内を走りまわり、選挙民にペコペコ頭を下げてまわる。その内助の功が高く評価され、選挙の方はいつだって安泰だ。ああ、嫌だ、嫌だ……。

とは言っても、今すぐ自立して自活なんて、とてもできない。金蔓を絶つことなんてできやしない。下宿先は駒場の学生課に貼り出されていた下宿案内のカードで見つけた。まかないなしの部屋貸しだ。どうせ昼間はいないし、夜だって寝に帰るようなものだから、狭い部屋でもちょうどいい。そんな気持ちであたって、二枚目のカードを見て即決した。

タクシーに乗りこむと、主税は一度だけ母親をふり返った。外面の良い亭主に、あたかも良妻かのようにつき従ってきた母親に今では哀れみすら感じる。あんな父親にだけは絶対になりたくない。どこかで生涯の伴侶となりうる女性にめぐりあいたいものだ。

下宿は下北沢の駅から歩いて五分とかからないところにある。商店街の裏手だから、交通至便で、買物にも好都合という抜群の立地条件だ。タクシーを横づけしてトランクから布団をおろしていると、下宿の主人《あるじ》が出てきた。年齢は五〇歳くらいか。いや、ふけて見えるけれど、案外それほどでもないのかもしれない。

「都内に自宅もあるんだってね」

主人は妙に甲高い声で、なれなれしく主税に声をかけてきた。

「ええ、まあ、そうなんですが……」

主税はなんと返答してよいか迷った。

「うん、うん、まぁ若いときに親からの自立を勝ちとるのは大切なことだよ」

主人はそう言うと、組んでいた腕をほどいて、布団袋を運ぶのを手伝いはじめた。主税はうれしいようなありがた迷惑のような気分だった。布団を部屋に運び終わっても、主人はなかなか退散しない。

「あとは、自分でやります」

主税がそう言うと、やっと主人は腰をあげた。そして、主税の肩に手をかけ、「今度引っ越し祝いをしよう」と耳元まで口を近づけて囁く。主税はなんとなく薄気味悪さを感じた。

●アッチャン●●●

6月1日（土）、北町

タンポポ・サークルは七月に丹沢でキャンプする計画を立てた。若者サークルは、いつも何かを企画し、それに向かって一緒に準備していくなかで親睦を深めていこうとする。とはいっても、まだ二ヶ月も先の話だから、だれも気分が乗らない。七月の丹沢キャンプに向けた話し合いが必要だよね、そんなことを確認した程度で例会は終った。

外は今夜も星が見えない。佐助が歩いていると、うしろからアッチャンが声をかけてきた。

「なんか、最近、集まりが悪いわよね」

「そうだね。どうしてだろう」

「きっと」アッチャンが立ちどまったのにつられて佐助も歩みをとめた。

「最近、少し抽象的な話が多いからじゃないの。わたし、そんな気がするわ」

「えっ、抽象的な話って、何のこと？」

「ほら」今度はマッチが言った。

「このあいだ、例会のときにさ、自己変革は可能か、とか、どうやったら変革できるか、なんてガンバが提案したじゃないさ」

「ああ、あれね。でも、あれって、提案したのはガンバじゃなくって、アラシだったんじゃない」

「そうだったかしら。まあ、どっちにしても似たようなものよね。あの二人は、いつも例会の前に打合せしてるんだし……」

　マッチは冷めた口調だ。

「それでも、自己変革ってさ、大切なテーマなんじゃないの」

　佐助が首をかしげると、マッチが首を横にふった。

「そんなことを言うのは佐助が学生だからよ。学生なら、自己変革とか、抽象的なことでもいいかもしんないけど、わたしなんか、何にも分からないからさ、黙ってるしかないじゃん」

　マッチが可愛い小さな口をとがらせた。

「それより、みんなで肩組んでさ、大きな声で元気いっぱい歌をうたった方が楽しいじゃん」

「そうよ、佐助。みんなタンポポにやってくるのは、何か楽しいことないかなって思って来てるのよ。学習サークルじゃないんだしさー、勉強しに来てるわけじゃないってことよ」

　アッチャンもマッチも、中卒の集団就職組。同じ東北地方からやって来た。ただ、時期も出身も少しだけ違う。だけど同じカンデンに勤め、今は町工場に働いているという境遇が同じこともあって、二人は大の仲良しだ。ところが、性格的には二人はかなり違いがある。アッチャンは、あくことなき向学心に燃えている。兄弟が多く、家が貧しかったせいで、高校進学を希望しながら経済的事情で断念して、中卒で都会に出て働かなければならなかった。アッチャンは、カンデンに勤めながら定時制高校に通い、そこでセツラーと出会った。セツルメントが労働講座を開設したときには、真先に申し込んで参加した。セツラー同士の抽象的な言葉のやりとりを小耳にはさむと、アッチャンは、「それって、どういう意味なの?」と、臆せず、そのセツラーに質問する。

「対立物の統一を止揚することが不可欠なんだ」

例会の始まる前にガンバが雑談のなかで、こんな難しい言葉を使った。佐助にもさっぱり分からない言葉だったが、聞くのも恥ずかしいので、黙って分かったふりをしていた。ところが、アッチャンは例会のあとで佐助に質問してきた。佐助もアッチャンの真剣な顔つきに、観念して必死に答えようとした。しかし、しょせん自分の理解していない言葉を他人に説明できるはずはない。ダラダラと説明が長くなって、しまいには自分でも何を言っているのか分からなくなってしまう有り様だった。冷や汗をかきながら、それでも一応の説明を終えると、黙って聞いていたアッチャンは、「ありがとう。よくは分からないけれど、なんとなく分かったような気もするわ。もう少し自分でも勉強してみるね」と言って、笑顔を見せた。

佐助が、アッチャン自身は抽象的な話にも関心があるはずなんだけどな、と思ってぼんやりしていると、マッチが佐助の肩を軽くたたいた。

「楽しくおしゃべりしたり、歌をうたったりさ。そんなことがみんなしたいのよ。分かる?」

佐助の顔をマッチがまじまじとのぞきこむ。冗談のように見えて、その眼つきは真剣だ。佐助は、ひょっとしてマッチは自分に気があるのかなと思った。いやいや、そんなうぬぼれはよしておこうと思い直した。

「でも、サークルって、楽しいだけで本当にいいの?」

佐助が小さくつぶやくように言った。

「そんなこと言ったってさ」アッチャンが反論する。

「今日みたいに人が来なかったら、どんなにサークルの内容がよくったたって、人が集まらなかったら意味ないんじゃないの?」

「それは、そうなんだけど……」

佐助の声がますます弱々しくなって、自説が敗北したことを素直に認めた。マッチが、それみなさい、と胸をそらす。盛り上がった胸が眩しすぎて、佐助は急いで目をそらした。

「肩くんでさ、大きな声で腹の底から声をふりしぼって歌をうたうって、ホント楽しいのよね。職場でどんなイヤなことがあっても、モヤモヤがいっぺんに吹きとばされてしまう感じでさ、気持ちがスッキリするのよ」

「マッチの便秘がよくなったときみたいにね」

アッチャンが横からマッチをからかったので、マッチは、「このう、レディーに対して何と失礼な」と握りこぶしをあげて、アッチャンを追いかける。佐助もあわてて後を追いかけていく。

「ともかくね、うたっているうちに、肩くんだ人同士の心が通いはじめるのよね。そうすると、本心がポロポロもれてくるようになるの。職場のこととか、恋人のこととか、なんでも」

マッチが立ちどまって、また、佐助に話しかけた。アッチャンも戻ってきて、「そうよ、やっぱり固苦しい話しかできないサークルなんか、つまんないわよ」と追いうちをかける。

「そっかー」

佐助は、二人がサークルのことを真剣に考え、心配しているのがよく分かった。

先週の例会の帰り、歩きながらアッチャンからカンデンの寮にいたときの話を聞かされた。消灯後も本を読みたいから、布団のなかで懐中電灯をつけて読んでいたこともあるという。アッチャンのそんな学習意欲の旺盛さには圧倒される。生まれ育った家庭環境が異なるだけで、一方では大学どころか高校にも行けなかった同世代の若者がいる。そして、彼女は悪条件のなかでも必死で勉強しようとしている。それに対して、裕福な家庭とまではいかないけれど、そこそこの中流程度の家庭に育った自分は東大に入ったものの、勉強の目的も意味もつかめないまま授業をさぼったりしている。独力での勉強らしいこともしてなんかいない。佐助は、自分という存在を自問自答せざるをえなかった。

考えこんでいる佐助にアッチャンが、さらに追いうちをかけた。

「それに、うちのサークルは、若者サークルにしては少し平均年齢が高いんだわさー。これって問題よね」

「ええっ、そうなの？」

佐助が驚きの声をあげると、アッチャンは、ふんと鼻を鳴らす。

「恐らく二二歳を少し超えてんじゃないの……。やっぱり、二〇歳《はたち》前後を中心とした若者サークルじゃないと、元気が出ないわよね」

佐助は一九歳。マッチも同じ年齢だ。アッチャンは二二歳になったかどうかだろう。オソ松は二二歳。ショーチャンは二三歳で、アラシは二四歳という。若大将とイヤミも二四歳だ。アッチャンとマッチが、男性メンバーの名前と年齢を次々に並べあげていく。さすがに女性だ。全員の年齢を知っている。どこかで男性陣の品評会でもしているのだろう。

「よくも、そんなにみんなの年齢を覚えてるね」

佐助が感嘆の声をあげると、アッチャンは、「わたしたちは、としごろの女性なんだから、そんなの当然よね」と、マッチと顔を見合せて笑いあう。

「タンポポ・サークルもさ、いざとなれば、それなりの若者が集まるということは、このあいだの三周年の集いで証明されているんだから、まだまだ捨てたものじゃないんだけどさ……」

マッチが笑いながら、佐助に話しかけた。そして、「あのとき顔を出した四〇人ばかりが、いくつくらいの職場から来てるか、佐助、知ってる?」と謎をかける。

「うーん、五から一〇くらいかな」

「あーら、残念でした。職場の数でいうと、なんと一六なんでーす。わたしたち数えあげたんでーす。そうよね。アッチャン?」

「そうなの」アッチャンが大きくうなずいた。

「よーく考えてみると、これって、すごいことよね。いろんな会社とか職場から集まると、もう、それだけで、わたし、うれしくなっちゃうの」

「そうだわさ」マッチも軽く頭をふった。

「知らない人だとお互いに自己紹介しあうでしょ。自然に仕事とか職場の話になるわね。そうすると、労働条件の違いがよく分かってくるのよね」

アッチャンの話をマッチがひきとる。

「自分のところで、あたりまえだと思ってやっていることが、よそでは案外、そうではなかったりしてさ……」

「そうなのよ。生理休暇のとり方ひとつにしても、何も言わずにとれるところもあれば、係長から嫌味を言われるのに耐えないと、もらえないところもあったりしてね」

「そうなんだー」

佐助は小さくつぶやいた。アッチャンが続ける。

「違いが分かると、誰だって、どうしてだろうと思うものなのよ。そして、おかしいと思ったら、行動に移す労働者も出てくるの。自分の権利が守られていないと知ったら、なんとかしようという気になる労働者が出てくるものなのよ」

アッチャンは、カンデンにいたとき会社からのアカ攻撃にじっと耐えたという。アッチャンは、今でも決して派手な活動家というのではない。職場では、むしろ目立たなかった。ラインについたときには、黙って素早く仕事をこなす。QCサークルやZDについても、アッチャンはすすんで入り、ちょっとした作業改善の提案をした。だから、職場表彰は何回も受けた。ミスの少ないアッチャンの仕事ぶりには会社もケチのつけようがない。それでもアッチャンがサークルに来はじめ、労働講座などに出入りするようになってからは、思想的に会社とあいいれない連中と交際しているということで上司から白い眼で見られるようになった。アッチャンは、そんな迫害を気にせずにがんばったのだが、ついにカンデンをやめて一度田舎に戻り、また上京してきた。その経緯については、佐助はまだ聞いていない。

アッチャンは、男性セツラーに人気がある。ガンバも、かってはアッチャンのファンのひとりだったようだ。誰がアッチャンのハートを射とめるのか、佐助は、いつも興味津々でアッチャンの周囲を眺めた。しかし、アッチャンは、男性セツラーとも、サークルの男性たちともみんな分け隔てなく、つきあっているように見える。アッチャンにも、さっきの言葉のように恋心がないはずはない。いったい、意中の人は誰なんだろう……。佐助には女心がさっぱり読めない。

バス停に立っていると、ちょうど向こうから駅方面行きのバスがやってきた。佐助がバスに乗りこむと、アッチャンとマッチが二人並んで手をふってくれる。

「また、来週ね」

「うん、じゃあ、また来週」

佐助は、今日もいろいろ教わることが多かったな、と思った。

夕刊にフランスで二週間にわたって続いていたゼネストがようやく収拾したという記事がのっている。駒場寮に戻って夕刊を立ち読みしていた佐助は、そばを通りかかったマスオに話しかけた。

「すごいよねー、ゼネストだもんね、まったく。日本じゃあ、とてもそんなことって考えられないじゃない」

「そうだ。まったくだ」

マスオは大きく頭を上下させる。

「がんばるよね、フランスの学生は。日本も少しは見習わなくっちゃね……」

これは佐助の本心だ。

●オリエンテーション●●●

6月2日（日）、北町

今日は北町セツルメント全体のオリエンテーションが北町の一丁目公民館である。佐助は、いつもよりは早く起きて、駒場寮から北町へ出かけた。北町へ行くには国電を二つ乗り換え、駅前からバスに乗る。バスは工場地帯に入っていく。大きな工場ばかりではない。小さな鉄工所もある。民家だと思っていると、中で旋盤にとりくんでいる労働者の姿が見える、そんな小さな町工場もあった。工場のすき間に商店街があり、古ぼけたアパートが立ち並んでいる。三階建て以上の大きな建物はほとんど見かけない。国道にはひっきりなしにトラックが走っている。さっきまで強い雨が降っていたから、道路のあちこちに水たまりができていて、トラックが水しぶきをあげて走っていく。

街路樹に白い可憐な花が咲いている。マロニエの花に似ているが、本当はトチノキの花だ。泥臭い北町の雰囲気には少し似あわないや。佐助は都会になかなかなじめない。

一丁目公民館は住宅街のなかにある。住宅街といっても、一戸建てばかりの小ぎれいな住宅街とは違う。民間アパートがやたらと目立つ。外階段の鉄製の手すりがさびついて、階段の踏み板にも穴があいていそうな古いアパートが多い。窓の外に洗たく物をつき出して干してある部屋が目立つ。公園では、おばさんたちが赤ちゃんを背負い、子どもたちを砂場で遊ばせながら、自分たちは世間話にうち興じている。公民館は看板がなければそれと分からない建物だった。空き家になった民家を、そのまま公民館にしたようだ。中に入っていくと、一階は広々としていて、すでに人がかなり集まっている。

「やあ、よく来てくれた」

ガンバが手招きしながら、笑顔で声をかけた。それがなかったら佐助は気遅れして、部屋に入るのをためらっただろう。それほど、なかには女子学生が大勢いる。たくさんの女子学生に見られるというのは気恥しい。といっても、それは単なる佐助の思いすごしだ。全部で二〇人ほどもいて、男子より女子の方が少し多いかな、という割合だ。佐助は、大半が知らない顔だ。

あれっ、いやいや、よく知った顔が一人いるぞ。どうしてここに来てるんだろう。噂のマドンナをこんなところで見かけるとは思いもよらなかった。うーん、どうしたのかな……。ともかく、ここは知らないふりをして黙っていよう。

ガンバが立ちあがって話しはじめる。

「さあ、みんなで丸く輪をつくるようにすわり直して下さい」

みんなが立ちあがり、丸い輪をつくって畳の上にすわり直す。佐助の隣りにカンナとトマトがすわる。両隣りに女性が坐って、うれしいような恥ずかしいような気持ちで、いささか気持ちが高ぶった。

ガンバが続けて見まわす。

「今日は、北町セツルメントの各パートについてのオリエンテーションです。まだセツルメントに入るかどうか、パートをどこにするかどうか決めてない人もおられるかもしれません。ですから、各パートの紹介をしなくてはいけませんが、まずは全員で自己紹介をしあいましょう」

ガンバは、ここで少し区切ってニッコリした。

「みなさんも自己紹介というのはあちこちでされたことと思いますが、セツルメントの自己紹介というのは、名前と大学と出身地を言ったら終わり、というものなんかじゃありません。そんなのだけだと聞いていてつまらないし、本当はどんな人なのかさっぱり分かりませんよね。ですから、今どんなことを考えているのか、社会のこと、セツルメントのこと、何でも結構です。日ごろ疑問に思ってることなども出してもらったらと思います」

ガンバはもう一回、大きく見まわした。もじもじしているセツラーがいる。

「それでは、はじめに、ぼくがお手本を示すというわけでもありませんが、自己紹介します」

まっ先に手をあげて自己紹介をはじめたのは、ガンバの横にすわって、先ほどからニコニコしていた男だ。佐助には初顔だ。なで肩の男で、度の強そうなメガネの奥にやさしい眼をしている。

「ぼくはポパイといいます。一丁目子ども会のセツラーです。うまれはカカア天下で有名な上州です。そのせいで、今でも女性にはまったく頭があがりません」

これには、「ええっ、うそー」という声が一斉にあがった。同じ子ども会の女子セツラーたちのようだ。ポパイは、「いや、ホント、ホントなんだって」と頭をかきながら続ける。ひょうきんな先輩だなと佐助は思った。

「セツルメントに入って三年目になりました。東大の文科Ⅲ類の二年生です。授業に真面目に出ていないので、今年四月に本郷に進級できず、二年生のままです。大学に入ったとき、少し真面目に社会のことを考えてみたいなと思っていたんです。そしたら、入学式のオリエンテーションのとき、北町セツルメントのところでひっかかってしまいました。先輩セツラーがあまり熱心にぼくを口説こうとするので、その先輩の熱心さと泥臭さに魅かれてセツルメントに入りました。その泥臭い先輩というのは、今は青年部から法相パートに移ったハチローというセツラーです。今日は欠席してますが、みなさんも今度話してみたらいいと思います」

ガンバがしきりに横でうなずいている。セツルメントでは「泥臭い」というのは人をけなす言葉ではなく、ほめ言葉として使われている。かけているメガネはいかにも部厚い。すごい近視なのだろう。でっかい頭だ。佐助も日頃から自分の頭は大きいと思っていたが、ポパイの方はさらに大きい。身長とのバランスを明らかにくずしている。着ている服はジャンパーなのかブレザーなのかよく分からない。いかにも垢抜けしない服装だ。顔つき、身体つき、その全体からポパイには泥臭い雰囲気がにじんでいる。きっとハチローも同じような雰囲気を漂わせているのだろう。ポパイが話を続けた。

「ぼくがセツルメントに入ったのは、さっきも言ったように、社会を少し真面目に知りたいなと思ったことと、自分とは一体どういう存在なのかを知りたかったからです。今朝の新聞に、きのうもベトコンがサイゴンをロケットで砲撃したという記事が載っていました。ベトナム戦争についても、社会のしくみがどうなっているのかも知りたいです。それに、ぼく自身、親とか友だちの前ではいかにも偉そうな顔をしているけど、ホントの中味はカラッポじゃないのか。でも、自分にも何かできることがあるかもしれない。そんなことを知りたかったから、このセツルメントに入りました」

ポパイは、みんなに視線をめぐらせた。頭をうなずかせているセツラーが何人もいることを見てとって、安心した様子で話を続ける。

「そんなことを考えて入ったセツルメントも二年たちました。でも、やっと少しずついろんなことが分かりかけてきた段階で、今でもセツルメントって何ですか、と訊かれてもドギマギしてしまいます。それくらい奥深いサークルなんじゃないかと最近では思うようにしています」

その言い方がすごく丁寧で謙虚だったのに佐助はとても驚いた。「もう分かった」というような断定的な口調は片鱗もない。あくまでも「分かりかけてきたかな」という段階なんだという。二年もセツルメントに入っていて、今もそうだということは、一体どういうことなんだろうか。佐助は大きな疑問を抱いたが、とりあえずは自分の胸の奥深くに疑問をしまいこんでおくことにした。

「社会を知るっていうのも簡単なことじゃありませんけど、自分を知るっていうのはホントに容易なことじゃないということが最近よく分かるようになりました。自分を知るためには、他人との違いを知らなければなりませんよね。そしたら、他人をまず知る必要があるわけです。自分からすると、あたりまえと感じていることでも、それをあたりまえのことと考えない他人がたくさんいるのですよね。ぼくには、まず、それが驚きでした。みなさんも、地域に入って、子どもたちやお母さんたちと実際に話をしてみると、すごく自分と違うんだなと感じることが多いと思います」

それは佐助も、三周年の集いと例会に何回か出ただけでも漠然と感じた。ただ、その原因になると、まだ分からない。

「何か違う感じがした、というのをセツラー会議にみんなで出しあうだけでも、きっと面白いことがたくさん発見できると思います。何を違いとしてセツラーがそれぞれ感じたのか、それはなぜなのか、これをみんなで考えていくのです。セツラー同士の違いはどこから来ているのか、単なる出身地域の差というだけではないんですよね、これが。

やっぱり、生まれ育った家庭環境とか、親の職業とか階層とか、いろいろな違いのうまれる原因はさまざまなんです。それが話し合っているうちに、少しずつ見えてきます」

なるほど、なるほど。気がつくと、佐助の両隣りにすわっているカンナもトマトもしきりに頭を上下に動かし、ポパイの言葉に対して全身で同感だと言っている。

「自分の親と社会との関わり方が、今のぼくの社会に対する見方を大きいところで規定しているんだな、ということに気がつくようになりました。お母さんたちの何気ない言葉にも、それまで育ってきた環境がビンビンあらわれているんですよね。だから、セッラー会議はぼくにとって、とても楽しい大切な会議になりました。少しずつ、少しずつ自分という存在を客観的に見ることができるようになっていきました」

ポパイの話は、何の抵抗もなく、すーっと佐助の心にしみこんでいく。このサークルは、自分の求めているものに、本当にぴったりだな。女の子がたくさんいる楽しそうなサークルだから入ろうと思いました。そんな軽い調子の自己紹介をさっきまで考えていたのが馬鹿みたいに思えた。自分が心を開いて語ると、きっとそれに応じてくれる人がいるんだ。佐助は、ポパイが心を開いて素直に語るのを聞いて、自分自身に素直になれた。

ポパイの自己紹介が終わると、その左隣からずっと順番に自己紹介をしていった。トマトの自己紹介のときには、佐助は自分の順番が来たら何を言おうと考えて上の空で、頭の中に入ってこなかった。

佐助の番になった。

「ぼくも、さっきのポパイの話と同じように、少しだけ、ほんの少しだけど、社会のことを知りたいなと思って、このサークルに入ってきました。このあいだタンポポ・サークルの三周年の集いに顔を出して、女性のバイタリティーに正直言って圧倒されました。それから、あっ、そうそう、佐助というセツラーネームをつけてもらいました。よろしくお願いします」

やっぱりあがってしまった。もっと言いたいことはあったけれど、うまく言えなかった。まだ胸のうちにモヤモヤしていて、それを順序だててうまく言い表すことはできない。次の順番のカンナが「もう終わったのかしら?」と佐助の顔を盗み見た。佐助は軽くうなずいて終了のサインを送った。

ひととおり自己紹介が終わると、もう、みんな見知らぬ他人とは思えない雰囲気ができている。みんな何かしら悩みをかかえている。思いのたけを少し吐き出したという安堵感とともに、友だちなんだという連帯感がその場を強く支配する。佐助も肩から力が抜けて、リラックスした気分だ。

ガンバが、またもや立ちあがった。

「それでは、みんなで少しばかりゲームをして、肩をほぐしましょう」

ガンバはカンナを手招きして、輪の真ん中に並んで立つ。

「さあ、まずはみんなで元気よく歌をうたいましょう。初めは知ってる人が多いと思うけど、『大きな木の下で』というものです。ジェスチャーつきで歌うから、ぼくとカンナをよく見て、ついてきて下さい」

ガンバとカンナは、大きな声でうたいながら、両手を上にあげたり、おろしたり、拍手したり、足ぶみしていく。身体のあちこちをリズミカルに動かす。二人の息はぴったりあっている。いかにも仲のいい恋人同士。そんな感じでニコニコしながら楽しそうに身体を動かし、歌う。しかし、初めての人間は一回目は間違ってばかりで、あちこちで手がぶつかったりして、「ごめんなさい」「あっ、ごめん、ごめん」という声があちこちであがる。それでも二回目、三回目となると、みんなリズミカルに身体も動くようになった。ガンバとカンナは次々に三つほどゲームを指導した。笑いころげながらゲームをしているうちに、お互いに一層親密さを感じていく。

一息つくと、ガンバが、また立ちあがった。

「北町セツルメントは、パートに分かれて実践しています。そのうち、子ども会は一丁目と二丁目そして磯町の三つに分かれています。それから、若者サークルの青年部そして法相パートです。これから、パートごとに分かれます。どのパートに入るかまだ決めていない人は、とりあえずどこかのパートに入ってもらいます。まだセツラーネームのついていない人に、みんなで名前をつけてあげましょう」

ガンバは、パートごとに場所を指定した。まだパートをどれにするか決めていない人も、人数のバランスも考えて、適当に割りふっていく。

「セツラーネームって、どうやってつけるんですか？」心配そうな顔で質問が飛んだ。

「うん、やっぱりインスピレーションだよね。いい例が、ぼくがなぜポパイと呼ばれるようになったのか、自分でもよく分からないんだ。ポパイみたいに力もちじゃないし、別にホウレンソウが好きだというわけでもないしさ」

それにしてもポパイって、ぴったりの名前だ。身体つきというより、顔つき。じゃがいもみたいにごつごつした感じの愛敬ある顔をしていて、気は優しくて力持ちというイメージにぴったりあう。

「ポパイの彼女のオリーブって、やっぱりセツラーにいるんですか？」

だれかがポパイに質問すると、カンナが代わってこたえた。

「セツラーではないけど、いるのよ。タンポポ・サークルの若者にオリーブっていう女性がいるの。すっごく明るく元気な女性よ。でも、ポパイと相思相愛の関係にあるのかどうか、わたしは知らないけど……」

カンナがポパイにわざとらしくウィンクを送ると、ポパイは真顔になって、「違うよ、違う。オリーブには別に彼氏がいるんだから」と、あわてて両手をふって打ち消す。カンナの方はそれを見て、眼が輝いたが、佐助の方は少し沈んだ。なあんだ、オリーブには、本当に彼氏がいるのか……。

ポパイは、「じゃあ、新人の名前を早くつけてやってね」と声をかけると、子ども会の方へ小走りに駈けていった。

マドンナはなんと若者サークルに入るのを希望していた。セツラーネームは、あっけなく決まった。ガンバがじっと顔を見つめて、「うん、スキットだな、スキットがいい」と言った。

「あらっ、それはいいわ。夜明けのスキットね。素敵じゃない」

カンナがすぐに賛成する。残る三人にも異議はない。なんとなくイメージにぴったりあっている。本人も、まんざらではないようだ。本人が激しく抵抗したら、さすがにそれはボツになる。いやな名前をつけられたら、誰だってセツルメント活動を続けようという気にはならない。やはり、何事によらず無理な押しつけはよくない。そんなわけで、あっというまにスキットが誕生した。

もう一人の女性は、子ども会を希望したのだが人数の都合でこちらにまわされてきた。先ほどから口数も少なく、じっとしている。おでこが広く、鼻筋の通った顔だちは意思の強さをあらわしているようだ。眼が輝いている。好奇心のかたまり、そんな感じで佐助の心を強く魅きつける。それにしても、どっかで会ったことがありそうだなあ。じーっと見ているうちに急に思い出した。あっ、そうだ。駒場の同窓会館であったダンパだ。うん、きっと、そうだ。あのときは失礼なことをしちゃったかもしれないな。自己紹介によると、国家公務員の父親の転勤で全国あちこち移り住んだらしい。生物が好き、なかでも魚が好きだという。ガンバが、それじゃあ、好きな魚をあげてみて、と頼むと、彼女は魚の名前を次々にあげていく。海の魚、川の魚たくさんあがったなかにヒナモロコという変った名前の魚がガンバをとらえた。

「あっ、それ、それがいい。ヒナにはまれなる美人という言葉もあるし」とガンバが言うと、カンナが少し拗《す》ねた顔を見せた。

「なに、それ」ガンバは慌てて、素知らぬ様子で逃げた。

「モロコじゃ、モロッコという国の名前みたいだから、ヒナコっていうのはどうかな」

「それって、いいわね、ぴったりよ」

カンナは今度は素直に賛成した。

本人も悪くはないわね、という顔でうなずいた。これで決まりだ。だから、これからは尚美をヒナコと呼ぶことにしよう。ヒナコが佐助を見つめた。好奇心に満ちて輝くヒナコの目線に気づいて、佐助は、

「名前の連想で、ぼくのことを何だかすばしっこく、運動神経がある奴と思わないで下さいね。本当のところは、運動神経も決断力も鈍くて、困ってるんですから。でも、まあ、せっかくのセツラーネーム

ですから、これからは猿飛佐助になったつもりで、少し身軽に動いてみようかと思ってます」

聞かれもしないまま弁明した。

ファントム墜落

駒場

部屋にいても湿度が上昇しているのを膚で感じる。蒸し暑くてたまらない。俄か雨が降り出し、遠くで雷が鳴りはじめた。佐助は雷が鳴ると、子どものころ家で飼っていたスピッツ犬のルミを思い出す。甘やかしすぎて座敷犬になってしまったルミは、雷鳴を聞いたとたんブルブル震えて、家中悲鳴をあげながら駆けまわり、押し入れの隅に頭から突っ込んで全身わななないていた。

外に聞こえていた雨音は止んだ。倉成が先ほどから夕刊を手にして一人ごとをつぶやいている。

「今年四月の大卒初任給は男で二万九〇八〇円、女は二万六四三〇円だってさ。うーん、なるほどね。国家公務員だったら四五歳で一一万五、二三〇円か……。やっぱり国家公務員の方が身分保障も安定しているし、権限も大きそうだから、こっちにするかな」

誰も反応しない。ベッドの中に入って眠ろうとしていた佐助は何と言っていいか分からず、黙っていた。そのとき、バタンと音がした。

「大変なことが起きたぜ」

B室の毛利が右手に手鍋をもって鼻息も荒く入ってきた。

「どうしたん？」

倉成が夕刊を両手で広げたまま問い返した。やがて真夜中になるところだ。ジョーはまだ部屋に戻っていない。マスオのベッドは既に暗い。寝つきがいいのがマスオの自慢だ。いや、寝つきの悪い寮生はここでは生きてはいけない。なにしろ六人部屋だから、いわば不夜城なのだ。ちょっとくらい明るくても、少々の物音がして騒々しくても断乎として眠れるくらいの神経の図太さがなければ、駒場寮では生きていけない。

毛利が固い表情で言った。

「さっき九大にアメリカの戦闘機が落っこちたらしい。ファントムだって」

「えっ、知らなかったよ」

「幸い怪我人はないみたいだけど、ベトナムから帰ってきたF４Cファントムらしいぜ」

「えっ、そうなの。日本がベトナム侵略戦争にいかに直結しているかって、こんなときによく分かるんだよな。今日もサイゴンのショロン地区でベトコンがアメリカ軍のヘリと交戦したみたいだし」

倉成が小さく溜め息をついた。

「ひどいもんだぜ、まったく。アメリカ軍が板付基地で夜間訓練しているから、こんな事故が起きてしまうんだよな」

毛利は軍事通を自称してるだけあって、さすがに詳しい。

「日本はいつだってアメリカの言いなりだし」

倉成は、また小さくつぶやいた。

「だから、日本はまだ完全な独立国家とは言えないという主張には、それなりの客観的な根拠があるんだよ」

「でも、三派系は日本帝国主義を打倒せよ、と馬鹿のひとつ覚えみたいにいつも言ってるよね。やっぱりあれは、日本は完全に独立しているという認識なんだろうね」

「まあ、そうなんじゃないの」

毛利は気乗りしない様子で応じた。

「ともかく、こうなったら、まずはヤンキーゴーホームだな」

「そうだ、そうだ。まったくだ」

倉成は大きな声で調子をあわせた。新聞を折り畳むと、いつものように散らかった机の下のダンボール箱に手をつっこんだ。ガサゴソやって即席ラーメンの袋をひとつ取り出した。

「このみそラーメン、うまいよ」

「おっ、さすが手が早いな、おまえ。ひとつ、オレにも恵んでくれよ」

「ああ、いいよ。でも、手が早いなんて人聞きの悪い言い方はやめてくれない」

「ああ、分かった。いつも恩に着てるからよ」

新製品として売り出し中の「サッポロ一番みそラーメン」が、その手軽さで寮生にも大人気だ。

佐助は、ファントム墜落か、大変なことだな、そう思っているうちに意識が遠のいた。マスオほどではないけれど、佐助も寝つきはいい方だ。

●駒場寮の総代会●●●

6月5日（水）、駒場

昼間は薄曇りだったが、夕方には日差しも強くなり、暑いほどだった。キタローが扉をあけて部屋に戻ってきた。キタローは寮食堂で珍しく早目の夕食をとった。倉成は、先ほどから部屋の真ん中の空間に椅子を並べ、足を投げだして週刊の『少年マガジン』を読みふけっている。さっきキタローが買ってきた今週号が倉成にまわったのだ。倉成の机のまわりはゴミなのか必要なものなのか、本人でも区別がつかないほど雑然としている。客観的にはゴミの山としか言いようがない。でも、本人は一向に頓着していない。倉成は、ときどき他人の机を借りて勉強している。

向かいのB室から毛利が騒々しく入ってきた。倉成を眼にすると、

「おい、『明日のジョー』はどうなった?」と声をかける。

倉成の方は、「これからだよ」と、気のない生返事をして顔もあげない。毛利は倉成の机の方を見て、「ホント、おまえの机のまわりは、いつ見てもゴミの山だよな」と、嫌味をいった。

「ああ」と倉成はこたえた。毛利がいつになくしみじみとした口調で言った。

「オレも、駒場寮にはじめて入ったときには、部屋中ゴミだらけで、なんて汚いところかと呆れたね。恐らく一週間も我慢できずに逃げ出すと思ってたよ。寮生なんて、みんな不潔な連中ばっかりに見えたしな。しかし、今じゃあ、何とも思わなくなったね。結局、自分自身がゴミの生産者なんだよね。不潔な寮生そのものになりさがってしまっちゃってさ、オレも、ときどき自分が悲しくなるよ」

「どうしてそんなことで悲しくならなきゃいけないの？」

倉成は、信じられないことを聞いたという感じで、口をポカンとあけて毛利を見た。倉成にとって、混沌とした世界こそ本物の世界であり、あまりに秩序だって並べられている世界は仮想の世界である。だから、ゴミの山というのは倉成にとって現実世界そのものであり、生の実感をかきたてるものなのだ。いつも倉成はそのように主張する。

「どうでもいいけど、もう少し片付けてくれよな」

キタローが本棚のかげから顔を出して、二人のやりとりに口をはさんだ。神経質なキタローだが、意外にも整理は苦手だ。キタローの机のまわりは、倉成ほど乱雑ではない。しかし、沼尾やマスオの机の上がいつもきれいに整理整頓されているのとは格段の相違がある。ジョーと佐助は、キタローとマスオたちの中間に位置している。沼尾やマスオは、放っておくと、部屋中の整理整頓に乗り出す。それを、倉成とキタローが、「それだけはやめてくれ」と押しとどめている。床の上においてある新聞紙のなかに、未提出の実験レポートが埋もれているかもしれないのだ。

駒場寮は年に一回、部屋替えがある。明寮から中寮へ、中寮から北寮へと移っていく。年に一度の部屋替えが、年末年始の大掃除のようなものだ。このサイクルのおかげで寮がゴミの山に埋もれないようになってる。ただし、セクトの部屋だけは、この部屋替えの例外だ。

状況が不利であることを察知した倉成は、『少年マガジン』を脇において話題の転換を図った。

「それにしても、このあいだの寮費の国庫負担を求めるデモには、ホント、呆れてしまったよ」

「えっ、何のことだい？」

隣に来ていたマスオが聞き返した。倉成は口をとがらせている。

「このあいだ、寮の総代会があって出席したんだよ。国庫負担の増額を求める決議をしたんだけど、そのとき、少くとも五〇人は出ていたな。それで、デモをやることを決めたんだ。ところが、実際にデモに参加したのは何人だったと思う?」

「うーん。あのデモにはオレも参加したけど、三〇人もいたかなあ……。なんだか、ショボショボしていて、気勢のあがらないこと、おびただしかったね」

佐助も、そのデモには参加していた。倉成の顔がパッと輝いた。「ねっ、そう思っただろ?」と、人差し指と親指とをL字型にして右手を佐助に向かってつき出し、連帯の意思表明を求める。

「考えてもみてくれよ。駒場寮には七〇〇人からの寮生が住んでいるんだからな。五〇人も総代が集まって自分たちの住んでいる寮費のことでデモしようと決めたんだったら、バイトとか用事のある人間を除いて、二〇〇人くらいのデモの隊列ができて不思議じゃないよな。総代ってさ、各サークルというか各部屋の代表だということで、一応、出てきているんだからな」

「そうだね。せめて、一〇〇人は集まっておかしくないよな」

佐助の応援を得て、倉成の声は次第に高ぶってきた。日頃おとなしい倉成だが、いったん決めたことはやり抜かないといけないという確固たる信念をもっている。一浪して理科Ⅱ類に入ってきたのも、初志貫徹のあらわれだ。

佐助は、たまたまデモに参加していたから調子よく倉成にあわせることができた。しかし、ほかは誰もデモに参加していないから、黙って倉成の吹かす嵐がすぎ去るのを待っている。

「総代会のときに、我々は学生であって労働者ではない。だから、寮の経費なんか負担しなくてもいいんだ。国家と社会のために学問している我々に負担させるのはおかしい。なんてことを恥ずかし気もなく堂々と演説していた連中がデモに参加してないんだから、ホント、いやになっちゃうよ。それも、一人や二人じゃないんだぜ。まさに、欺瞞的だよな。卑劣な破廉恥漢というべき連中じゃないか」

倉成は思い出すたびに怒りが倍加するようだ。言葉がどんどんエスカレートしていく。理系の学生らしく、倉成は絶えず理詰めで物事を考えようとする。キタローが、申し訳なさそうに訊いた。

「いま、オレたちの払ってる寮費って、いくらだっけ」

「月一〇〇円だよ」

倉成が鼻をふんと鳴らす。

「寮費は月に一〇〇円。これで、水道、電気代はタダ。机も椅子もベッドも、そして本棚まで備え付けがある。寮食堂で食べる食事にしたって、オレたちが出したお金の分だけのものは食べているよ。つまり、オレたちは誰からも搾取されていない」

「そうだよなー」キタローが間延びした声で応じた。

「下宿生なんか部屋代だけでも五〇〇〇円はかかるだろう。それに比べたら、寮生なんて食費までいれても五〇〇〇円でなんとかやっていけるもんな。そう考えれば食費を一〇〇〇円値上げするっていったって、下宿生のこと考えたら、文句も言えなくなっちゃうんだよ」

倉成が「いや、いや」と大きく左右に首を振った。「たしかに、その点はそうだ。でも、それって下を見て我慢しろというのと同じだろ。そんなこと言って、値上げをどんどん認めていったら金持ちの子弟しか東大に入れないってことになってしまう」

キタローは、「オレもそこまでは言わないさ」と弁解した。

「ただ、東大下の商店街で毎晩のように外食してる連中だって少なくないっていうのも現実なんだ」

「ああ、日之出屋の常連になっている寮生が七〇人はいるんだってさ」

倉成が聞いたばかりの人数をあげると、キタローが「ウソーだろ。えーっ、ホントなのかよー」と素頓狂な声をあげた。日の出屋はサラリーマンを常連とする小料理屋だ。ジョーの誕生祝いのときに行ったきり、佐助には縁が遠いままだ。それなのに、駒場寮生七〇〇人のうちの一割が寮食堂はまずいと言って、外食してるという。えーっ、そうかなー、慣れたら案外美味しいんじゃないの。佐助はいつも文句言わずに寮食を食べているし、残食だって真っ先に走っていって食べている口だ。

いつのまにか沼尾が戻ってきていた。そばに立って夕刊を読みながら倉成の話を聞いていたようだ。

「駒場寮は今でも立派な厚生施設だよな。寮の国庫負担がふえると、オレたちの負担が軽くなるわけだ。これはあとあとの寮生のためにも大切なことだよな。教育の機会均等に役立つことだから、オレももちろん、デモすることに賛成だ。あの日はバイトがあったから、申し訳ないけどデモには参加できなかった。バイトを休んでまでは参加できないもんな」

沼尾はホンネを語った。そういう率直なところに、沼尾は好感をもたれている。

「いや、バイト優先は、オレだって仕方ないと思ってるさ」

倉成の怒りは、まだ解けていない。

「そうじゃないんだ。寮内放送でデモの参加を呼びかけたし、寮委員会も手分けして全部の部屋をまわったんだ。それでもさ、部屋とか廊下でジャラジャラ牌をころがし続けていた連中が、何十人もいたんだってさ。ホント、いやになっちまう」

倉成は大きく溜め息をついた。

「そんな東大生が、きっと卒業したら官庁に入ったり、政治家になったりして、天下国家を論じるようになるんだぜ、きっと。ああ、いやだね」

倉成は顔を大げさに顰めた。同じ理系のキタローが、その尻馬に乗った。

「とくに法学部なんかに、そういう連中が多いんじゃないか、マスオ。しもじもで実際に何がおきているのか全然眼中にないくせに、大所高所から天下国家を論じると称して、実は自分の眼先の利益を追い求めている。そんな連中が東大法学部に多いんとちがうか?」

声をかけられたマスオは、「うーん、そうかもしれないなー。きっと、そうなんだろうな」と、いかにも力のない返事をした。

沼尾もあえて、反論はしない。

じゃあ、経済学部はどうなるんだろうと、佐助は思った。待てよ、工学部だって、ひょっとして同じことじゃないのかな。研究者になるのなら、ともかくとして……。

倉成の怒りも少しはおさまったらしく、読みかけのマンガ本を手にして、今度は自分のベッドに寝そべった。

「明日までの実験レポート、どうしようかなあ」

倉成の間の抜けた声が聞こえてきた。それは本気で心配している声ではない。寮には同じクラスの人間がいるから、いざとなれば、その寮生の部屋にかけこんでレポートを丸写しさせてもらう。これが、駒場寮生のいつもながらの特権だ。

ジョーが帰ってきた。いつにも増して鼻息が荒い。悲憤慷慨していることがすぐに判明した。

「ひでえなー。アメリカって国はホント野蛮な国だぜ、まったく。兄弟そろって銃で撃ち殺されてしまうなんて」

「政治家の暗殺が堂々とまかりとおるんだから信じられないよね、まったく……」

沼尾がジョーの話題にこたえた。

「大統領選挙ではロバート・ケネディが優勢だったんだよな」

「だから、なんだろうね。カリフォルニア州について勝利宣言をした直後、廊下に出たところを撃たれるなんて」

「アメリカって、ホント、簡単に銃が手に入るんだね。信じられないよな」

「銃が簡単に手に入るというのも問題だけど、ともかく銃をみんなが扱って撃てるというのも怖いよな。なにしろベトナム戦争にオレたちの世代が大勢、何十万人と戦場へ駆り出されているから、みんな銃を扱えるんだってさ」

本当は毛利も銃を扱ってみたい口ぶりだ。

「ケネディ大統領の暗殺にしたって、本当の犯人は捕まってないっていう噂もあるしさ」

ジョーの言葉に沼尾が驚いた。

「えっ、犯人はオズワルドじゃないの。すぐに捕まったでしょ?」

「うん。でも、本当の犯人は別にいるとか、背後に大きな陰謀があるとか、いろいろ言われてるね」

「そうなの……。なんだかアメリカって、不気味な国だよね」

「そうそう。ベトナムなんてはるか遠い国に、はるばる何十万人もの青年をジャングルの戦場に送りこんでいるんだからね。まったく、信じられないよ」

毛利はサジを投げたという口調だ。ジョーが言い足した。

「今日もサイゴンの大統領官邸近くにベトコンが大砲を撃ちこんだらしいぜ」

「やったー、だね。ベトナム解放民族戦線、バンザーイ」

毛利は両手を高々と挙げた。


倉成は実験レポートを手にしたものの、まるで気が乗らない。しょうがないや。机の上のサークルノートを手にとって開いた。よーし、これでフラストレーションを解消させるとしよう。

「寂しいなあ、今夜は……。

男と女が、何の感情をもたずに接吻してもいい場合があるんじゃないのかしらん。

男と女がそこにいて、何の感情も起きないということはありえない。だが、いかにしてその感情を表現するか。それが、問題だ。お互いに好意を持ちあっていても、その場における種々の条件がお互いを引き離してしまうのだ。これは、誰だって、いや、きっと諸君にも経験があることと思う。

すぐそばにいる男を横眼でにらみ、目の前にいる女に気をつかい、はたまた横のテーブルにいる女にまで気をつかって、冴えない時間を過ごす。そのうち、彼女らをビヤガーデンにでも誘って正体なく酔わせてみたい気持ちになる。

正体不明になった女性が何を口走るのか、実に見物《みもの》である。美人といっても、しょせんは人間。×××。そんな手を握って喜んでいる男など哀れなものである。イッシッシ……」

これを読んで猛然と怒った者が少なくとも二人いた。

「なんたる破廉恥。キミは向こう一〇日間、駒場キャンパスから出ることを禁ず」

これはマスオの怒りの声だ。

「私は法律を要求し、著者に対して正当な罪が課されることを望む。この賛同署名が七〇三名集まった。これは著者を除く全駒場寮生である」

こちらは沼尾。さすがに弁護士を志す者らしい書き方だ。でも、賛同署名を集めてもいないのに、七〇三名集まったなんて嘘を書いていいものなんだろうか……。佐助は法律家って、黒を白と言いくるめる連中かもしれないと心配になってきた。

● 自治委員長選挙 ●●●

6月6日（木）、駒場

今日もよく晴れた。梅雨入りなんでまだまだ随分と先のような気がする。蒸し蒸しする暑さだ。じっとしているだけでも脇の下から汗がにじみ出てくる。

寮の前の三叉路にある自治会掲示板に自治委員長選挙が公示された。

さっそく各派が立候補届出を出し、大きな立て看板を構内いたるところに立てかけた。民主派の委員長候補は現職の巨勢（42SⅡⅢ2組）、前線派が綾小路（42LⅢ7組）で、下馬評では、もっぱらこの二人の対決だ。42というのは駒場の昭和四二年入学、つまり二年生のこと。

佐助は寮食堂で昼食をとったあと、裏の方へ足をのばした。菖蒲が紫色の鮮やかな花を咲かせている。近くに朱色の実が緑の葉に映えている。近づいてよく見ると、ユスラウメだった。

「ロバート・ケネディが死んだんだってさ」

「アメリカって、本当に野蛮な国だよね」

見知らぬ学生が二人連れ通り過ぎていった。

「そのとおり。異議なしだね」

佐助は一人ごとを心のなかでつぶやいた。

沼尾がサークルノートを手にとると、倉成の文章のあとに二人から反論の書きこみがあった。それを読んでまあまあと怒りを宥めながら、倉成に対するアンチテーゼのつもりで書いた。

「楽しいなあ、今夜は。

男と女が何の感情ももたずに接吻していい場合なんて、ないんじゃないの。

もちろん、男と女がそこに居て、何の感情も起きないことも一般論としては大いにありうる。だから、いかにしてその感情を表現するかは、問題ではない。お互いに好意を持ちあっていれば、その場における種々の条件だって、お互いを引き離すことはしない。これは誰にも経験のないことだと思う。フッフッフ……。経験者は語る、だよ、キミ」

これには、あとで「何を経験したというのか。失恋を重ねていることは聞き及んでいるが……」という朱書きの書きこみがあった。明らかに倉成の筆跡だ。

●セツルメントとは●●●

6月8日（土）、北町

例会でキャンプの話をしている最中、突然、若大将が「セツルメントって一体何なんだい。セツラーってオレたちと別のサークルをつくっているらしいけど、何をしてるのか？」と言い出した。リーゼント・スタイルの長髪でいつもきっちり決めている若大将は、一見遊び人風だ。そんな若大将からこんな根本的な疑問がサークル例会で出されたことに、セツラーたちは困惑した。

アラシも困った顔をしたが、「せっかく若大将が言い出したんだから、セツラーから少し説明してもらった方がいいみたい」と話を引きとった。セツラーにしても別に異存があるわけではない。セツルメントを隠すというより、何と説明してよいのかが難しいということだ。

アラシの言い方には、アラシ自身のなかにもセツルメントとは一体何なのか、その疑問がずっとくすぶっているというニュアンスがある。アラシは佐助を指名した。ガンバは今日はどこかに出かけていて遅れるという。

「セツルメントって何か、と訊かれても、ぼくにはまだよく分かりません。まだ入ったばかりだし。それに、その答えは、セツラーひとりひとりによって違うんじゃないのかな」

佐助が困って、ポツリポツリしゃべっていると、横から、オソ松が、「へー、そんなものなんかい」と、少しおどけた口調で口をはさんだ。「それでも、わざわざ遠くからよー、電車に乗ってバス賃つかって、この北町までやって来てるんだろ、何か目的があるはずだよな？」

「うーん、一言でいうと、ぼくにとっては、学生の知らない社会の現実を知りたいということかなあ」

佐助の、こんな抽象的な説明では若大将もオソ松も納得できない。

「社会の現実を知りたいっていうのなら、大学の周辺の地域でもいいってことだよな。どうして、わざわざこんな遠くまでやって来るんだい？」

オソ松は追及の手をゆるめない。いつもより真剣な表情だ。日頃、心の奥底に疑問としてわだかまっていたのだろう。

「でも、大学の周辺では、現実にはセツルメントなんてやってないんだよ」

「やっぱり、北町が労働者の街だから、だよな」

アラシが見かねて、助け舟を出してくれた。佐助は少しホッとした。

「そう、思う。セツルメントってはじまったときから、労働者の多い町で活動してきたと聞いてるし」

「いつから、セツルメントってあるの？」

今度は、アッチャンが訊いてきた。でも、あまり深い関心はもっていない様子だ。佐助はセツルメントの歴史についてそれまで調べたことはなかったので、聞きかじりを話すしかない。こんなことなら、もう少しガンバか誰か先輩セツラーにセツルメントの歴史をきちんと教えてもらっておくべきだった。そう思っても、今さら遅い。

「戦前からあるみたい。イギリスで始まって、日本では関東大震災のときに始まったって聞いてるんだけど……」

「あら、ずい分と古い歴史があるのね。わたしなんか、戦後、アメリカからとりいれたものかと思っていたわさ。だって、英語の名前なんだもの」

アッチャンは感心している。でも、オソ松は頭を横にふった。

「それで、学生さんはよー、若者サークルに入って、何をしようとしているんだい。勉強するために来てるのか、遊ぶために来ているのか、一体、どっちなんだい?」

オソ松は単純な二分論が好きなタイプのようだ。しかし、世の中には、白か黒か、いずれかはっきりさせられないことの方が多い。

「うーん、もちろん、ぼくにとっては学ぶためなんだ……。でも、サークルで一緒になって遊びながら学ぶということが、セツルメントなんじゃないのかな。子ども会をみてると、そう思うし」

佐助は自分の問題意識を抽象的に言うと、そうなると思っている。しかし、これではとてもオソ松の納得できる答えになりそうもない。

「だったら、学生は一人一人来ればいいんだしさ、学生セツルメントって別なサークルはいらないんじゃないのか?」

若大将はしきりに首をひねっている。

「人によって、セツルメントに入った動機というか、求めているものは、それぞれ違っていると思うの……」

ずっと黙っていたカンナがいきなり口をきいた。隣にいた若大将は驚いて口をポカンとあけてカンナを見つめる。

「だから、セツラーって、みんな、セツルメントって一体何なのかしらって考えながらサークルに来てるのよ、よく分からないままに、分かるために実践活動してる、そう思うわ、わたし」

「うーん、何だかよく分かんねえな」

オソ松は、まだ納得しない。

「まさか、会社に就職したときに、上に立つ者として、下々のオレたち労働者のことをよく知っておこう、ということじゃないんだよな?」

「はっきり言えば、オレたちを踏み台にして利用しようとしているってことになるんかい?」

ショーチャンが、ズバリ言った。

「そんな、ひどいわ。誰もそんなこと考えてないわ」

カンナは今にも泣きそうな顔をして反論した。

「わたしは、わたしって、一体、どんな人間なんだろうかって、いつも考えてるだけなのよ。ひとを利用してやろうなんて思ったこともないわ」

カンナに睨みつけられて、ショーチャンは、たちまち、「冗談だよ、冗談。許してくれよ」と両手を高々とあげて降参した。カンナの迫力にすっかり負けている。佐助は、カンナの一面を垣間見た思いがした。すごい女性だな。見直したな……。それにしても、こんなときに一言も反論できなかった自分がみじめだ。佐助は心の中で大きな溜め息をついた。

「まあ、そんなとこかな」アラシがとめにはいった。

「キャンプの方に話を戻そうか、いいだろ、若大将よ」

アラシの問いかけた若大将は素直にうなずいた。オソ松も黙って首を縦にふる。

若者サークルのなかでセツルメントをテーマとしてディスカッションするのは難しいと佐助はしみじみ思った。いったい学生は若者サークルのなかで、どんな役割を果たすべきなのか、考えれば考えるほど本当によく分からない。

七月の丹沢キャンプの取り組みは相変わらずイメージが具体化しないままだ。なにより、どれだけの参加者が見こめるのか、さっぱり予測が立てられないということが痛い。人数次第で、バスの手配からバンガロー、予算、すべてが変わってくる。まだ誰も本気でキャンプ計画にとりくんでいないことは明らかだ。早急に係りを決めて責任体制を確立する必要がある。それだけを確認して、その具体化は次の例会ですることになった。

例会が終わりそうになったとき、ガンバが「久しぶりにサークル新聞をつくろうや」と言い出した。佐助はそれまでサークル新聞なるものがあるということも知らなかった。なんでもタンポポ・サークルをアラシとサンタたちがつくったころに何回か発行されたことがあるらしい。ガンバが現物を捜し出して回覧した。明日の日曜日、ガンバの下宿に集まれる人だけでサークル新聞をつくることになった。

「デートの予定のない奴は来いよな」

ガンバが笑いながら声をかけた。

「じゃあ、オレは来れないな」

オソ松が真面目そうな顔で言うと、アッチャンが手元にあったものを投げつける格好をした。

「よく言うわね。いつだってデートの相手を募集中のくせに」

オソ松はくじけない。

「そんなの過去のことだって。今じゃあ、引く手あまたで、相手を選ぶのに四苦八苦ってところだぜ」

プッとアッチャンが噴き出すと、オソ松もつられて笑い出した。


帰り道、佐助は眼の端でオリーブを探した。しかし、オリーブは一足先に帰ったようで見あたらない。例会に出るたびに、佐助はオリーブから眼が離せないという心境になっていた。眼がくりくりしていて、いつも好奇心一杯で眼が輝いている。佐助には、じっと見てられないくらいの眩しさだ。活発で明るい性格はうまれつきだし、よくしゃべるのも生来のものとばかり思っていると、サークルに来はじめたころは、とても無口だったらしい。これは本人がそう言うばかりでなく、ガンバやアラシも認めているから、恐らく本当だ。信じられないほどの大変身をオリーブは遂げたことになる。女性は、あるとき大変身するみたいだ。佐助はそう思った。

オリーブは好奇心旺盛だから、話題も豊富だ。話をしていると、こちらまで心が弾んでくる。ちょうど、五月晴れの日に話したのが一番初めてだったから、余計に印象が強かったのかもしれない。しかし、曇った日でも、雨の日でも、オリーブと話をすると不思議なほど佐助の心は軽くなり、なんとなく心が救われた気がしてくるのだった。だけど、オリーブには、彼氏がいるらしい。当然といえば当然のことだが、それを聞いてしまった以上、佐助の足はふみ出すことができない。

若大将がやって来て声をかけた。

「今日は、つっかかって、悪かったな。気にすんなよな」

「ええ、もちろん。気になんかしてないよ」

佐助も軽くこたえた。若大将は少し後悔している様子だ。

「一緒に少し歩かないか?」

佐助は、軽く首を上下にふった。今日は風が強く吹いているせいだろう、珍しく星が北町の上空に出ている。いつもは空が煤煙にすすけているから、滅多に星は拝めない。星を仰ぎ見た若大将は、冬のことを思い出した。

「今どきはそうでもないけどよー、冬の工場って、本当に寒いんだぜ。底冷えっていう言葉が、ホントよー、実感させられるんだ。なんか、こう、はいてる靴の底から、全身がゾクゾクするような冷たさが、じわーっと、オレを包みこむんだ。でもよー、オレの工場って、電気工場なんだよな。そこに暖房設備ひとつないなんて、どう見たって、おかしいだろ?」

若大将の話は佐助にも何となく想像できる。いまどき工場に冷暖房が入っていないなんて、とても信じられない。急に、田舎の小学校の暖房のない冷え冷えとした教室を思い出した。

「でも、事務所棟には、きっと暖房はいってるんだよね?」

佐助の言葉にうなずくかわりに、若大将は少しかがんで足元の小石をひろって放り投げた。電柱のわきのバス停の看板に小石がコツンとあたって軽い音を立てる。

「もちろん、あるさ。あそこは、オレたちとは何から何まで違ってるんだよ。まるで別世界だな。なにしろ、事務室にはよー、課長さんとか、お偉いさんがいっぱいいるんだ。大学出の職員がうじゃうじゃいるところに冷暖房がないなんて、ありえないよな」

そうか、ぼくも、いつか、その「大学出の職員」になるんだ……。佐助は、ハッとしたが、「やっぱりね」と、小さい声で言っただけで、それ以上は言わなかった。

「冬によー、かじかんだ手で冷たいドライバーを握って仕事をしてるとき、事務室のなかでぬくぬくしている連中の顔が頭に浮かんできて、持ってるドライバーをえいっと放り投げてやりたくなることがあるんだぜ、まったくよー」

「本当に投げ出したことがあるの？」

佐助が驚くと、若大将がニヤリとして右手を小さく左右にふった。

「おいおい、そんなこと、できっこないだろう。おマンマの食いあげになっちまうじゃんか。オレが会社をクビになって田舎に帰ったりすればよー、お袋さんが泣き出してしまうもんな」

「そうかっ、そうだよね」

佐助は、本当にそうだと思った。人間が働いて生きていくっていうことは大変なことなんだな。

昼間は真夏のような暑さだったが、風が吹くと夜はしのぎやすい。でも、なんだか胸のなかまで風が吹き抜けていく気がする。

●サークル新聞●●●

6月9日（日）、北町

デートの予定なんかない佐助はオリーブに会いたくて、いつもより断然早起きして駒場寮を抜け出した。ガンバの下宿に着いたときには、オリーブとアッチャンがいた。オリーブが佐助に笑顔で「おはよう」と声をかけてくれた。佐助はちょっと気遅れして、小さく「おはようございます」と返事して、隅の方に腰をおろした。オリーブは今日は彼氏とのデートはないのかな。まあ、ともかくオリーブに会えてうれしいな。佐助は幸せな気分だ。少し遅れてマッチも顔を出した。

女性セツラーは、全員欠席した。やっぱりデートがあるのかもしれないな、自分と違って。佐助はそう思った。

ガンバが、「新聞のテーマは何にするかな?」と問いかけると、すかさず、オリーブが「もちろん、三周年パーティーの様子を載せるのよね」と応じた。アッチャンが「もちろん、そうよね。それと、今度の七月の丹沢キャンプの参加者を募集していることも忘れずにね」とつけ足した。

「よーし、それは分かった。でも、何か面白い記事が欲しいね。ほら、新聞でいうと芸能ニュース欄みたいな、面白い記事だよ」

「ロバート・ケネディが暗殺されたとか」

佐助が思いつきを口にすると、マッチが「それって暗いでしょ」と佐助を小声でたしなめた。

「やっぱり、読んだ人の心を明るくしてくれるものがいいよな」

ガンバがちょっと難しい顔をして腕を組んだ。

「あっそうだ。株式市況みたいにして、仲間の値段をつけてみるのも面白いかも」

「株式市況って?」

マッチが怪訝そうな声を出した。アッチャンが「ほら、ラジオで、カンデンは何円で、何円高とかいってるやつよ」と、小さい声で横から囁いた。「なんか、それって、面白そうね。やってみましょう」

アッチャンがのってきたので、ガンバは、「じゃあ、三本立てになるな」と言った。「問題は誰が記事を書くか、だな」

ガンバが見まわした。女性陣は、そろって首をすくめる。

「佐助がいいんじゃない」

オリーブが顔をあげて、佐助を見つめながら提案した。

「だって、みるみるうちに、ダンスのステップがうまくなったんだもの。あの感激を思い出したら、すぐに記事は書けるはずよ」

佐助も、自分が書くしかないか、と思っていたところ、オリーブが佐助のダンスが上達したことを覚えてくれていたのを知って、つい頬がゆるんだ。

「は、はい。いいですよ」

佐助のその一言で三周年の記事は佐助が書くことになった。さっそくガンバの部屋の小さいすわり机に向かって、佐助は原稿を書きはじめた。

「さてと、株式市況の方は、どんな内容がいいかな……。ぼくなんか、サークル新聞を久しぶりに発刊するというんで、ゆうべは興奮しちゃって一睡もできなかったんだけど……」

「嘘おっしゃいな。わたしたちが来たときまで、ぐーすか寝てたくせに」

オリーブとアッチャンが、そろって口をとがらせる。どうやらオリーブが一番乗りをして、寝てるガンバを叩き起こしたようだ。

「あっ、いけない。目撃者がいたんだった。つい、うたた寝してしまったからな……」

ガンバは、しきりに頭をかいて弁解した。下手な冗談だ。

「それで、その株式市況ってさ、どうやるの?」

ガンバを見つめるオリーブの顔が輝いている。好奇心に満ち充ちた表情だ。

「ほら、たとえば、アッチャンだよ。三周年パーティーの当日は、みんなに気を遣って大活躍したけど、張り切りすぎて翌日からダウンして月曜日まで寝込んでいたらしいから、まあ八円高というところだね」

「あら、たったの八円なの?」

アッチャンは不満を口にしたが、本心は満更でもなさそうだ。

「結構いけそうじゃん」ガンバが続けた。

「オリーブは、佐助の手をとってパーティーの踊りの輪に加えてやったおかげで、佐助がこうやってタンポポ・サークルに来るようになったから、九円高、かな?」

「わあ、うれしいわ」

オリーブは甲高い響きのする喜びの声をあげた。隣りで、アッチャンが「わたし、一円負けたわね」と悔やしそうな顔を見せる。どうも、この二人にはライバル意識があるようだ。

「わたしは、どうなるの？」

マッチが、笑いながらも、少し心配そうな表情でガンバを盗み見る。

「そうさな、マッチは、準備のときにはよく頑張っていたけど、当日は、男の子と踊るのが忙しすぎて、少し飲みもの係をサボッたという苦情が来たから、まあ、七円高ってとこかな」

「あら、見られてたの……。だれが告げ口したのかしら？」

「それは、ぼくのことさ。飲みものを探してたら、マッチは知らんふりして踊ってたものな」

「あれっ、それはそれは、どうもすみませんでした」

マッチは、テレ隠し笑いをしながら頭を下げる。

「やり方は分かったわ。うちの男の子たちには、うんと辛い点をつけてあげなくっちゃね」

アッチャンがけしかけると、オリーブも、「そうよね。肝心なときにちっとも手伝いをしなかったものね」と相槌をうつ。

「まあ、なるべく公平にやるべきだよ。それに、あまり辛い点をつけて、もうサークルやめた、なんてなってもまずいしさ……」

ガンバが、とりなした。

「まずは、アラシよね」

アッチャンが言い出すと、オリーブが険しい声をあげる。

「アラシは、新顔の女の子が来てたので、ずっとその子と話しこんでばかりだったんだから……」

「そうか、たしかにそうだったよな。それなら、三円安といいたいところだけど、まあ、パーティー全体の進行を見守ってはいたんだから、五円高くらいにしておこうよ」

「そうね。三円安じゃあ、アラシが可哀想よね」

アッチャンが、珍しくアラシの肩をもった。

「久しぶりに若大将の踊りを見たわ」

「そうそう、相変わらず、踊りだけはうまいわね」

「さすが若大将といわれるだけのことはあるわよ」

「でも、踊りだけで値段つけていいのかしら。ふだん、あまりサークルに来てないし」

女性陣の評価は厳しい。ガンバは黙って聞いていたが、

「それじゃあ、ほかの男性軍とのバランスも考えて、三円高くらいにとどめておこうか」

ガンバの提案に、女性たちも異存はない。やはり、サークルの機関紙に載せるのだから、踊りのうまさだけで評価することはできない。こんな正論が通ったわけだ。

「次は、オソ松ね」

アッチャンがオソ松の名前をあげながら、ニヤリと笑った。

「オソ松は口ほどにもないのよ。女の子には、もっと積極的にアタックしないといけないのにさ、新顔の女の子に声もかけられないいんだから、アラシとは大違いだわ」

さすがにアッチャンはよく見ている。オリーブが驚きの声をあげた。

「へー、そうなの……。まあ、でも、日頃のオソ松の態度を見てると、だいたい想像はできるわね」

マッチは、オソ松の名前が出たときには、何か言いたそうな気配だったが、結局、黙っていた。

「オソ松は、それでも三周年パーティーのあとにもサークル例会にずっと顔を出しているし、やっぱり五円高くらいにしないといけないよね」

ガンバは、自分で値段を決めながら、さっさと鉄筆を動かしていた。鉄のヤスリ板の上にロウでつくった原紙をあてて、鉄筆で字を書く。カリカリとリズミカルな音がする。ガンバは性格をそのまま示しているのか、いかにも端正な字を書く。ガンバのカッティングのうまさは北町セツルメントのなかでも定評があった。初心者の佐助は、もともと字が下手なうえに、まだガリ切りの要領をつかんでいないから、字が汚いうえに遅い。だから、とてもガンバのように原稿なしでガリ切りするような芸当はできない。佐助は少し離れたところにすわって、相変わらず太いボールペンで殴り書きのようにして原稿を書いていた。

「あれれ、しまった」ガンバでもカッティングに失敗することがたまにはある。

「ちょっと、マッチ。マッチ持ってきて」

わざとらしく、ガンバはマッチに頼んだ。カッティングを失敗したときは、もちろん専用の修整液をぬりつける方法がある。でも、ガンバのようなベテランになると、マッチをすって火をつけ、燃えさしをロウ原紙に近づけるという修正方法をとる。手慣れたガンバは、うまく修正して、また、カリカリとガリ切りを再開した。

「イヤミは三周年以来、このところ顔を見せてないから、一円安にしておきましょうよ。サークル新聞を見たら、少しは発奮するかもしれないし」

オリーブの提案にアッチャンもマッチも異議はない。

お昼になった。ガンバが「腹減ったよね。さあ、みんなでお昼にしようよ」と叫ぶ。女性たちが、近くの商店街にパンとサラダの材料を買いに出かける。そのあいだに佐助はヤカンを火にかけた。

買物から帰ってくると、オリーブたちは手早くサンドイッチをつくった。山盛りのサンドイッチがあったのに、みんなで食べたら、たちまち消え去せてしまった。食欲旺盛とは、このことだ。

お湯がわいたことを佐助が知らせると、マッチが立ち上がり、インスタント・コーヒーを入れはじめた。

「ぼくは紅茶党なんだけど」

佐助が恐る恐る申し出ると、マッチはニッコリ微笑んでみせた。

オリーブがそばから声をかけてきた。

「あら、佐助も紅茶が好きなの。わたしもよ……」

佐助はオリーブと好みが同じだと分かって、単純に喜んだ。

食事のあいだじゅう、ガンバが次々に冗談をとばし、アッチャンもオリーブも、どんどん受けて立つので、笑い声がとぎれることがない。ときどき、仕掛人のガンバ自身が口に指をあて、「シーッ」というジェスチャーをしたほどだ。なにしろ古い木造アパートなので、声は隣り近辺へつつ抜け。でも、隣人は幸い今日は日曜出勤しているようで、どこからも文句の声があがらなかった。

食事のあと、まだ新聞は完成していなかったけれど、食休みと称して、みんなで歩いて河原に出かけた。北町川の川幅はかなり広い。河原のグランドで、子どもたちが草野球をしている。

ガンバは歌が好きだし、うまい。どこから仕入れてくるのか、新しい歌もよく知っている。ガンバは小さな若者歌集を胸のポケットから取り出した。いつものように曇り空で、すっきりしない。今日も蒸し暑い。風が強いから、女性陣はスカートのすそを気にしながら、ガンバの歌唱指導に従う。

「ゆうべ、あなたと歩いた……」

佐助はオリーブの側で歌うつもりで目の端でオリーブを探した。しかし、オリーブはガンバに寄り添って若者歌集をのぞきこむようにして一心に歌っている。とても近づける雰囲気ではないので、あきらめた。

甘い恋の歌をうたいながら、佐助は早く恋人と手をつないで散歩してみたいな、そんな思いに駆られた。初めのうちは音程あわせが難しかったが、そのうちハモって歌えるようになった。

河原には若者たちの姿がチラホラ見かける。みんな見知らぬ顔だ。グループはなく、二人か三人で草の上にすわったり寝ころがってだべっている。ひとりでブラブラ歩いているだけの若者もいる。

「そうだ、今度ここへ来るときには、彼らに手渡しできるようなチラシをもってきて配ったらいいな。何だか、ひまをもてあましてる若者ばっかりみたいじゃん」

ガンバが叫んだ。歌のことばかり考えているのかと思うと、実はサークルの拡大法を考えていたというわけだ。佐助はガンバの発想力とバイタリティーの大きさに、ほとほと感心した。

この若者たちはひまそうだな、何してるのかな。そこまでは佐助も考えた。しかし、それ以上に、サークルに誘ってみようということまでは、とんと考えつかなかった。まだまだ、とてもガンバのようにサークル本位の見方なんかできっこないや。とても真似できない。

ガンバの下宿に戻って、残りの仕事をようやくやり遂げたのは、もう夕方に近かった。

学校嫌い

磯町

ヒナコはトンコと二人で連れだって磯町に入っていった。チコが一人路上で絵を描いて遊んでいる。チコはセツルメント子ども会に顔を出したり、出さなかったりする。

「お姉さんたち、来なくてもいいよ。なんで来んの」

口をとがらせて憎まれ口を叩く。嫌や味な子どもだとペコは思ったが、「一緒に遊ぼうね。楽しいよ」と無理に笑顔をつくって声をかけた。

コージの家の前で、「コージ君、いる?」とトンコが呼びかける。家のなかから「お姉さん、遊びに行かないよ」と大きな声で返事が返ってきた。

「どうして?」とトンコは、「お邪魔します」と言いながら入口のガラス戸を開けて入りこんだ。コージの家も六畳一間だ。一目で主婦のいない家だと分かるほど畳の上は散らかっている。そこに子どもが四人いて、色エンピツで広告紙の裏面に絵を描いていた。

「お姉さん、ぼくたち、遊びには行かないよ」

コージがちらっと頭をあげて、もう一度言った。隣にいる妹のマチ子も「お姉さんたち、帰んなよ」

と兄を真似する。

ヒナコは悔しくなる気持ちをじっと抑えた。子どもの口先の言葉にとらわれてはいけない。先週のセツラー会議で確認したばかりだ。トンコが軽い口調で言った。

「外に行かなくったっていいのよ。ねえ、ここで勉強しようよ。ほら、きみたち、何か描いてるじゃないの」

トンコが、さっさとズック靴を脱いで畳の間にあがっていく。ヒナコも続いた。畳はところどころすり切れている。座布団なんかない。畳の上にじかに腰をおろすと、気のせいかジーパンのお尻から湿気がじわーっと伝わってきた。

「どれどれ、絵はよく描けているわね」

トンコは四人の頭のなかに自分の頭もつっこんだ。マチ子は小学一年生なのに、まだ自分の名前もよく書けない。マチ子に向かって話しかける。

「マチ子、名前を書いてみようよ」

「あたち書いたことないもん。どう書いていいか分かんないもん」

マチ子は甘えた口ぶりでダダをこねる。

「だからさ、教えてあげるからさ」

トンコはマチ子が話に乗ってきたので、余っている広告チラシを手にとり、その余白に「きのしたまちこ」と手本を書いてやった。マチ子は真剣な眼つきでトンコの手元を見ている。やがて、自分も手本をなぞって書きはじめた。一回目は、手本の上からなぞって書き、二回目は、手本を見ながら書いた。書き終わるたびにヒナコが赤エンピツの代わりの橙色のエンピツで大きくマルとかバツ印をつけて間違いを指摘し、直してやる。汗ばんできたので、上着を脱いで部屋の隅に置いた。

マチ子はすぐに飽きたようで字のかわりにお人形さんを描きはじめた。ちょっとすましたお姫様の絵だ。ヒナコは手を休めてそれを眺めた。

その様子を黙って見ていたコージが身を乗り出して言った。

「お姉さん、やっぱりマチ子のやつに字を覚えさせなければダメじゃん」

コージはチラシを手にとって、マチ子の前に置くと「こうやるんだ。いいか、よく見ておけよ」と言って、マチ子の名前を大きくゆっくり書いていく。マチ子は嬉しそうな顔をしてじっとコージの手元を見つめている。書き終わると、コージは一つ一つ自分の書いた字を指さして、マチ子に教えはじめた。マチ子は、口先では「分かんない」と言いつつ、エンピツを動かしていく。名前はなんとか書けるようだ。ところが、名前以外の字になると、とたんに間違いだらけになってしまう。そばで教えているコージが苛立ち、「馬鹿だなあ、マチ子は」と吐き捨てるように言うと、マチ子は悲しそうな顔をする。

「わたし、学校なんか嫌いだもん」

「おまえ、そんなこと言ってたって、字くらい書けなきゃ、みんなからいつまでたっても馬鹿にされっぱなしだぞ」

「いいもん。学校なんか嫌いだもん」

マチ子は、不貞腐れている。ヒナコが首をかしげながら、「どうして、マチ子は学校が嫌いなの」

と訊くと、コージがヒナコに向かって、「オレだって学校は嫌いだぜ」と言う。

「えっ、どうして」

ヒナコが眼を大きく見開くと、コージは口をとがらす。

「だって、学校じゃあ、みんなオレたちのこと、磯町の子だとかバタヤの子なんて言うんだぜ。いやに決まってるじゃん」

「そう、そうなの」ヒナコは深い溜め息をついた。「でも、磯町の子でどこが悪いの、バタヤの子がどうして悪いの。そう言い返したらいいいんじゃないのかしら。バタヤさんって何も悪いことなんかしてないでしょ」

マチ子が代わってこたえた。

「道に落ちてるものを黙って拾って自分のものにするから悪いんだって」

「あれー、それっておかしいんじゃないの。他人のものを盗っているわけじゃないんだし」

ヒナコの声が少し甲高くなった。コージが「お姉さん、そう興奮すんなよ。オレ、何と言われたって平気さ」とヒナコを諭す。ヒナコは内心ますます腹が立ってきた。

「それじゃあ、コージはバタヤさんが悪いことしてると思っているの？　思ってもいないのに、ひどいこと言われて黙っているなんて卑怯じゃないのさ。先生の前で、そんなこと言った子ときちんと話すべきよ、絶対に」

ヒナコは頭に血がのぼり、カーッとなった。自分でもそれはよく分かっている。しかし、コージたちの不甲斐のなさに何かを言わずにはおれない、そんな気分だ。自分でも不思議なほど、我を忘れて大きな声を出してしまった。マチ子たちは驚いて、手を止めてヒナコの顔をじっと見ている。

　コージの家を出たあと、上着を忘れたことに気がついた。部屋の隅に置いていたはずの上着が別の場所に動いていた。あら？　と、ヒナコは変な気がした。

　トンコが土手を歩きながら、ヒナコに「親の職業を誇らしく語れない子どもって、不幸よね」と語りかけてきた。ヒナコは力なく、「そうですね」と相槌をうった。

ドミノ理論

6月11日（火）、駒場

遠くに雷鳴が聞こえる。大砲の音って、こんなものなんだろうか。昼間はよく晴れて暑かったのに、夕方から黒雲が空を覆い、なんだか怪し気な天気となった。

倉成が夕刊を手にしてつぶやいた。

「ベトコンは相変らずよく頑張ってるよな。ホント、すげえもんだぜ、感心するよ」

「えっ、何。今日も何かあったの？」

マスオが読みかけの本を閉じて、机を離れた。

「サイゴンに最大の砲撃だってさ。日本の銀行も支店が直撃弾を喰ってるよ」

「サイゴン市内にベトコンの決死隊が潜入してるんだろうね。偉いね、決死隊って。自分の命を投げうって突っ込んでいくんだから。ぼくなんか、とても真似できないよ」

「映画だったら、スクリーンの向うから鉄砲の弾丸は絶対に飛んでこないけどさ」

マスオは「それにしても」と日頃の疑問を口にした。

「なんでアメリカはベトナムにあんなに必死にしがみついているんかなー……。ベトナムに石油でも湧いているの？」

倉成が新聞をベッドの上に放りやったとき、また雷鳴がビリビリと空気を震わした。

「それはやっぱり例のドミノ理論ちゅうやつじゃないの。ほら、ベトナムが倒れたら、お隣のカンボジアが次に共産主義に支配され、その次はタイまで赤化する。インドネシアだって危くなる。そんな床几倒しを防ごうというんだよ」

佐助は首を傾けた。

「でも、それってアメリカが勝手に世界を支配しようという理屈なんじゃないの。その国のあり方は、その国の人民にしか決定権はないはずだよね……」

「だから、アメリカ帝国主義という言葉があるわけだろ。まあ、なんといったってアメリカっちゅう国は、帝国主義って言葉が、まさにピッタリの国だな」

「でもさ、アメリカ大好きっていう日本人は多いんだよね」

佐助自身も大学に入る前まではアメリカになんとなく親近感を抱いていた。「名犬ラッシー」とか「ルーシーショー」のようなテレビで見たアメリカの生活への憧れも大いにあった。ところが、駒場寮に入って、部屋で議論したりするなかで、ベトナム侵略戦争をすすめているアメリカの実体を知るにつけ厭気がさしてきた。

キタローがベッドから起きあがった。先ほどからずっと悶々としていた。机の上の小さな蛍光灯をつけて机に向かった。本を読む気にはならない。仕方なしにサークルノートに手を伸ばした。

「いま午前三時。寮の外は、もちろん闇。さすがに大変静かである。聞こえるのは同室の諸君の安らかな寝息のみ。いや、一人は昨夜の酒のせいか、たまにうなされているような声をあげている。一人はトイレに起き出した。もう一人は、昼間と同じく、どっしりと寝ている。かくありたいものだ。

かく申す小生は、このところ不眠症気味である。この三、四日間、平均睡眠時間は五時間というところだ。昼間は頭がボンヤリしていて、勉強をしても、読書しても、すぐに眠気がさして能率があがらないといって、横になれば眠れるというわけでもないので厄介だ。ところが、夜一二時を過ぎると、眠気が全然なくなる。頭も冴えてくる気がする（ホントかな？）。そして、この状態が夜明けまで続くのであるから、また、次の日、いっそう眠くなるという具合である。これこそ、まさに悪循環だ。この状態が小生の場合、周期的に巡ってくるから、これは恐らくオンスというべきものなのだろう。こんな状態のときは、スヤスヤと眠っている諸君を見ると、うらやましくも、憎らしくもある。ときには、たたき起こしてやりたくさえなるのである。

眠ることのありがたさは、言ってみれば親と同じだ。失ってみなければ本当に分からないものである。眠れない人間の苦しみは、安らかな眠りの恩恵に浴している諸君には分からないことなのですヨーン。

だから、小生が前から言うとるように『夜一二時以降は、静かにしましょう』っていうことなんや。

小生が現在、切実に願っているものは、ベトナムの平和でも、米軍基地の撤去でもない。ただただ、安らかな眠りと、安定した精神なのである。これでも諸君らは小生に対して利己主義というのであろうか？」

● 北町小学校 ●●●

6月12日（水）、北町

ヒナコは、トンコについて北町小学校に話を聞きに行った。

放課後の校長室に入っていくと、一年生の担任の宮村先生と國盛校長の二人が応対してくれた。宮村先生はいかにもベテランという貫禄がある。ワンピースに収まりきれない太った体型が隠せない。

「磯町の子は、はっきり言って、全般的に非常に学力が劣っているわね」

「たとえば？」トンコは臆することなく尋ねた。

「国語の時間、『い』という字を一ヶ月以上かかって教えても覚えられない子がいるし、算数にしても一ケタの足し算がやっと、そんな子がいるのよ」

そばから國盛校長が口をはさんだ。

「まあ、それは遺伝的なものじゃないのかな。劣と劣のもののなかから優のものが生まれるわけないんだから」

ええっ、なんてひどいことを言ってのけるんだろう、この校長は。とても教育者の言葉とは思えない。ヒナコは腹が立った。その気配を感じたのか、國盛校長が神経質そうな顔をぴくぴくさせた。

そばで、宮村先生は静かに話を続ける。

「字が書けないだけではないのよ。磯町から来ている子のなかには、ぬり絵すらできない子がいるの。私も、これで長いあいだ小学校で教員生活しているんだけれど、ぬり絵のできない子なんて初めての経験だわ。いったいどういうことなのか、判断に迷ってしまうのよ」

いったい、どういうことかって言われても、原因ははっきりしているとヒナコは思った。磯町の子どもの生活を考えてみたら、その原因なんて考えるまでもなく明確なんじゃないのかしら。頭の上をひっきりなしにゴーゴーと大きな音を立てて電車が走っていく。小さな部屋には大勢の家族が生活している。暗くなると、二〇ワットか四〇ワットの電球の下でテレビを見る。とても勉強しようという雰囲気ではない。親方の家以外に子どもの机なんてない。もし机があったとしても、それは物置き台に使われている。子どもの勉強机として使われる可能性なんてまったくない。それに、父親はたいてい昼間から、もちろん夜だって酔っ払っているし……。ここの子どもは三度のごはんが食べられたらいい方なんじゃないのかしら。夜一〇時ごろになると、子どもたちは一人で冷たい万年布団に入って寝る。

「運動神経も鈍い子が多いな」

國盛校長がつけ足した。宮村先生は「そうですね」と冷ややかな口調で肯定する。

「そりゃあ、磯町の子たちが大変なのは私も教師として理解してるつもりなの。あそこは生活保護を受けている家庭が大半だし、両親のそろってない家庭も多いしね。子どもたちの教科書はともかく、新しい本を買ってもらうことなんて考えられないし……」

宮村先生は悲しそうな顔をする。

ヒナコは、宮村先生に「家庭訪問したことはないんですか。親にも伝えて協力を求めたらどうですか」と問いただしたかったが、磯町の実情を知らないわけではないことが分かって、そのまま黙っていた。

「貧乏だということは、子どもにとって大きな悲劇をもたらすという現実があるわけよね。あそこじゃ、しょっちゅう子どもの前で大人がケンカしてるし、仕事もお金もないから、親はいつだってイライラしっぱなしなんだから……」

國盛校長の言葉に宮村先生が続けた。

「何かと言うと、学校と教師のせいにされてしまうから、正直いって、わたしたちも困ってるのよね」

何のことかしら。ヒナコは訝しんだ。トンコも文句を言いたそうにしていたが、黙っている。磯町の子どもたちの置かれている実情の底深さに接して、自分はあまりにも無気力な存在だわ。そう思ったヒナコは、それ以上、何も口に出す勇気はなかった。

ソルボンヌ大学占拠

駒場

「ウヒョー、学生がソルボンヌ大学を占拠だってさ。フランスの学生はよくやるよな」

奇声をあげたのはジョーだ。佐助とキタローが立って夕刊を読んでいるジョーに近づいた。

「学生が何人か死んだみたいだね？」

「うんうん、警官隊に撃たれた学生と、セーヌ川に追い落とされて死んだ学生がいて、そいでもって怒ったんだ」

「そりゃあ怒るよな。フランスの警官隊って、日本よりかなり狂暴みたいだし」

「いやいや、日本と同じだよ」

ジョーはいつかのデモ行進のとき、機動隊員に蹴られて痛い思いをしたことがあった。

「日本の機動隊もひどいことするかもしれないけど、日本の学生はフランスみたいに大学占拠なんかしないよね」

「そんな元気は日本の学生にはないさ」

キタローが吐き捨てるように言った。ジョーは「案外、日本だってそうじゃないかもよ」と、ふくみ笑いでこたえた。

今日も暑い。まだ梅雨には入っていないけれど、蒸し暑さが増している。サイゴンの空港が今日も解放戦線に砲撃されたと夕刊に載っている。

沼尾の机は静かだ。本でも読んでるのかな。猿渡は沼尾の机に顔を出した。沼尾は予習をしているところだ。大切なところだと思ったときには、赤エンピツと青エンピツを使ってアンダーラインを引く。それも、三角定規をあてて、きれいな線を引っぱっていく。しかも、その読んでいる本は原書だ。英語ではない。ドイツ語の本だろう。沼尾は英語は辞書なしで本が読める。第二外国語のドイツ語の方も相当のレベルにあることは他の寮生から聞いている。

佐助は、英語は受験のときの苦手科目のひとつだったし、第二外国語のフランス語ときたら、いまもって動詞の活用が覚えられずに困っている。上には上がいるもんだよな……。きれいに色わけされている沼尾のテキストを眺めながら、佐助は黙ったまま何の意味もなく首を上下に振った。

駒場では、高校・予備校時代に名前だけは知っている学生が身近にゴロゴロしている。旺文社の全国模試、Z会の通信添削、螢雪時代の応募テストなどで上位にいつも名前のあがっていた連中が駒場寮にも多勢入っている。

同じ東大生といっても、やっぱりピンからキリまでいる。沼尾なんかピンで、オレなんかキリの方だよな。沼尾の机のところに顔を出したのを反省して、佐助は「邪魔しちゃって、申し訳ないね」と小さく言った。沼尾も「いやいや。気にしなくていいよ」と言ってはくれた。

サークルノートが机の上にのっていた。開けてみると、

「近頃、部屋内の人々の就寝時間がとみに遅くなっているようです。出来ることなら、一時まではおしゃべりをしても結構だと思いますが、それ以降の私語は、お謹み願えないでしょうか。翌日の講義中に居眠りするなど、みっともないまねをしたくありませんから。乞う、ご協力」

沼尾の端正な筆跡だった。佐助は、それはそうだよな。午前一時過ぎたら、少しは静かにしないといかん。大いに反省した。ただ、問題は、この反省がいつまで持続するかだ。

● ベトコン ●●●

6月13日（木）、駒場

「いやあー、すげー、すげー。ベトコンって、ホント、本当に強いね」

ジョーが感嘆の声をあげながら部屋に戻ってきた。出入口の木の扉がバタンバタンと乾いた音を立てる。ジョーは、沼尾の机のそばに寄っていって立ったまま話しかけた。沼尾は机に向かって新聞を広げている。

「ベトコンが、またまた都市に大攻勢をかけたんだってよ。今年二月のテト攻勢もすごかったけど、またまたやり出したみたい。まさに、ベトコン万歳！ってとこだよな」

沼尾は気難しい顔になった。考えごとをするとき、鼻にしわを寄せてメガネをいじる癖がある。

「おいおい、そのベトコンっていう言い方は、もういいかげんやめてくれないかな。ベトコンって、どういう意味だか知ってるんだろ？」

「もちろんよ。ベトナム・コムニュスト、つまりベトナム共産党員という意味だということくらい知ってるぜ」

ジョーは屈託のない顔で言い返した。沼尾は「ちっ」と舌打ちして、呆れたという顔をする。

「ベトコンって、アメリカ帝国主義が使ってる言葉なんだよ。ベトナムでアメリカと戦っているのは共産党員ばかりじゃないんだ。広くベトナム人民が立ちあがってるんだから、ベトコンなんていうアメリカの世論操作のための用語なんか使ってほしくないな」

「あー、分かった、分かった」

ジョーは軽く手を左右にふった。

「でも、正式名称はベトナム民族解放戦線とかいうんだろ?」

「うん。いや、ベトナム解放民族戦線だったと思う」

「それって長ったらしいんだよな。おまえもそう思うだろ?」

「うん。でもFLNだって略語もあるよ」

「それじゃあ、オレらにはピンと来ないしなあ」

ジョーは困惑させられる。言葉なんかどうでもいいんだ。

「それにしても、テト攻勢のときのアメリカ大使館占拠はすごかったよな。二〇人もの決死隊が何時間も大使館内に立てこもって、アメリカ軍と戦ったんだからな。オレなんか、あれを見て、いっぺんに目が覚めた思いがしたな」

「えっ、目が覚めたって?」

沼尾が聞き返すと、ジョーは真面目な顔をしてこたえた。

「だってよ、それまでアメリカ軍がベトナムを完全におさえているから、もうベトナムの戦争は終わりそうだと思ってたんだ。それが、サイゴンのどまんなかのアメリカ大使館がベトコンに襲撃されて占拠されたわけだろ。これじゃあ、アメリカも意外にヤバイかもと思ったね。戦争は終わるなんてどころじゃなくて、案外、ベトコンの方が勝つかもしれん。そう思ったぜ。だって、町のどまんなかにある大使館に決死隊を送りこむには、町の人が相当に支援しなければ成功しないだろ?

町の人にアメリカ軍が見放されているということは、ベトナム人民にアメリカは見放されているというのと同じことだもんな」

「なるほど、そういうことだよな」

沼尾も素直にうなずいた。ベトナム戦争についての会話を聞きつけたのか、いつのまにか向かいのB室の毛利が顔を見せている。

「ベトコンって、本当にすげえ強い連中だと、つくづく感心するよ」

「たしか全員、壮絶な戦死をしたんだよな。文字どおりの決死隊だったわけだ」

「なかなかやれないことだよな。初めから死ににいくことが分かって攻撃するんだものな。成功しても失敗しても、どっちにしても確実な死が待っているんだから。平和な日本でぬくぬくしているオレたちには考えられもしないな」

「うん、うん」沼尾は大きくうなずいた。

「それでも、あのテト攻勢については、軍事的には失敗したんだと、確か、誰だったか評論家が言ってたよね」

毛利は、「うんにゃ」と大きく首をふった。

「クラウゼヴィッツが喝破したように、戦争は政治の延長戦にあるもの、なんだ。あのテト攻勢のおかげでアメリカ国民だって、ジョーと同じようにびっくりして目が覚めたわけよ。それまで、大本営発表と同じで、勝った勝った、戦争はもうすぐ終わると信じこまされていたのに、突然、アメリカのシンボルである大使館が昼日中に占拠されてしまったんだから、アメリカの威信はガタ落ち。ベトナム反戦運動がアメリカで盛りあがったのも、このテト攻勢によるんだ。ジョンソン大統領だって、あれで選挙に出られないほどのダメージを受けたんだし……。戦術的に敗北したとしても、やっぱり大局的にはベトコンが勝ったということに間違いないよ」

「うん、うん、そうだよな」

それには沼尾も異論はない。

「それにしても、アメリカでのベトナム反戦運動の盛りあがりはすごいよね。やっぱり、自分たちがベトナムの戦場に駆りだされて、生命を失うかもしれないという切迫感があるんだろうね」

「日本のぼくらは、まだまだ、のんびりしすぎているかもね」

沼尾は腕を組んで天井を見あげた。

「やっぱり、戦争は、軍事面と政治的効果の二つの側面から、きちんと評価する必要がある。テト攻勢は、軍事的にはともかく、政治的には、偉大な成果をあげたんだ」

「おやおや、毛利は、たいした軍事評論家だなー」

「うん、まあ、そういうわけでもないんだが……」

毛利は得意そうに顎のあたりを手で撫でまわす。長身の毛利は人並み以上に毛深い。二の腕から胸のあたりには、ぎっしり濃い毛がはえている。

「実は、オレ、ベトナム戦争の軍事的な側面についても、ちょっとばかり研究してるのさ。そしたら、アプバックの戦いあたりで、ベトコンもアメリカ軍をやっつけられるという確信をもったらしいんだな。それまでは、アメリカ軍がヘリコプターを何十機も連ねて空から強襲をかけてきたら、もう逃げ出すしかない、ということだったんだ。それが、ヘリコプターも着陸しないと兵士はおろせないだろ、その瞬間がすごく弱いということを発見したんだね。だから、そのとき、ベトコンは草むらのなかに隠れていて、待ち伏せ襲撃をかける。これって、口でいうのは簡単だけど、すごく勇気のいる戦法だよ、これは。それをベトコンはやり切ったんだ。ホント、偉いもんだよ」

沼尾は毛利が相変らず「ベトコン、ベトコン」を言い続けるのを、もう、あえて止めなかった。「ベトコン」とは、解放戦線のことだと思うしかない。日本のマスコミは、ほとんどベトコンとしか呼ばないから、毛利が「ベトコン」というのに悪気はないし、自然なことだ。

ベトナムでは、アメリカ軍が本格的に介入して四年目の戦争が続いている。世界最強を誇るアメリカ軍がベトナムのジャングルでベトナム人と戦っているのだ。駒場寮の寮生たちとちょうど同年齢の青年たちが、アメリカ本土からはるばる遠いベトナムの密林に運ばれ、まさに泥沼をはいずりまわる戦いで生命を落としている。

ジョンソン大統領がテレビで、「戦争はわが方に有利に展開している」と発表した直後にテト攻勢が始まり、アメリカ大使館をめぐる攻防戦がアメリカ全土に実況中継された。「政府の言うことは信用できない」という強い不信感がまたたく間にアメリカ国民に広まった。そして、三月半ば、ソンミ事件が発覚した。伝統を誇るアメリカル師団が、ソンミ村で何百人もの村民を虐殺したのだ。ベトコンではない普通の村民をアメリカ軍が殺したという事実は、いったいベトナムでアメリカ軍は誰のために戦っているのかという根本的な疑問をアメリカ国民に抱かせた。

息子たちをベトナムで無駄死にさせたくない、無意味な戦争で死にたくない。そんな声がアメリカ全土で澎湃《ほうはい》としてわきあがっている。ベトナム戦争反対の声はまず大学であがり、都会から町に至るまで広がっていった。

四月、テネシー州メンフィスでキング牧師が暗殺された。

ベトナム戦争反対、アメリカはベトナムから手を引け、というスローガンは日本でも次第に力を増し集会や街頭デモも盛んになっている。駒場寮のなかでも、ベトナム反戦の声がかかると、集会やデモに出かける寮生がふえてきた。ベトナム人民の英雄的な戦いに連帯し、アメリカで激しいベトナム反戦デモを展開し徴兵忌避のたたかいをすすめているアメリカの青年・学生に呼応してたちあがるのは、日本の学生にとっても当然のことだという雰囲気が学内に醸成されている。その泡は外にまで吹きこぼれんばかりの勢いだ。

「オレ、今度の自治会選挙は、ひょっとするなら、ひょっとするかもしれないと見てるんだ」

ジョーが自治会選挙のことを突然もち出したので、沼尾は訝しげに首をひねる。

「ひょっとするって、何がひょっとするんだい？」

沼尾もジョーも、心情的に民主派を支持している。民主派は全員加盟制の自治会を大切にするという方針だから、その方針は多くの学生に受けいれられるような穏和なものがほとんどだ。

このところ銀杏並木のアジ演説は内容が激烈なほど学生に受ける傾向が強まった。一週間前に公示された駒場の自治委員長選挙は今まさにたけなわ。三派連合はあまりにも過激なので、学生の支持は以前より高まってはいるものの、当選の可能性は薄い。これに対して、民主派よりは闘う姿勢をうち出し、かといって三派連合ほど過激でもない前線派が綾小路を候補者にかつぐと、学生の人気が集まり、有力候補として民主派をしのぐ勢いだ。

「このあいだ、オレが銀杏並木を通ったときに、人だかりがしていたから何してるんだろうと思って近づくと、前線派の候補者になった綾小路がアジ演説してたんだよ。そのまわりに女子学生がいっぱい集まって、『綾小路さんって、カッコいいわー』なんて言いながら、うっとりした眼つきで演説を聞いてるんだ。ちょっと前なら信じられない光景だよな」

前線派は「6・15共同行動委員会」をつくって活発に動いている。「6・15」とは八年前の60年安保のとき、東大の女子学生だった樺美智子が国会デモの最中に殺された日だ。学生の関心は安保条約の是非についても関心が高まっている。前回の委員長選挙で前線派は民主派に一〇〇票差に迫った実績がある。再選をめざす民主派の巨勢は穏和な人柄だ。それだけに今ひとつ迫力がない。問題意識をもちはじめた学生は、ぐいぐいと自分たちをひっぱっていく強力なリーダーを待望している。

自治委員長は、まずクラスの自治委員に選ばれなければならない。前回は、穏健路線をとってきた民主派が委員長に出そうとしていた片桐が自治委員になれなかった。自分のクラスで三派連合に負けてしまったのだ。思わぬ不覚の敗北だった。クラスにあまり顔を出していなかったから、三派連合の根まわしにやられた。民主派はあわてて自治委員に当選したなかから候補者になりそうな人間を探し、ようやく巨勢を候補者とした。都立高時代から民主派シンパだった巨勢は、いつもニコニコしていて人当たりはいい。そのおかげで前回は当選できたけど、今回はどうだろうか。権力に真向から対峙してたたかう気構えをもっているのか、その点に不安を抱く学生が増えている。

「ああ、そうそう、それはオレも似たようなことを体験したな」

沼尾が眼を細めて、何かを思い出そうとする。

「第一本館のトイレの個室に入ってたらさ、通学生の連中がドカドカと入ってきて、しきりに話してるのが聞こえたんだ。連中、何と言ってたと思う？」

沼尾の問いかけに毛利は首をひねった。

「いかにも金持ちの坊っちゃん連中という感じなんだけど、『やっぱりさー、民主派っておとなしすぎるよな。今どき、アメリカでもフランスでも学生が街頭で大騒ぎしてるんだから、もう少し、こう景気づけみたいなことでもしないと、日本の学生は何をやってるんだ、ということになりかねないよ』と、しきりに言ってた」

「うんうん、学生の意識がかなり先鋭化しているんだから、その気分にあわせて大胆な行動提起をしないと、従来のようななまぬるいやり方ばっかりじゃあ、民主派はとり残されてしまうぜ。ひょっとすると、ひょっとするかも……。なんだか心配だな」

沼尾が「さすが、軍事評論家を自称するだけのことはあるな」と笑いながら毛利に言うと、毛利は「それほどでもないけどよ」と謙遜した。


参議院の選挙が今日から始まった。二四日間にわたる長丁場だ。自民党の沙堂首相は自信満々で第一声をあげた。のちにノーベル平和賞をもらい、「政界の団十郎」と呼ばれるほどの美男だが、家庭にあっては妻に絶えず暴力をふるう加害者であったことが、その死後、妻によって暴露された。

● 安田講堂占拠 ●●●

6月15日（土）、本郷

医学部では学生と研修医が一月二九日から無期限ストライキに入ったまま膠着状態が続いていた。ストライキは一月二四日の学生大会でスト権を確立したことにもとづく。医学生と研修医の要求は医師法改正反対、つまり登録医制度に反対する、教授会も登録医制度への反対声明を出すこと、研修協約を締結せよというものだ。これに対して医学部教授会は黙殺で対応し、医学部全学闘争委員会からの団交要求もずっと拒否し続けた。

二月一九日、東大病院の植田内科医局で「暴力」事件が発生した。春美医局長が医学生たちに暴力をふるわれたというものである。これについて、医学部教授会は事実調査を十分に尽くさないまま医学部生など一七人に対して大量処分を強行した。

三月一二日、掲示板に貼り出されたのは、学生に対して退学処分四人、停学二人、研修医等に対して退学一人、研修取消一人、停止二人など、大変厳しい内容であった。そのなかに当時は九州に出張してアリバイのあった学生まで処分対象になっていて、学生や研修医の怒りは頂点に達した。

三月二八日、医学部内の学同派が安田講堂の入口を占拠して卒業式を妨害した。このため全学合同の卒業式は取りやめとなり、各学部ごとの分散卒業式となった。

これら一連の動きの背景には、医学部では、医学生と研修医とが、無給で下働きさせられるインターン制と登録医制度に反対して長いあいだ闘ってきたことがある。

それにしてもストライキに突入して半年たっても、何の成果もあげられないようでは学生が離反していくのは自然の流れだ。自治会執行部は展望を示せず、クラス討論のなかで孤立し、自治委員は次々にリコールされていった。焦った執行部は起死回生の一打として安田講堂占拠の方針をうち出し、クラス討論にかけた。しかし、目論見に反して医学部全六クラスのうち五クラスが占拠方針に反対だと決議した。残る一クラスでも結論が出なかっただけで、占拠方針が可決される見込みはない。執行部は窮地に陥った。ええい、ままよ。ここは賭けに出るしかない。当局と機動隊に弾圧され、一般学生からも見殺しにされる危険は強い。しかし、ひょっとしたら、ひょっとする……。とにもかくにも、これ以外に局面の打開策はない。

医学部の学同派は、近くの医科歯科大学に応援を求めた。外人部隊四〇人とあわせて、総勢七〇人が安田講堂に突入する。講堂内の会計業務は既に近くの第一銀行に移っており、本部事務も全体として安田講堂から疎開しはじめたところだった。泊りこんでいた事務職員四〇人は、乱入してきた学生たちにたちまち全員追い払われた。これで安田講堂内の事務は完全に停止した。

クラス決議を無視されたことを知り、怒った医学部の学生は午後四時三〇分から四クラス合同で集まって討議し、クラス決議を無視して敢行された安田講堂占拠を糾弾する決議を採択した。一一六対三対四二という圧倒的な大差だ。医学生の多くは自分たちの意思が無視されたことを怒った。

全セツ連大会

茗荷谷

セツルメントは東京周辺だけにあるわけではない。北海道にもあるし、名古屋や京都でも盛んだ。全国で活動するセツルメントが年に二回、全国大会を開いて経験交流をする。全セツ連大会という。今回は東京教育大学で開かれ、五〇〇人以上のセツラーが集まった。全体会で基調報告を受け、記念講演を聞いたあと、分科会にわかれて日頃の実践の経験を交流しあう。

地下鉄の駅から会場へ向かう途中で、にわか雨にあったが、幸い雨はひどくならないうちにやんでくれた。会場の後ろの方に空いている席を見つけてともかく坐った。

佐助は基調報告を聞きながら膝の上においた資料集をめくっていた。おっ、セツルメントの詳しい歴史が紹介されている。資料に集中すると、とたんに報告が耳に入らなくなった。

東京帝大セツルメントは大正一二年（一九二三年）一二月一四日に誕生した。この年の九月一日に関東大震災がおこり、被災者救援のために学生たちが「学生救護団」を結成して活動し、それが一段落したところで、穂積・末弘両教授のすすめからセツルメントへ発展した。

末弘巌太郎はセツルメントの趣旨を、次のように説明している。

「現代の社会科学のもっとも大きな欠点は、空理いたずらに進みて、これを基礎づくべき現実資料の収集研究がこれにともなわないことである。

学徒自らが平常自ら接するを得ない環境の中に定住し、もって新しく社会の実相を直視し、その人と生活を知ることでなければならない。こうすることによってのみ真の学問は活きるだろう。学によって指導される政策もまた、その社会に妥当するだろう。現在、わが国学界の短所を知るわれわれは痛切に、しかし感ぜざるをえない。

もともとセツルメントの何たるかは正確にこれを定義し難い。しかしながら、われわれの企画する大学セツルメントは、われわれ学徒自らの地位と能力にかんがみ、現在のわが国におけるこのような短所を補正することをもって、その最小限度の任務とすべきものである。

すなわち、その一つは智識の分与であって、その中には自ら社会教育と人事相談と医療が含まれなければならない。また、それは社会実情の実地調査であって、われわれの定住と右智識分与の仕事とは、自からこの調査に向かって多大の便宜を与えることになる」

セツルメントは慈善事業ではないという考えから、セツルメント本来の使命として労働者への成人教育をすること、また社会調査をすること、これがセツルメントの二本柱とされた。

帝大セツルメントは東京都本所区柳島元町にセツルメント・ハウスを構えた。敷地三〇〇坪に、木造二階建のハイカラなアメリカ風の建物だ。一階に講堂、図書室、食堂、子ども室、医務室があり、二階には教室のほか、ハウスに定住、寝泊まりするレジデント学生のための四畳半ほどに木製のベッドが備えられた一一室があった。総工費一万二千円は、カンパでまかなわれた。

労働者教育部、調査部、そして、児童部、医療部、相談部、市民図書部の六つの部がおかれ、学生たちが活動していた。労働者教育部は、労働者を対象に労働学校を開いていたが、次第にマルキシズム教育の色彩を濃くしていった。法律相談にあたった学生のなかには、馬場義続（のち検事総長）、柏村信雄（のち警察庁長官）など、まさかと思うような人の名前がある。また、森恭三（のち朝日新聞論説主幹）もいた。このほか、仁井田陞、為成養之助、戒能通孝、福島正夫など、有名な法学者が何人もいる。

この帝大セツルメントに対して、次第に政府の監視が厳しくなっていった。「セツルメントはけしからん。あそこにいる者は共産党の手先だから、つぶさなければ日本は滅びる」そんな風潮が強まり、帝大セツルメントも弾圧の対象となった。すでに学内では新人会が解散させられ、帝大セツルメントが左翼学生たちの隠れ場所の一つとなっていたことも、ますます当局からの風当たりが強まる原因となった。

一九三二年（昭和七年）、五・一五事件が発生した。日本に再び戦争の足音が近づいてきた。大学で学生に対する軍事教練がはじまったのは一九二五年からだ。はじめのうちは予科の学生だけの必須科目だったが、そのうち本科の学生も必須とされた。

一九三三年二月、プロレタリア作家の小林多喜二が築地警察署に捕まり、その日のうちに虐殺された。同年五月、京大で滝川事件が起き、大学の自治がふみにじられた。さらに同年九月、日本労農弁護士団が弁護活動そのものを理由として一斉に検挙された。その前の一九三〇年に、法政大学哲学科の三木清教授が治安維持法違反で逮捕され、同時に大学から追放された。その後任となった戸坂潤教授も一九三四年八月に大学当局から「思想不穏」のかどで免職となった。侵略戦争反対・天皇制廃止をかかげていた日本共産党は一九二八年三月と翌二九年四月に大弾圧を受けていたが、一九三五年に最後の中央委員が検挙されて消滅した。

一九三六年二月、二・二六事件が起き、いよいよ戦争が間近に迫り、軍部の横暴は目にあまるものとなっていた。そして、一九三八年（昭和一三年）に帝大セツルメントはついに閉鎖に追いこまれた。五月に神田の学士会館で開かれた整理報告会で、穂積重遠は次のように述べた。

「自分が上に立っていながら、つぶしてしまうことは、なんとも申し訳ない。セツルメントも批判されるべき点はあったが、その功績は大いに認めるべきである。

諸君は将来大いに勉強するとともに、大いに人を救ってもらいたい。そこにセツルメントが永久に生きている」

このときまでにセツルメントに参加した学生は総勢で二六〇名あまりだった。そのうち七〇名ほどが警察から検挙されたから、大変な弾圧を受けたのは間違いない。

我妻栄は、一九二七年（昭和二年）、三〇歳のときに東京帝大の教授になったが、翌年から帝大セツルメントの法律相談部に参加している。毎週金曜日の夕方、柳島のセツルメントハウスに出かけて地域住民からの相談に乗っていた。これを一九三五年ころまで続けた。帝大教授の地位にありながら、世間から左翼とみられていたセツルメントハウスに毎週夕方ずっと顔を出していたのだ。信じられない。佐助は思わず大きな溜め息をついた。帝大セツルメントが閉鎖したとき、法律相談部の相談記録は、我妻栄の所有するダットサンで福島正夫が穂積邸に届けた。

東大セツルメントは一九四九年に関東一円をおそったキティ台風による大災害をきっかけに戦後、再発足した。都内で予想以上の大災害となったが、とくに江東一帯がひどく、家屋の大部分が水につかってしまった。これに対する救護活動はさまざまな団体によってすすめられたが、東大でも医学部を中心とする学生の一団が薬品や注射器などをもって参加した。そのなかから、戦前の帝大セツルメントの復活を望む声があがり、一九四九年九月一六日、東大中央委員会が呼びかけて、各学部自治会、YMCA、社研など十数団体が集まり、調査のうえ江戸川区葛西地区、品川区大井地区が選ばれ、一九五〇年四月に東大セツルメントが発足した。

「セツルメントは単なる社会事業、慈善行為ではない。なぜなら、我々は大学に閉じ込められた生活から、生きた社会に聞き、その現実に入って、我々が果たさなくてはならぬ問題を正しくとらえ、それを行動に移すことであるから。その問題とは、明らかに〝平和を守ること〟である。

戦争がいかに我々の生活を破壊するかは、つぶさに体験したところである。再び我々は〝わだつみの悲劇〟をくり返してはならない。この故にこそ、平和を守ることにセツルメントの意義と課題がかかっている。

そこで我々は真に人間として、平和を愛し、苦しむ人々のために献身的につくす人々とその主義にとらわれずともに仕事を続けていくであろう。おそいかかる生活の苦難打開のための我々の活動が明るい社会建設に資することを念願とするものである」

このようにセツルメント運動は平和を守る運動として強調されている。佐助にはピンとこない文章だ。当時も「平和運動へ解消する傾きがある」という批判があったようだ。当然の批判じゃないかな。

その後、東大セツルメントは、発足当初の葛西・大井地区から引きあげ、亀有・川崎・菊坂・北町に活動の場所を移した。また、東大以外の学生も参加するようになって、セツルメントは地域ごとの連合体に移行することになった。このとき、東京には氷川下、水天宮、江戸川、上野にセツルメントがあった。全国的には、福岡、大阪、京都、名古屋、信州、横浜、宇都宮、仙台、そして札幌にもセツルメントがあった。今はどうなのかな……。

周囲が急に手を叩き出した。基調報告が終ったようだ。佐助は、資料集をあわてて閉じた。次の記念講演の方は真面目に聞くとしよう。テーマは「民主的インテリゲンチャの生き方を考える」というものだ。佐助は、しっかり聞こうと思って背筋を伸ばした。

立ち退き

磯町

トンプクはQ太郎と一緒に河原に出かけた。全セツ連大会には実践してから参加するつもりだ。

さっきから小雨が降っているのに、河原で気にする様子もなく中学生たちが三角ベースのソフトボール試合をしている。小学生も何人かまじっている。ヨシハル、トモユキ、タカシ、マサシたちだ。トンプクとQ太郎も加わった。試合運びがなんだかギクシャクしている。投手役のヨシハルがいつもの調子で、ちっとも真面目に投げようとしないから試合がすすまないのだ。他の子はヨシハルに文句を言うでもなく、つまらなさそうに突っ立っている。別にヨシハルが怖いというわけではない。ただ、怒る元気がないだけ。遊びには遊びのルールというものがある。それを完全に無視されたら遊びにもならない。トンプクはいらいらした。Q太郎は、さっきから、じっと腕を組んで様子を見ているだけ。どうして、こんなとき先輩セツラーとして動かないのか。トンプクは疑問を感じた。ヨシハルは「投球練習だ」とか言って、うしろの守備陣にタマを投げたりしていたが、そのうち一塁を守るマサシと相撲をとり始めた。とうとう短気なトンプクの堪忍袋の緒が切れた。「おのれー」と叫んで、ヨシハルに突進していく。ヨシハルは、トンプクが満身怒りをこめて突進して来るのを認めると、さっとマサシを放り出して逃げ出した。ヨシハルが欠けたらもう試合にはならない。気合いも抜けて、散り散りになった。Q太郎は、タカシとトモユキに話しかけている。トンプクはそれについていく気にもなれず、土手に突っ立った。

「あーあ、どうして、こんなに子どもの扱い方が下手なんだろうな。どなり散らしても仕方ないのにな」

トンプクは深く溜め息をついて、その場に腰をおろした。小雨がやんで、上空を黒い雲が何層も折り重なるようにして流れていく。こんな自分にも何かしら取り柄があるんかなー……。いや、とてもありそうもないね。立ちあがってズボンの尻をはたくと、沈んだ気持ちのまま土手の上を歩いて磯町に戻ることにした。

やっぱり梅雨に入ったのか。磯町の路地はぬかるみだらけだ。長靴をはいて来るべきだったと後悔した。いったんセツルメントに入ったからには、夏までの四ヶ月は続けるべきだ。ひとりでこう決めて、トンプクは自分で自分を縛った。水たまりを避けながら歩いていると、トモユキとタカシが向こうから一本の傘に入って歩いてくるのにぶつかった。

「おーい、どこに行くんだ」

「別に」

「それなら、ちょっと遊ぼうぜ」

ヨシハルの家の前だ。ヨシハルが家のなかから戸を開けて出てきた。トンプクと眼があうと、黙ってまた家のなかにひっこむ。三人とも、黙って顔を見合わせた。どうしたもんだろう。声をかけて誘ってやるかな。トンプクが思案していると、ヨシハルがまた家から出てきた。

「お兄さん、オレも遊びに加えてよ」

なれなれしい口調だ。いつもは「トンプク」と呼び捨てにしているのに、「お兄さん」ときた。トンプクは、じっとガマンして、「ああ、いいよ」とこたえた。そのときには、周囲に小学生たちが六人ほど集まっていた。

「それじゃあ、かくれんぼでもするか」

トンプクが言うと、小学生たちが「ワーッ」と喚声をあげた。子どもは雨が降ろうと、道路がぬかるみになろうと関係ない。ヨシハルたち中学生も加わって遊びはじめる。さすがにヨシハルも今度はルールを無視することはない。

ひとしきり遊んだあと、トモユキの家にあがる。中学生たちは丸く輪をつくってトランプ遊びをはじめた。賭けトランプだ。といっても、大人のようにお金を賭けるわけではない。ビー玉を出してかけるのだ。トランプを手にもったまま、ヨシハルが冷めた口調で言った。

「ここに住んでるようなやつは、みんな馬鹿なんだよ。もっと一生懸命働けば、こんな所に住むことないのに、ここにいるやつは誰もここから出ていこうとしない。こんなところでいい気になって暮らしているなんて、みんな馬鹿だね」

「ほんと、ここはひでえよな。大水の時には、畳の上まで水が上がってきて大変だったもんな。あんとき、オレなんか土手の上で寝たんだよ。まったくひでえもんだ」

　トモユキも大人じみた口調で言う。

「それでも、ここは立ち退きの話があるから、そのお金をもらわないうちは動かないって、隣のおばさんが言ってたぜ」

　タカシがつぶやくと、ヨシハルもトモユキもキョトンとしている。まったく状況が伝わっていない様子だ。

「えっ、こんなところにいてお金がもらえるのか。タカシ、それ本当か？」

「うん、本当だと思うよ。隣のおばさんの話はこれまでたいてい当たってるからな。なんせ、磯町のスピーカーだって本人が自慢してるくらいだからよ」

「ふーん。それで、いったいいくらもらえるんだ？」

　タカシの顔をヨシハルもトモユキも覗き込む。

「うーん、隣のおばさんは、最高三〇〇〇万円、最低五〇〇万円だとか言ってたぜ。でも、そんなにもらえるもんなのかなー、オレは不思議なんだ」

「そうだよな。だって、ここは不法不拠してるんだろ？」

　トモユキが疑問をなげかけると、タカシは大きくうなずいた。

「土手より内側は国のものだってな。そうだろ、トンプク？」

　トンプクは黙って三人の話を聞いていたのに、急に話の矢が飛んできて面喰った。

「ええっ、うん、そうなんだろな」

そんな大金が入ってきたら、みんな一体どうするんだろうか。地域外に家と仕事を見つけて引っ越すんだろう……。

北町からバスと電車を乗り継いで全セツ連大会の開かれている東京教育大学を目ざしながら、改めて自分自身に反問した。思いかけない大金が入ってきたら、自分だったらどうするんだろう……。働かないで安楽な生活を過ごすことになるんだろうか。

生産点論

6月16日（日）、茗荷谷

全セツ連大会の二日目。赤門近くにあるふたき旅館に泊まって、夜遅くまで話しこんだ。おかげで睡眠時間は五時間もとれなかったから、頭がボーッとしている。やっぱり七時間は寝ないと頭がよく動かないいんだよね。昨日から梅雨に入ったという。蒸し暑いのがたまらない。

全セツ連の歴史をたどると、セツルメントは発足以来、右に左にゆれ動いてきた。そうか、これが理論闘争というものなのか……。佐助はなんとなく合点がいった。

一九五四年一一月に関東セツルメント連合の結成大会が東京教育大で開かれた。このときは、一一のセツルメント、一五〇名のセツラーが参加した。そして、翌一九五五年一一月に全国セツルメント連合が同じく東京教育大学で結成された。この結成大会には北は札幌、南は福岡までの二六セツルメント、一五〇名のセツラーが参加した。発足したてのセツルメントには、まだ独自の運動論はなかった。だから、「セツルメントの理論化」が叫ばれた。一九五七年六月の第三回全セツ連大会では、「実践記録を書こう。歴史をまとめよう。研究会・経験交流会を盛んにしよう。原水爆禁止運動をすすめよう」という方針が提起された。

一九五八年四月、全セツ連大会で藤岡テーゼがうち出された。これは、セツルメントを「平和運動への地固めの運動」と位置づけた。「平和運動が中心的な課題。だから、それへ向けて個々の運動が結集されるべきだ」「具体的には、その地区が平和運動についてては先頭に行く地域とみられるような実践をすすめる」としている。藤岡テーゼは、あとで平和運動第一主義と批判された。そして、同年一一月に出された浦田テーゼは「生産点」論をうち出した。浦田テーゼは、日常の実践活動を否定的に総括したうえで、「地域で平和運動をおしすすめる方向として、労働者の生産点での組織がたたかう力となる組織である」とし、「労働者を対象とし、生産点において、共闘組織・サークル・読書会などを通じて、労働者の組織の強化と理論的強化をはかる」とした。

翌五九年五月の第五回全セツ連大会で、生産点論を完成させた藤川テーゼが提案された。

「我々は労働者から学ぶというバカな一つ覚えはやめよう。セツラーにはアクティブな任務がある」

「階級関係をはなれた平和運動が存在しないことを判然とつかもう」

「要は、セツルメント運動をいくらかでも労働者階級に有利な方向にもっていくことによって、学生運動の労働運動への接近を守り、階級闘争のなかでの学生運動の成長を助けることにある」

これって、いかにも「大衆」をバカにしたエリート意識まるだしの理論だよね。これじゃあ学生サークルとしてのセツルメントは発展しようがないんじゃないの。ともかく「六〇年安保」に向けた学生運動の高揚を抜きには理解できないものみたいだね。一九六〇年春の第六回全セツ連大会でも、藤川テーゼとほとんど同じ園田テーゼがうち出されたが、今度は否決された。うんうん、当然だよね。

園田テーゼは当時の学生運動にあらわれた傾向を反映しているのだろう。

「社会的運動としての利益をもたらしたかという観点からみるとき、日常活動そのものが現在的課題を実現するということは言えない」

「セツルメントの任務を市民一般あるいは父母、病弱者に対する働きかけだとすることは一九世紀的な慈善事業化するもので、これは反動的方向であり、まったくの誤りである」

一九五八年の浦田テーゼ、一九五九年の藤川テーゼは、いずれもセツルメントの地域実践活動を消極的に評価し、労働者の生産点での組織化こそがセツルメントの課題であるという理論、つまり生産点論をうち出した。そこでは、「下部の労働者との結合こそ中心である。具体的には、青年・婦人部での活動や青年労働者の共同学習活動にとくに留意すべきである」としている。これって学生自治会の対外共闘方針じゃないの。セツルメント活動に関する方針とは、とても信じられない。

同じ一九六〇年一一月に開かれた第七回全セツ連大会において、生産点論を克服し「六〇年テーゼ」と呼ばれる新しい方針がうち出された。当時の学生運動の四分五裂状態を反映して、セツルメントでも右に左に振り子が揺れたんだね。

「六〇年テーゼ」は、「セツルメント運動が、その主体的条件からも歴史的にも持っている地域社会の問題の解決＝生活文化の向上ということを日常的な諸活動を通じて地域住民自らの立ち上がりを求め、ともに国民戦線へのアプローチを行うことによって図ろうとすることにある」と述べて、セツルメントの政治性を強調するとともに、学生サークルであるという側面にもふれている。

「セツルメント運動は学生を主体とする活動であり、学生一般のもつ多様で豊富なエネルギーを十分にくみ上げていかねばならない。このことは、一方ではセツルメントに対して社会的に課せられる過重な期待要求によって、自らの主体性と組織原則を無視した過大な任務を負わせる危険をもふくんでいる。セツルメントが地域の様々な要求を『請負う』のではなく、地域の民衆自らの立上がりを求め、地域に存在する様々な組織・運動との組織的連帯を求めるべきであろう」

これをさらに発展させるものとして、「六三年テーゼ」が出された。ここではセツルメント運動には二つの側面があることが強調されている。

「私たちのセツルメント運動には二つの側面がふくまれています。一つの側面は、私たちのセツルメント運動は、地域の父母・大衆・青年・子どもの生活の要求・文化的要求・教育の要求等々、具体的要求を出発点としてサンフランシスコ体制を打破し、独立・平和・民主主義・生活の向上のため国民的統一の一翼をになう人民大衆の運動であるということです。そして、学生セツルメント活動を側面の援助として行われる地域運動の主体は、あくまで地域の父母・大衆・青年であるということです。しかし、このことによって地域運動の構成部分たる学生セツラーの役割は軽視されることは決してなく、しかもある問題、ある運動をすすめていくなかで、学生セツラーがある一定の段階・過程で、ある一定の範囲できわめて重要な役割を担うことは、認められねばなりません。そして、この点については、各セツルメントで十分討論され、十分解明される必要があります。だが重要なことは、地域運動はセツラーが地域住民の要求を頭で考えたり、ひねり出したりして始められるものではなく、地域住民に密着した、つまり地域住民のなかによく入ったセツラーが地域住民が切実に望んでいる要求をひきだすことによって始まるものです。地域住民に深くむすびつき住民の要求を敏感に反映し引き出すような活動を保障してはじめてセツルメント運動はその真価を発揮するのです。地域住民との離反は活動に生き生きしたところを失わせてマンネリ化に導き、方向の喪失と意欲の減退を招き、また学生セツラーの請負いは物理的・精神的負担の増大によって自滅の道を歩ませます。

私たちのセツルメント活動の第二の側面は、セツルメント活動が学生の様々な要求を基盤としたサークル活動であり、しかも全体を包む重要側面として、学生セツラーはセツルメント活動を通して民主主義的にも政治的にも覚醒され、教育されるべきであるということです。学生セツラーにとって、セツルメント活動がいろんな意味（政治的にも人間観、社会科学的など）で学習の場であるということは、大きな魅力であり、セツルメント運動のうえでもきわめて重要な意義をもっています。また、学生が青年であるという側面をサークル運営で軽視することもまちがいです」

ここで述べられている「二つの側面」はよく分かるし、正しいんじゃないかな。佐助はそう思った。ただ今どき「サンフランシスコ体制の打破」は古いよね、それより、むしろ日米安保体制の矛盾を問題とすべきじゃないのかな……。地域社会に発生している様々な矛盾を、地域住民は乗りこえていく努力をしている。それに積極的に関わっていくことによって学生は学ぶことができる。ときには住民の地域運動において重要な役割を果たすことがあるかもしれないが、たいていは地域の片隅におけるささやかな関わりにすぎない。だけど、学生セツラーは集まって討論することによって視野を地域社会全体に広めることができるし、認識を深めることができる。そして、その実践と討論によって学生は一定の自己変革をなしとげていくこともできる。佐助は、このように理解した。これなら納得できるな、うん。

おや、生産点論がうち出されたころ、北町セツルメントにも大きな混乱が発生したんだって……。北町セツルメントの代表権をどちらの潮流がとるか争われたんだね。「北町問題」と呼ばれ、その経過が紹介されている。

「北町におけるセツルメント活動は、セツルメント診療所という貴重な財産を残しつつも、つねに

『セツルメントとは何ぞや』という問題意識をはらみつつ、児童部、子ども会活動を中心として北町の地に定着していった。しかし、一九五八年から六〇年安保にかけての日本の民主運動の巨大な高揚はセツルメントにも大きな波紋を投げかけ、日本の民主運動のなかにセツルメントをどのように位置づけていくのかという問題意識を発現せしめるに至った。北町内部においては、方向転換論争（地域活動か労働者との提携か）として争われ、労働者との学習会、労働講座が生まれ、漸次、活動の中心が移っていった。しかし、セツルメント運動を民主運動の中に正当に位置づけられないという弱点は、その後、労文部内部に深刻な対立を生じ、一九六三年一月に分裂という事態を招くに至った。こうした深刻な対立の中で、それまで続いていた児童部、栄養部などの活動はなくなり、北町の地を去ることを余儀なくされた。以後、数名にまで減ってしまったセツラーの手により、子ども会が再建され、末組織労働者の中へというスローガンのもとに青年サークルも結成されて、現在の活動の原形をきずいた。

一九六三年四月に北町にハウスをかまえて活動を再開し、一九六五年にかけて青年サークルの発展は、全国のセツルの中でも指導的立場を獲得し、新たな青年層の発見ともつながった」

うーん、そうだったのかー。それにしても、四年ほど前はセツラー数名で細々とやっていたなんて、えーっ、そんなに少ない人数でしかなかったのか……。まるで信じられない話だな。嘘みたい。

自治委員長選挙の結果

駒場

毛利が、「ひゃーっ、すごいぞ、フランスの学生運動は」と奇声を発しながら部屋に入ってきた。手に「アサヒジャーナル」をもっている。「おい、倉成、これで読んでみろよ」、声をかけながら、自分のベッドで寝そべってマンガ週刊誌を読んでいた倉成にジャーナル誌を放り投げた。倉成はベッドからやおら身をおこし、両手で受けとめた。

「なんだい、世間様は景気良くてボーナス一万円アップでも不満だ、なんていうことかい……」

倉成が冗談いいながら頁を開くと、カルチェラタンで学生たちが警察機動隊と勇ましく闘っている写真が大きく載っている。

フランスの学生たちは五月以来、大学を占拠し、街頭でデモ行進をくり返すなど、連日のように派手な行動を繰り広げてきた。街頭での機動隊との激突は、まるで市街戦だ。血まみれの負傷者が続出している。

「フランスの学生運動に比べれば、オレたち、日本の学生はおとなしすぎるみたいだな」

毛利が倉成に挑発っぽい口調で言った。

「オレたちも、今みたいにじっとしていていいのかいな……」

毛利は腕をさすった。

「アメリカでもベトナム反戦の運動がすごく盛りあがってるんだってな。だいたい、日本政府はいつもアメリカの言いなりだけども、沖縄の米軍基地からアメリカ軍はベトナム人民を攻撃するために飛びたっているんだから、ベトナム侵略戦争に日本が加担しているのと同じだよな。そう思うだろ?」

毛利は、今日、いつになく倉成を攻めたてた。倉成だって、アメリカがベトナムを侵略しているのはひどいし、許せないと思っている。ただ、その怒りをどうやって表明したらいいのか分からないだけだ。毛利は、「今度、べ平連のデモに行ってみようぜ」と倉成を誘った。日頃、口先だけの評論家とばかり思っていた毛利が、積極的に他人を誘ってまでデモに行こうというように変った
学生の気分は日本でも高揚している。フランスの学生たちはいち早く立ちあがっているじゃないか。アメリカの学生は大義名分のないジャングルの戦場に送られて無駄死にさせられる危険とたたかっている。日本の学生だけがいったいいつまで安穏としていればいいのか。銀杏並木には立て看板が林立し、アジビラが大量に配られ、アジ演説はますます悲愴な調子をエスカレートさせた。駒場寮前の三叉路に立つ活動家学生によるアジ演説に足をとめる学生が確実にふえている。普通の学生が熱心に耳を傾け、ときに拍手するまでになった。

「東大生は、これまでのように特権にあぐらをかいたままで本当にいいのか?」

苦労して東大に入ったからには与えられた特権を謳歌して何が悪いんだ。今、この開き直りが通らなくなりつつある。無論、すべての学生というのではない。ひたすら目をそむけ、避けようとする学生もいる。ただ、それが今や少数派になったということだ。声なき多数派は、自らの存在に問いかけられたものと受けとめている。

上野

夕方、上野の忍ばずの池近くにある池の端旅館に安河内総長以下、評議会のメンバーが全員集合した。安河内総長が密かに招集したのだ。法学部・経済学部・医学部そして理学部の学部長が顔を見せた。藤村事務局長の両脇は長谷《はせ》学生部長と瀬神庶務部長の二人が身構えてすわった。

横須賀線の電車が大船駅付近を進行中、車内で時限爆弾が破裂して大勢の乗客が負傷した。先ほどからテレビが繰り返し報道している。鎌倉に自宅のある長谷は一瞬ヒヤリとした。うちの連中は大丈夫かな。気をとり直して安田講堂の占拠に至る経過と占拠後の状況について説明した。業務の停滞による重大な損失をくどくどと何度も強調する。藤村事務局長が重々しく何度も首を上下させているのは、学部長たちへ威圧を与えるためのデモンストレーションだ。

「総長の判断によって機動隊を導入されるのなら、我々は総長にすべてを一任していますから、それを了承します」

法学部長の辻井が言い切ると、他の学部長も「異議ありません」と声をそろえる。一任を取りつけて安河内はほっと一息ついた。だけど、機動隊を導入して、学生を排除するしか本当に打つ手はないのか……。もう少し考える時間がほしい。評議会は食事に移ったが、まるで食欲はない。それどころか、胃穴が開いたようにキリキリと痛んだ。お茶でも飲んで痛みを抑えよう。

うっぷ。熱いお茶が喉にむせた。身体に異変が起きた徴候でなければいいが。

見かけどおり神経質で心配症な安河内は眠れない夜が続いていた。

自治委員長選挙の投票が始まった。いつになく好調な出足だ。この調子でいくと投票率はかなり高くなるぞ。巨勢は「桑の実」に戻って鬼頭と話しながら不安な胸騒ぎを覚えた。なんとなく今ひとつ。そんな手ごたえだった。夏の澄み切った青空に激しい夕立を降らせる黒雲が広がる気分だ。

投票時間が終り、開票がはじまった。

固唾をのんで投票の結果が発表されるのを待っていると、民主派の固まりとは別の学生の群れから「ワーッ」という大喚声があがった。やっぱり綾小路が当選したのだ。前線派だけでなく、負けた三派連合まで、自分たちの勝利かのように喜びの声をあげている。民主派は声も出ない。駒場寮に結果が伝わると、たちまち寮内は騒然としてきた。

佐助が銀杏並木の三叉路から北寮一階の売店に入ろうとすると、同じクラスの神水が肩を落とし悄然として「桑の実」から出てきた。何と声をかけていいか分からず黙っていると、神水も無言のまま三叉路の方へ歩いていった。

二階の寮委員会室に片桐が入ってきた。鬼頭と伊佐山が椅子から立ち上がった。「桑の実」のぬしのような片桐は各候補の票数を写しとったメモを手に持っていた。

「票数はいったいどれくらいだったんだい?」

「うん、わが方は一八四三票とった。これは前回の票に二〇〇票も上乗せしている」

片桐も落ち着こうと努力しているようだ。鬼頭は、「それで綾小路の票は?」

「一九二五票だ。その差は、わずか八二票……」

片桐は、「いったいどこからそんな票が湧いて出たものやら」と、いつもの理論家らしさを喪い、気の毒なほど意気消沈している。

「そりゃあ、前回の棄権層が今回は一斉に綾小路に入れたということだな。投票率が上がった分、綾小路に票が流れていった……」

伊佐山が分析してみせた。駒場寮委員長の伊佐山は数字に強い。

「解放派が四七三票、革命派が二五〇票、核心派は二三五票だった。だから三派あわせても九五八票にしかならない。前回の選挙より劇的に減っている。それに比べて前線派は実にダブルスコアをとった。しかも、投票総数が五〇〇〇を超えている。これは駒場史上初の数字だよ」

「たいしたもんだ。でも、学生大衆の気分って本当によく分かんないよね。前線派なんて、いつだって日和見だし、分裂主義的行動をとって、我が方からも三派からも厳しく糾弾されてきたのに」

鬼頭は首を大きく傾けたままだ。伊佐山が、

「前線派なんて、一般学生の切実な要求である生協食堂の拡大にも消極的だったし……」

「いや、消極的というのはきれいごと過ぎるよ。まったく無視したも同然なんだから」

生協食堂の拡張に先頭切って取り組んできた鬼頭が吐き捨てた。

「まあ、それにしてもすごいよね。三派連合の倍、そして我が方よりも単独で上まわる票を前線派がとるなんて信じられない。学生の移り気ってホント恐いね」

片桐は本心から感心している。

「なんだか、これから、ひと波乱どころか、いくつも大きな嵐を迎えそうな気がしてきた……」

鬼頭は、やがて、自らの予言が的中したことを知るようになる。

「とにもかくにも、我が方としてはうてるだけの手を尽くして負けちゃったんだから、如何ともしがたいね」

「よくよく敗因を分析する必要があるな」

「まったくだ。こんなことになっちゃって、これからいったいどうしたらいいんだ」

片桐は頭をかかえた。

学生部

6月17日（月）、本郷

「駒場はやっぱり民主派の連中が負けましたな」

「案の定ですな。これで、しばらく駒場は三者鼎立で、どのセクトも今はまとまった力を出せないでしょう。やるなら今ですね」

長谷の言葉に瀬神が応じた。藤村は笑顔で黙って眺めている。

池の端旅館の一室に事務部門の主な幹部全員が再び集合した。時計台官僚とも呼ばれる幹部たちは、東大の実権を握っている。すべて文部省と直結。そもそも学生部長をはじめとする幹部は、全員、文部省から派遣されてきているのだ。学生部は、文字どおり学生の動向に詳しい。五月の定例報告のとき、長谷《はせ》学生部長は一般学生の六割がアクティブになっていて、無関心層は四割しかいないと指摘した。あれからアクティブはもっと増えているだろう。そう言い足した。本郷に限らず駒場の学生たちの様子まで手にとるように詳しくなければ学生部の存在意義はない。長谷はいよいよ出番だと心が躍る。

「医学部のハネあがり連中が安田講堂を占拠したままです。連中のやりたい放題に目をつぶるわけにはいきません。そろそろ伝家の宝刀を抜く潮時でしょう」

「ここらで、学生たちにギャフンと言わせなければいけません。本富士警察には手配してあります。あとは、こちらからのゴーサインひとつです」

「よし、やりましょう。ここが勝負ですよ。総長の決裁をもらったら、あとは時間を決めるだけです」

藤村事務局長が腕をさすりながら低い声で唸るように言った。

「今度こそ、連中に眼にモノ見せてやりますかな。浮き草のように足が地面から離れている今が一番の潮時みたいですよ。ときは今、とうたった戦国の武将がいましたな」

「えっ」長谷は言葉に詰まった。それは明智光秀の言葉じゃないの。本能寺の変は、そのあとが良くなかった。今回も顚末が良くないということになったら困るんだがなー。事務局長が変なこと言って折角の機会をブチ壊してもらってもなー……。長谷は黙って、瀬神と顔を見合わせた。


長谷学生部長と瀬神庶務部長の二人が連れだってやってきたのを見て、先ほどからコーヒーをひとり黙って飲んでいた安河内総長はカップを持つ手がつい震えた。いかんな、オレも年齢《とし》くってしまったな。そろそろ退けどきかもしれん。安河内は、つい弱気になった。いかん、いかん、まだ引退するには早過ぎるぞ……。

「部屋のなかを目茶苦茶に荒らされてしまったんですよ。こんなことは絶対に許せません。最高責任者として毅然たる態度をとって連中を追い出してもらわなきゃ困ります」

二人の背後に文部省がいることは明らかだ。安河内は否応なしに機動隊の導入をその場で約束させられた。既に占拠学生には学生部長を通じて退去を求め、退去しなければ警察を呼ぶという警告は発していた。

占拠していた学生は東大当局が本気で機動隊を導入する気だと分かった時点で、安田講堂からいち早く逃げ出した。

安保条約自動延長

駒場

倉成が夕刊を広げながら「うーん」と唸った。例によって例のごとく、大きな一人言だ。

「自民党が日米安保条約は自動延長でいくという統一見解を打ち出したってさ。これで国会も乗り切れるとふんだわけだな。なるほど、さすがは悪賢い連中がそろっているわい」

ジョーが腕を組んでいる。

「悪知恵が働くのは高級官僚出身の政治家に多いんじゃないのか」

「ということは、東大法学部を出た連中のことだな」

沼尾が通りかかったのを見て、倉成がニヤっと笑って言った。沼尾は軽く右手を左右に振った。

「たしかにそういう連中は昔からいるさ。でも、みんなそうだという決めつけだけはしてほしくないな」

沼尾の真剣な表情に倉成はたじろいだ。

「それも、もっともだな。貧乏人の味方をする弁護士にぜひなってくれよな。ついでに、オレが困ったときにも……」

「うん」沼尾は真面目にこたえた。

「そのつもりだよ。ただし、権力の手先になって没落してたら、話は別だな」

「おいおい。それはないって。オレをもうちょっと信用してくれよな」

「あー、今は信用してるさ」

沼尾は最後まで冷静に対応した。

●機動隊導入●●●

6月18日（火）、本郷

午前三時、学生課長、課長補佐そして厚生課長補佐の三人が本富士警察署に打合せに出向いた。時を同じくして、施設部が職員にヘルメットを配りはじめた。

午前四時半、安河内総長が電話で機動隊の出動を要請した。安田講堂内には占拠学生が誰もいないことは確認ずみだ。先ほどの課長三人が機動隊を案内しながら戻ってきた。

第一と第二機動隊が正門から、第三と第四機動隊が竜岡門から静かに入っていく。総勢一三〇〇人の大部隊が音もなく無人の安田講堂をとり囲んだ。戒厳令がしかれた状況とは、このことだ。

講堂内に突入した機動隊は、立会う時計台官僚を無視し、各部屋ごとに点検しはじめた。とりわけ学生部を集中して狙う。時間をかけてひとつひとつ書類を改め、写真をとっていく。思いもよらない成り行きに、官僚たちはただ茫然と見守るだけ。なす術《すべ》を知らない。報告を受けた長谷学生部長は顔面蒼白となって、椅子にへたりこんだ。マル秘の報告書は全部移動させておいたはずだが、自信がない。しまった、早すぎたか。何かの間違いだろう。いや、きっとそうじゃないぞ。何だろう……。

警察には警察の思惑がある。決して文部官僚の言うとおりに動いているだけではない。

深夜の大捕物劇は、ただ一人の逮捕者を出すこともなく、たっぷり時間をかけて書類あらためを完遂し、二時間ほどで終わった。一三〇〇人の機動隊員たちは、入ってきた門から一斉に潮が引くように引き揚げていく。安田講堂の周辺に元どおりの静けさが戻った。入れ代わるようにして構内に入ってきた野犬がウォウォーンと低い雄叫びを上げた。

一日スト可決

駒場

今朝早く、本郷に機動隊が導入されたというニュースが全東大に瞬く間に広がった。そこでは、誰がなぜ、導入のきっかけをつくったのか、ということは全然問題にならない。学生を無視して一六年ぶりに一方的に東大当局が警察権力を学内に導入した。それに学生は憤慨した。

駒場で授業に出てきた学生は、このニュースを知ると、一斉に「そりゃあ、ひでーや」と怒りの声をあげた。選挙に勝って気勢のあがる前線派は三叉路で綾小路委員長を先頭に立てて激しくアジった。

薄曇りだったのが、先ほどから陽も差すようになり、気温は少し上がってきた。いやいや、学生の温度はもっと急速に上がっている。三派連合は待ってましたとばかり機動隊導入糾弾に忙しい。民主派だって負けてはおれない。巨勢を先頭にして正門前に陣どって集会を開き、「授業をクラス討論に切り替えよう」というビラを出して呼びかける。授業に出てきた教官たちも突然の機動隊導入には困惑させられているから、クラス討論への切り替えに抵抗する気はない。

銀杏並木に一大異変が発生した。いつもの各セクトの見慣れた色と形の大立て看に混じって、ベニヤ板一板に白い模造紙を貼りつけただけの小さな立て看板が並木道に林立しはじめた。佐助が第一本館と駒場寮のあいだを何回か往復していると、その数はみるみるうちに増えた。成立したばかりのクラス決議を知らせる立看板が次々に立つ。もともと、この手のミニ看板は民主派の得意とするところだが、書かれている内容を読むと、明らかにアンチ民主派の手になると思われる看板がいくつもある。セクトの立て看板は色も形も一定のパターンを絶対に変えないので、遠くからでも一見してすぐに分かる。ところが、ミニ看板はいかにも個性的な手書きの字なので、かえって読み手の目を魅きつける。そこには読むものの心に訴える何かがある。学生がミニ看板に足をとめ、並木道には、そこかしこに学生の群れが生まれている。

午後四時、九〇〇番教室は既に超満員だ。九〇〇番教室は駒場の正門を入って左手にある。いかにも古く、由緒のありそうな校舎だ。縦長の建物で、駒場では一番の収容能力があるから、よく講演会の会場にもなる。四二六人の代議員大会定足数に対して、先ほど佐助が受付をチェックしたとき七二〇人を超えていた。佐助が小百合のうしろ姿を見ていると、ちょうど神水がうしろを振り向いたので目線があった。寮食堂の食券のような代議員証をヒラヒラさせながら、神宮小百合が歩いていった。通路を学生たちがウロウロしている。空いてる席を探す代議員、ビラを配る活動家、いろいろいて身動きがとれないほど混みあっている。

今日の代議員大会は自治委員長の招集ではなく、臨時の開催を要求する署名運動の成果として開かれた。一日で一六〇〇人もの賛同署名を集めたのだから、たいしたものだ。

六〇を超えるクラスで決議やアピールが採択された。それらが模造紙に大書されて九〇〇番教室の壁という壁一面に貼りめぐらされている。

明後日の二〇日に一日ストライキを打つか否か、これが代議員大会の焦点だ。といっても、各セクトはその点では一致している。ところが、実は、民主派とアンチ民主派とでは重要な相違点がある。自治委員長を握る前線派は、①機動隊導入に反対、②医学部の不当処分を白紙撤回せよ、③総長との大衆団交を要求するというスローガンを掲げる。それに対して、民主派は、形式上はまだ存続している常任委員会の提案として、④一部挑発分子を糾弾する、⑤全学闘は東大七者共闘に結集せよ、というのを付加する。

アンチ民主派は「時計台を占拠した者を糾弾するなんて、真の敵をあいまいにするだけだ」と強く主張し、民主派を切って捨てる。民主派だって負けていない。巨勢が演壇で力強く叫んだ。

「いや、自治会民主主義を踏みにじるものは、内部から闘争を破壊するものだ」

これに対して、一斉にブーイングが沸き起こった。

「しかし、普通の手段では医学部問題が解決しなかったことは、今日までの事態が既に証明していることではないのか、諸君」

解放派の菅澤がいつものように絶叫し、民主派の方針を厳しく弾劾する。

「占拠くらいの戦術をとらなかったならば、局面の打開が図れなかったことは一目瞭然ではないか」

一斉に賛同の拍手と机たたきがはじまり、場内は野次と怒声で騒然となった。民主派も当然に反論しなければならない。今度は論客をもって任じる片桐が壇上から場内を制するように大きな声でゆっくり民主派の主張を展開した。

「しかし、諸君、ぜひ考えてほしい。占拠学生を排除するために、権力はそれを口実にして機動隊を導入した。機動隊の導入が、大学の自治にとってどのような否定的意味をもっているのか、それは戦前・戦後の大学の自治の歴史からして明らかである」

次に登壇した革命派の洞田貫が、大柄な身体を揺さぶりながらせせら笑う。

「大学の自治なんて、そんなもの、現在、既に崩壊してしまっているではないか」

「ナンセンス」

「そうだ、そうだ」

「異議なーし」

場内は騒然となる。どうも民主派の方が旗色は良くない。外の気温は上がらないが、九〇〇番教室のボルテージは最高潮だ。

セクトの活動家とは似ても似つかない、きちんとした服装をした代議員が壇上にあがり、クラス決議の趣旨をつっかえながらも堂々と表明する。その姿にセクトの幹部活動家は目を見張った。

やがて、民主派の提案について修正案が出された。④と⑤については確認事項とする、というものだ。いい加減くたびれ、多数を獲得する展望を喪った民主派は、ついに妥協した。

夜九時三〇分、討論がうち切られた。前線派と三派連合が共同提案した一日ストが、三七六対二三四対九二という大差で可決された。

●一日スト承認●●●

6月19日（水）、駒場

今にも雨の降りそうな曇り空の下、先ほどからスト権批准の学生投票がはじまった。学生の登校数はいつもより多い。何かが起きそうな予感、何かをしなくてはいけない、そんな気分が駒場にみなぎっている。遠くに雷の音が聞こえるのも景気づけにちょうどいい按配だ。

投票総数は五〇七七。駒場の学生総数は六七〇〇人だから、すごい投票率だ。一日ストライキへの賛成は三二七〇、反対一三〇一、保留四六二。無効票もいくらかある。圧倒的多数でストライキが承認された。学生のストライキを禁止した矢内原三原則は忘れ去られた。もはや誰もそんなものを恐れてなんかいない。

「国家権力による大学の制圧を許すな」

「大学の自治を守れ。機動隊の導入に反対」

多くの学生が、この点で一致した。次々にクラス決議があがり、銀杏並木に立て看板が林立する。代議員大会で負けた民主派の学生たちも勢力挽回を狙って意気ごんでいる。

法学部を除いて、残り九学部の全部で二〇日の一日ストライキが決議された。天下の東大法学部は、さすがに授業を大切にするのか、簡単にはストライキに入らない。それでも、二〇日は学生大会を開いて、そのまま全学集会に参加するという。

●六〇〇〇人集会●●●

6月20日（木）、駒場

駒場は朝からストライキに突入した。朝八時から正門前で集会を予定している。正門付近に五〇〇人の学生がピケラインをはり、授業を受けに来た学生を説得する。全学投票の結果を知らされると、文句をいう学生は滅多にいない。多くは、そのままクラスごとの集まりに合流していく。第一本館前の広場周辺には、やがて固まりがいくつもできあがった。ライトブルーの小旗にクラス名をマジックインキで書きこんでいる学生がいる。クラス旗が次々に出来あがる。

「今日は討議というより行動の日だ。サルトルだって、アンガージュマンが大切だ、そう言ってたじゃないか」

誰かが聞いたようなことを言うと、たちまち「異議なーし」の声があがった。

「デモ行進に移ろう」

「よーし」

できあがったばかりのクラス旗を先頭に佐助たちのクラスは四〇人ほどの学生が隊列を組んだ。語学の授業のときより、よほど多い。自治委員である刑部《おさかべ》と神水《くわみず》の二人が前に出て先頭でリードする。

「導入」「反対」

「導入」「反対」

かけ声は単調だが、これ一本だ。

つられるように、よそのクラスもデモ行進をはじめた。いつまでもかったるい討議なんかやってられないぜ。

直進、ジグザグ、渦巻き……。日頃もてあましているエネルギーが弾け、周囲に向けて炸裂する。デモの隊列はみるみるうちに長くなっていく。

第一本館の周囲をデモ行進し終わると、用意されていたバスに乗りこむ。三〇台のバスはたちまち満員御礼になった。あぶれた学生は、仕方がない、井之頭線に乗って本郷へ向かう。

本郷

曇りだったが、そのうち晴れて初夏の陽差しが安田講堂前の石畳に映えている。広場に学生が思い思いにすわりこむ。ほとんどの学生がカッターシャツだから、広場は白一色に埋め尽くされた。

午後一時から始まる予定の全東大人抗議集会は、まず司会進行の点でもめた。駒場で民主派に勝った前線派や三派連合が主導権を握ろうとするが、まだ本郷では自治会の大半を握っている民主派が自治会中央委員会をタテにマイクを渡そうとしない。

医学部合同闘争委員会の呼びかけで開かれた自治会代表者会議は集会の運営方針を決めて散会した。ところが、文学部学友会から今度は肝心の医学部の代表権にクレームがついた。仕方がない。改めて協議して調整を図る。演壇横で協議が続く。さらに、三派連合が集会のスローガンに「安河内総長は辞任せよ」を入れろと要求し、それに民主派が反対して紛糾する。三派連合の内部でも、つかみあいがはじまるほど意見のくい違いがある。演壇裏での協議が延々と続いた。結局、「安河内総長の責任を追及する」ということで決着がついた。大勢の学生の面前でのことだけに、各派とも、みっともないことはできない。

ヘルメットをかぶった学生が演壇に立とうとすると、「ヘルメットをとれ」という声が一斉にあがる。民主派というより一般学生の意見だと知って、渋々、ヘルメットをぬぐ。すると喚声があがり、拍手がおきる。話の内容への共感の拍手というのではない。ヘルメットへの反撥なのだ。

神宮小百合と蓬田《よもぎだ》鳩子は並んですわった。小百合は集会がなかなか始まらないのに痺れを切らし、苛立ちを隠さない。ヘルメットをかぶった学生が登壇してマイクを握ると、「どうしてヘルメットなんかかぶってるのかしら」と小百合はもらす。「自分に自信がないのかもね」と鳩子が応じると、小百合は「そうよね、きっと」と応じた。

「それにしても綾小路さんて、カッコいいわよね」

小百合が鳩子に声をかけた。

「ええっ、そうかしら」

鳩子には綾小路の貴公子然としてのっぺりした顔つきも、ねちっこい話しぶりも肌にあわない。これは理性というより生理的な感性のレベルだ。機動隊の青黒い制服と長靴を見るだけで、大学の自治、学問の自由が踏みにじられるというイメージが浮かぶ。それと同じほど、鳩子にはヘルメット姿にも鳥肌が立ち、なじめない。

午後三時すぎから始まった集会は、なんとか午後六時ころまで統一してすすめられた。三派連合の学生は久々の表舞台にあがって天を衝く意気ごみだ。絶叫調のアジ演説は相変わらずだが、支援の声が今日はあちこちからあがって、いよいよボルテージは急上昇する。ところが、安田講堂を占拠した学同派を主体とする医学部生が講堂の再占拠を呼びかけたときには同調する声はほとんどあがらない。それどころか、医科歯科大生などの応援部隊がヘルメットをかぶって現れると、多くの学生が「帰れ」「帰れ」と叫びはじめた。

「オレたち、医学部の闘争を支援するためにきたんじゃないぞ」

そんな声すらあちこちから上がる。

「勝手な機動隊の導入に抗議しに来たんだ」

駒場のクラス代表の発言には安田講堂の占拠に反対するものもあるが、その点に触れることなく、機動隊の導入を糾弾するだけのものの方が多い。参加者はざっと六〇〇〇人にまでふくれあがった。そのうち三分の二は駒場の学生だろう。

そのうち、議長団の一人として登壇していた医学部代表の一人が壇上から追い出された。そのあとも発言していた医学部生が途中でマイクを奪われて引きずりおろされるなど、医学部の学生同士の反目はいかにも激烈だ。

大学院生も数多く参加しているのに、発言が認められたのは三派連合に属する経済系のみ。理系や東院協代表には発言の機会すら与えられない。やっと東大職員組合の委員長がマイクを握ると、最前列に陣どっている三派連合が激しく野次を飛ばして妨害しはじめた。

なぜ医学生が安田講堂を占拠するようになったのか。医学部で、いったい何が起きているのか。それが東大生の知りたい関心事だ。インターンとも呼ばれる研修医制度の改善をめぐって医学部で紛争が続いてきたのは、なぜなのか。医者の船だまりとも言われる医局制度に根本的な疑問が投げかけられている。教授つるしあげ事件が起き、当局が学生を処分した。ところが、処分された学生のなかに現場にいなかったものまでふくんでいた。濡れ衣を晴らそうと学生たちは必死に努力した。それでも医学部当局は頑なに自分たちの非を認めようとしない。学生たちの不満は高まった。

それにしても、そんな不満と安田講堂の占拠とはすぐには結びつかない。安田講堂の占拠によって世間の耳目を集め、あわよくば警察機動隊を引きずりこみ、一挙に紛争を全東大に拡大しようという魂胆は明らかだ。とは言っても、占拠派学生のはねあがった行動を批判したのは民主派だけで、一般学生は、そんなところに目は向けない。それというのも東大生は東大当局の日頃の管理運営が非民主的で、自分たちは疎外された存在だと感じているからだ。勉強にしても生活条件にしても、決して傍《はた》で思われているほどは恵まれてなんかいない。いや、それどころか不満が渦まいている。この不満が機動隊導入という眼に見える形での抑圧に対する反撥と結びつき、ついに東大生の怒りは爆発したのだ。

「43青医連」と書いたヘルメットをかぶった学生が集会の終りころに悲痛な訴えをした。

「このまま散会して、明日からどう闘うのか。諸君、考えてみてほしい」

この訴えに、小百合は「そうだわ。わたし、どうしたらよいのかしら」と共感し、思い切り強く手を叩いた。隣りの鳩子は「なんだか身勝手じゃないかしら。自分で勝手にルールを破っておいて」と思いながら、両手を固く握り、何も言わずに前を見つめていた。

集会が終り、怒りのおさまらない四〇〇〇人の学生がデモの隊列を組んだ。銀杏並木を通って正門を出て、本郷通りを赤門までデモ行進する。ジグザグデモあり、フランスデモありだ。本郷通りは、束の間、解放区と化した。ただ、それ以上のことも起きず、解放区はやがて自然に消滅した。

駒場

午後遅く、鳩貝学部長は緊急の教官懇談会を招集した。急な会合だったにもかかわらず五〇人以上の教官が参加した。鳩貝は、さすが今回の事態についての関心の高さに教官たちを見直した。

自由討議に移ったとたん、何本もの手があがった。医学部教授会の対応はいかにもまずい。そんな意見が相次ぎ、それに反対する意見を述べる教官はいない。

ころあいを見はからって、鳩貝は医学部の教授全員に対して教養学部教授会としてのアッピール文を郵送することを提案し、一人の異議もなく承認された。続いて、学生との対話集会を二二日の午後から開催することも決めた。こちらは若干の教官から不安が表明された。

「そんなことやったら、学生を煽るだけになってしまうのではないか」

鳩貝は議長席に坐ったまま、大きく首を左右に振った。

「それはやってみないと分からないことでしょう。今は、学生の前に教授が出て対話することが肝心だと確信しています」

鳩貝の胸中に迷いはない。

カルチェラタン

6月21日（金）、駒場

安田講堂前の集会が終わりではない。いや、すべてが始まったのだ。とはいっても、学生の側に、すぐに次の行動が予定されているわけではない。駒場にはまた一見平穏な生活が戻った。語学をはじめ授業は平常どおりすすめられた。しかし、何かが違っている。このまま、黙って授業を受けていいのか、そんな疑問とわだかまりが大勢の学生のなかに重い澱となって沈んでいる。授業が始まる直前、活動家の学生がビラを配り、短いアジ演説をする。こんなことは、これまでもあっていた。しかし、学生の反応が変わり、熱心に耳を傾けるようになった。教官が姿をあらわしても、まだアジ演説が終わらない。以前だったら「早くやめろ」という野次が飛んできたのに、教官の方が入口で立ちすくむほど、学生が熱心に聞き入る雰囲気がうまれている。何かが決定的に変わった。

東大当局は機動隊の導入はやむをえなかったこととして非を認めない。だいたい、いつだって学生の言い分なんか聞いたためしがない。濡れ衣の処分をした可能性もあるというのに、見直そうともしない。企業や自衛隊から大金をもらい、その言いなりになって共同研究をすすめている。ベトナム侵略戦争にも間接的に手を貸している。実験器材はあまりに貧弱だ。大教室でのマスプロ授業はよく聞きとれないし、千篇一律で、ちっとも面白くない。学生たちは日頃の身のまわりの不満と今回の機動隊導入とを結びつけて考えた。決して他人事の話ではない。でも、何を、どうしたらいいのだろうか…。

先ほどから主税《ちから》は、銀杏並木を行きつ戻りつしていた。自分が今求めているものは大学の外にあるような気がしてならない。立ち止まったとき、古ぼけた立て看板が目に留まった。北町セツルメントと書いてある。地域で子どもたちと遊び、社会の現実を知ろう。そんなキャッチ・フレーズを読んだとき、これかもしれない、閃《ひらめ》くものがあった。

神田

小百合はラジオでアメリカの陸上競技を聞きながら自分の部屋で恋愛小説を読んでいた。黒人選手がついに一〇〇メートルの短距離走で一〇秒を切った。九・九秒だという。すごいわね。感動の余韻にひたっていると、都立高校で二年先輩の来栖芙美子から電話がかかってきた。

「今日、すごいことがあるのよ。出てこない？」

小百合は、すぐ行くと返事した。日頃の胸のつかえを晴らしたい、そんな気持ちもあった。

神田にある中央大学の校舎の中庭で学生たちが集会を開いている。五〇〇人ほども集まっているだろうか。前の方の学生たちは赤いヘルメットをかぶっている。学同派だ。芙美子さんは学同派のメンバーなのかしら。そんなことを思いながら、小百合は芙美子と並んで集会のうしろの方に並んで腰をおろしていた。今日は夏至だったわね。暑からず寒からずで、ちょうどいいわ。曇り空だから、街頭に立っても過ごしいい天候よね。小百合は、のんびりそんなことを考えていた。

赤ヘルのリーダーがマイクを握って延々とアジテーションを続けている。世界情勢、アジア情勢そして日本革命の必然性と展望をとうとうと語る。よくも語ることが尽きないと思うほど話は続いていく。情勢は切迫している。そんなアジ演説だ。そうなのかしら、きっと、そうなのよね。

夕方五時すぎ、ようやく集会を終え、表通りに赤ヘル軍団を先頭にデモ行進の隊形で押し出していく。先頭の軍団はお茶の水のバス通り二ヶ所に、机やイスを積み上げてバリケードを築きあげた。すでに機動隊も出動しているのが遠くに見える。青黒い乱闘服の一団が固まっている。バリケードの周囲には、単なる野次馬なのかデモ隊なのか区別のつかない学生やサラリーマンたちの大群衆がいて、遠巻きにして興味津々で様子を眺めている。

小百合はバス通りに繰り出したデモ隊のなかにいた。芙美子も一緒にいたのに、いつのまにか混乱のなかで別々の隊列になってしまった。

デモ隊は歩道の敷石をはがし、こわして小石をつくり、手頃の石にすると機動隊に向けて投げはじめた。デモ隊が投石すると、見物していた学生や市民たちが次々に加わってきて、機動隊に向かって同じように石を投げる。付近の商店は、その様子を見てあわててシャッターをおろし、店を閉めた。

夕方六時すぎには、お茶の水駅前から明大通りは学生や勤め帰りのサラリーマンたちですっかり埋め尽くされた。

「パリに呼応して、ここを日本のカルチェラタンにしよう」

赤ヘルのリーダーがマイクを握って叫ぶと、大勢の学生が右手をつき出して「オーウ」と呼応する。

機動隊は、いったん退く姿勢を見せていたが、会社帰りのサラリーマンたちが帰りはじめ、少なくなるのを見届けると、デモ隊に対して反撃に出た。押したり退いたり、まるで学生たちと機動隊のあいだで追っかけごっこだ。

八時半過ぎから雨がパラパラ降りはじめた。その途端、なぜかサラリーマンたちは急に正気に返った。ようやく動きはじめた国電に乗って帰路を急ぐ。それまでの一時間ほど中央線は運行を中止していた。それが再開したのだ。

小百合は、なんとか捕まらずにデモ隊の本隊とともに中大の校舎に戻った。芙美子の方は表通りの小路に逃げこんだところを挟みうちされて捕まってしまった。

この日、三九人の学生が逮捕された。往来妨害罪という罪名を告げられたとき、芙美子はその名称のおかしさに、つい下向いて笑ってしまった。警察官は芙美子が泣いたと勘違いしたようだ。神妙な態度で芙美子に接するので、ますますおかしい。本当は笑える状況ではなかったのだが、一緒に捕まった仲間が大勢いるので何の心配もない。芙美子にとって心強いばかりだ。

既成左翼の限界

北町

Q太郎はさっきから天井をじっと見上げていた。蛍光燈が切れかかっているのか、照度が足りない。昼間、お茶の水駅の周囲にいた機動隊の青い乱闘服を見て全身が震えた。いかにも屈強な身体、そして何も考えていそうもない無機質な顔つきに、強大な国家権力の実体そのものを見た思いがした。日本革命は本当に今の日本に必要なのか……？　どう考えてもその答えはＹＥＳとしか出ない。では、どうしたら日本革命は成就するのか？　いや成就させることができるのか……。すべての民主勢力を結集して日本革命を達成することが本当に可能なのか。うーん、いかにも生温いよなー……。民主派は、既成左翼そのもの、いまや国家権力を支える構造のひとつになってしまっているのではないのか。むしろ日本で革命を起こす力は既成の権力構造の外にいるルンペン・プロレタリアートにしかないのではないか。まさに磯町の住民のような既成の社会構造からはみ出た、それこそ失うものが何もない者が立ち上がることによってこそ、革命を起こし、完遂できるのではないのか……。

企業内で型にはめられた労働組合、そしてその中で縮こまっている労働者に頼っているような党では、もはや日本革命は起こすことすらできない。革命の起爆剤にもなりえない。ましてや革命を遂行するなんて、夢の夢ではないか。だんだん分かってきたぞ……。そうだ。自分のできるところからやるしかない。今のセツルメント活動ではあまりにも限界が大きすぎる。しかし、ここには革命の貯水池はある。革命家の獲得も課題のひとつである以上、セツルメントから脱け出るのではなく、むしろオルグして革命家を一人でも多く獲得する必要がある。

部屋の鳩時計が急に一二時の時計を鳴らしはじめた。おかしいな。腕時計を見ると鳩時計の方が一時間以上も狂っているのは明らかだ。きっと電池切れなんだ。

明日、電池を交換しておこう。善は急げだ。トンコと相談して、オルグ対象を慎重に選び出して、オルグに取りかかることにしよう。

よーし。Q太郎は肚を固めた。

●教養学部懇談会●●●

6月22日（土）、駒場

夏の高気圧に覆われ、いい天気になった。

鳩貝学部長は九〇〇番教室に学生を集めた。「機動隊導入問題についての教養学部懇談会」というのが正式名称だ。学生が続々つめかけてきて、広い九〇〇番教室は超満員となって、外にまであふれている。あとで学生課長は一五〇〇人もの学生が集まったと本郷の学生部に報告した。

鳩貝は静かな口調で切りだした。

「個人的には医学部に対して、いろいろの意見を持っていますし、機動隊の導入には問題があると考えています」

これには大きな拍手がわきおこった。鳩貝は、拍手の大きさに自信をもち、言葉を選びながら、じっくり腰を落ち着けて学生に自分の思いのたけを話しかけた。

次に、鳩貝の横にすわっていた聖徳教授がマイクを持ち、ゆっくり話しはじめた。

「学生諸君の考えることは分かるが、行動には、もうひとつ理解できないところがある。くれぐれも慎重さを求めたい」

苦渋にみちた真剣な顔つきに、鬼頭はそれ以上追及する気が失せた。隣りの片桐も腕を組んで黙っている。

鳩貝学部長たちの言いたいことは分かった。しかし、東大当局の言うとおりにまかせていいものかどうか。これでガス抜きが出来たことになるのか。教授会への幻想が広がっただけか……。片桐は判断に迷った。

佐助は九〇〇番教室をあとにしながら、やっぱり教官を敵にまわしてはいけないなと思った。学生と教授会、つまり全学が団結することは可能じゃないのかな。三派連合の言っている「教授会は敵だ」というのは見方が狭くて一面的じゃないか、そう思った。

「合理化」

北町

タンポポ・サークルの例会にイヤミが一番乗りであらわれた。三周年パーティ以来久しぶりなので、初めて見るセツラーがいて戸惑った顔も見せたが、ガンバの顔を見て安心したようで、ニッコリ笑った。すかさずガンバが声をかける。このあたりのタイミングのとり方が、さすがにガンバはうまい。

「よう、イヤミ、どうしてたんだよ。久しぶりじゃないか、待ってたんだぜ」

イヤミはその声にすっかり安心したらしく、ポツリポツリと話しはじめた。

「ここんところ、ずっと、オレの職場はよー、仕事がえらくきつかったんだよ。そいでもってさ、サークルに来る元気もなくなって、しばらくごぶさたしてたんだ」

イヤミとは名ばかりで、純朴そのものという若者だ。ただ、表情に少し翳りがあるように見えるのは気のせいか。イヤミの勤める北町鉄工はカンデンの系列会社だ。

「イヤミの職場の様子を少し聞かせてくれよ」

まだ、ほかにセッラー以外の若者は来ていなかったので、ガンバは、今日の主人公はイヤミだと言わんばかりにスポットライトをあてる。それまで隅で雑談していたスキットとカンナも話しをやめて、イヤミの方に向き直った。みんながイヤミの方に関心を向けたのを知ると、イヤミも悪い気はしない。やはり、主人公になるのは、だれだって気持ちのいいものだ。

「オレっちの職場は熔接の現場だから、結構暑いんだ。それなのによー、クーラーもないんだぜ。そいでもって、熱いハンダゴテをしっかり握って、ペーストをくっつけて熔接していくんだ。ただでさえくそ暑いのによー、手袋をはめてやらないと、オヤジのやつ、ガミガミうるさくて仕方がないんだ」

このとき、カンナが「オヤジって、誰のこと?」と小さな声でイヤミに問いかけた。カンナのいいところは、分からないと思ったら誰にでもすぐに質問の矢をぶつけることだ。眼がパッチリしたカンナは愛嬌もいい。

「班長のことさ。もう定年間際と思うんだけどよー、万年班長でうだつがあがらないくせに、オレたち下っ端には、いつもガミガミうるさいったら、ありゃしないんだ」

「ふーん。分かった」

カンナが引き下がって、イヤミは話を続ける。

「それでもよー、このまえなんか、あんまり暑いもんだからよー、オレ、オヤジのやつに文句言ってやったんだ」

「えっ、何て言ったの?」

今度はスキットの番だった。イヤミは自分の話が女性の注目を集めていることを知って得意満面だ。

「こんなに暑くて、みんなまいってるんだから、扇風機のひとつくらい職場にもってきてくれよな、オヤジ、ってね」

「それで？」

「オヤジのやつ、それきたホイっていう感じで、その場で安請合いしやがったよ。さすがのオレも、それには驚いたさ」

「何て言ったの、オヤジさんは？」

スキットが質問を続ける。イヤミも質問が出ると話しがしやすい。

「オレが今度、会社と交渉して、壁一面くらいでっかいルームクーラーを据えつけさせてやっからな。まあ、みんな楽しみに待ってろ、だってさ」

「へー、すごいわね、それ」スキットが眼を見はった。

「それ、実現したの？」

「オレたちだってよー、オヤジが胸をはって断言したもんだから、大いに期待したよ。いつ来るか、いつ来るかってね」

「それで？」

「オヤジも本気で会社とかけあったらしい。自分だって一緒に暑いなかで働いているんだし、部下の前でいい顔したかったんだろう。まあ、定年間際に花を咲かせたかったんじゃないのかな」

「と、いうことは、やっぱりだめだったの？」

スキットが落胆の表情を示すと、イヤミも声を低めた。

「オレたちも期待してたから、例の件はどうなったのかと、毎日のようにしつこくオヤジを責めたてたさ。オヤジのやつ、可哀想に次第に小さな声で弁解しはじめたな。初めのうちは、『もう少し待ってくれ、きっと何とかするから』と言ってたんだけど、そのうち、『会社は今はそれどころじゃないようだ……』みたいな内容になっちまったよ。オヤジもがんばったけど、班長の権限ではどうにもならないほどのお金のかかる話だったんだよな。だってよー、考えてみると、うちの職場だけクーラーをとりつけるということにはならないだろうからな。結局だめだと分かったあとは、オヤジはホント、しょんぼりしちゃってよ、まるで哀れだったな」

「班長さんも、大変なのね」

スキットが班長に同情の気持ちを示すと、イヤミが急に元気な声を出した。

「その代わりか何かしらんけどよー、最近になって昼休みの直前に音楽が流れてくるようになったんだぜ」

「へー、音楽が……」

カンナが首をかしげた。

「なにしろ、昼近くになると腹が減って気もたってるから、仕事の能率が下がっているころだよな。そこに軽快な音楽が流れてくるんだ」

「なるほど、うまく人を使おうというわけだな」

ガンバが感心したという声をあげると、イヤミは、「それそれ、そのとおりなんだよな」と深く首を折った。

「軽快なテンポの音楽が流れると、ついつい調子に乗って、自然に手が動いてしまうんだ。まったく、会社ってところは、うまく人間を働かせるところだよな」

イヤミは女性陣の反応をうかがっている。

カンナが、「それって、バックグラウンド・ミュージックっていうんでしょ?」とガンバに訊いた。ガンバは「そうだと思う」と小声で返事した。イヤミが話を続ける。今夜はどうしたのか、まだ若者はほかには誰も姿を見せない。

「そいでもよー、午後になると、さすがのオレたちもくたびれてくるからよー、休み時間には、みんな栄養ドリンクというのを飲んでるよ」

「あれって、カフェインとかアルコールが入ってるのよね。神経を一時的に興奮させる作用があるだけで、本当の意味の栄養剤じゃないとわたし思うわ」

さすがに栄養科のカンナの指摘は鋭い。

「オレなんか給料が一万五〇〇〇円なんだぜ。こんな安月給でよー、栄養ドリンクなんか飲みながら働かされているんだから、割にあわないぜ、まったく」

イヤミが口をとがらすと、ちょっと前に姿を見せたオソ松が憐憫の情を示した。

「けっ、おまえ、そんな給料しかもらってないのかよー」

「おう、そうなんだ。だからよー、いつだって残業を月に三五時間もやってるってわけだよー」

「なーるほどな」

イヤミとオソ松は仲がいいようだ。二人の息があっている。

「オレ、そんな職場に、もう、三年も辛抱しているんだぜ。早く、もっと条件のいいところに移りてえよ」

イヤミの言葉をオソ松はとりあわない。

「まあ、そう言わずに、もう少し、そこで辛抱した方がいいぞ。そのうちに、きっといいこともあるだろうさ」

イヤミは、「そうかなー」と言いつつ、黙りこんでしまった。佐助は、働くって辛いことばっかりなのかな、疑問が膨らんだ。

ようやく例会らしく人が集まった。ガンバが眼で合図を送ると、来たばかりのアラシが口火を切った。

「今度の丹沢キャンプに向けて、今日は少し具体的な話をしたいんだけど、みんないいかな?」

オソ松が、本人としては、それを受けたつもりで真っ先に話しはじめた。

「去年のキャンプのときはよー、歌集をつくってもっていかなかったんだよな。早い話が、みんな手抜きしたんだ。歌集がないと、古い歌ばっかりになるし、みんなで歌えないものな。途中でいやになっちゃって、歌うのをやめてしまったのさ。そしたらよー、あとの反省会のとき、みんな不満ブーブーだったじゃんかー」

「そうだったな」

アラシが低い声で賛同したので、オソ松はさらに続けた。

「なんで、もっとみんなが一緒にうたえる歌を用意しておかなかったんだ、とか、うたう時間が短かすぎた、とか、新しい歌をもっと教えてほしかったとか、いろいろ意見が出てきてよー、みんな困ったじゃん。やっぱり、歌は、みんなで肩組んでひとつになってうたうのがいいんだよな。やっぱ、手抜きしちゃいけないんだぜ。こういうことは」

オソ松の言葉には実感がこもっている。アッチャンが向かい側からオソ松に声をかけた。

「それって、みんな、それだけキャンプに期待してた、ということじゃん。今年は、それを生かしたらいいんだわさ」

「オオッ。おめえ、たまにはいいこと言うじゃんか」オソ松の顔が明るくなった。

「そうなんだよな。誰もやめようとは言わなかったでしょ。誰だったか、来年は歌集づくり手伝うわと名乗り出たものもいたしな」

「それ、わたしよ」アッチャンは眼をくりくり輝かして微笑えんだ。

「腹の底から大きな声を出してさ、肩をくんでうたうと、ホント、気持ちがスッキリするものね」

「アッチャンの便秘が治ったときみたいにね」

すかさずマッチが茶々を入れた。このあいだの仕返しをしたのだ。アッチャンはね「まあ、レディーに向かって何と失礼な」といって手元にあったものをマッチめがけて投げつけようとした。みんなが大笑いするなかで、アラシが、「よーし、今度はちゃんと歌集をつくっていこう」と提案した。ガンバが、「じゃあ、今夜は、キャンプの予行演習として、あとで公園に行って歌をみんなでうたおう」と提案した。そのとき、マッチが手をあげて、「歌をうたうんだったら、公園より、河原の方がいいわよ。大勢だと怖くもないし、思いっきり声も出せるから」と、小さな声で修正動議を出した。

ガンバは、たちまち「それもそうだ。公園で大きな声でうたうと、近所迷惑だもんな」と修正に応じた。

「三交代で朝が早い労働者は、もう、この時間でも寝てるかもしれんしな」

オソ松がポツリと言った。佐助は、サークルに来るようになってから、朝番、遅番、三交代、一直、二直など、いろんな呼び方の様々な勤務体系があることを知った。変則勤務で働く労働者の気持ちを聞いたら、あとで勤務課に配属されたときに役立つだろうか。ふと、そんなことを思ってしまった。いやいや、とんでもない、とんでもない。頭を軽く左右にふり払って妄想を打ち消した。

オソ松が先ほどよりもっと真面目な顔をして話しだした。

「反省といえば、実はもうひとつあるんだよ。去年のハイキングの翌日、会社に行ったら昼休みによー、係長に事務室に呼び出されてよー、ネチネチやられちまったよ。まったく、いやになっちまったさ。一体全体、どうしてオレがサークルのハイキングに参加したのを係長のやつが知ってたのか、今も不思議だよ」

「ええっ、それって、初めて聞く話だぞ」

アラシが驚きの声をあげて、オソ松に向かって訊いた。

「どうして、そのとき、それ言わなかったの？　そんな大事なこと」

「おほっ、そうだよな、すっかり忘れてた」オソ松はとぼけた。ガンバは、「係長が何と言ったのか、教えてくれよ。一年前の話だろうけど」と、声をかけて話をそらした。オソ松はアラシのとげとげしい叱責は気にしないで言った。

「係長のやつは、たしか、オレにこう言ったと思うな。オレ、頭は悪いけどよー、こんなことは案外、覚えてるんだよな」

オソ松がケロッとした調子でいうと、アラシが「頭の悪いことは今さらいったって始まらないさ。そんなこと誰だって知ってるよ」とたしなめる。オソ松も「ちげえねえ」と頭をかいた。

「『例のサークルには近づかない方がいいぞ。なにしろ、あそこには、アカ学生がたくさん出入りしてるらしいじゃないか。よくないことに、おまえを引きずりこもうとしてるんだから、よく注意した方がいい。サークルなら、会社のなかにだってあるんだから、そっちにしな』って言ったと思うな」

オソ松は、わざと渋い顔をして、重々しい口調で係長の言葉をみんなの前で再現してみせた。迫真の演技が見事に状況を描き出す。佐助にとって、係長の言葉は、予想もしない内容だ。

「まったく、いつも頭にくる係長だよ」

オソ松自身は深刻にうけとめている気配ではない。アッチャンが「それって、アカ攻撃っていうんだわさ」と声をかけても、「そうなんだってな」と、オソ松は軽い調子で受け流す。アラシが、「それこそ、ひどいアカ攻撃だぜ」と、もう一度たしなめる。

オソ松は、周囲の眼が険しくなってきたのに驚いて、

「オレは、職場の連中をサークルに誘うときにはよー、政治的なことなんかちっとも心配せんでいいぞ、オレがいるから安心してついてこいよ、と言ってるんだ。ともかく、腹いっぱい歌って気持ちがスカッとするし、かわいい女の子もいるしよー、って言って誘ってるんだ」

「あーら、わたしのことね」

アッチャンが流し眼を送ると、オソ松はニヤリと笑って、「あんたを除いて、みんなかわいいさ」と切り返す。アッチャンは、ぷっと頬を膨らませる。その仕種が、いかにも可愛いらしい。このとき、マッチが、「わたしも似たようなことを経験したわ」と言い出した。ガンバがふり向いた。

「わたしが職場でサークルに誘った彼女は、はじめのうちは『サークルの人って、共産党の人なんでしょ。怖そうだから、やめとくわ』って言ってたの。それでわたしもムキになって、そんなことないわよ、一度、わたしに騙されたと思ってついて来てよって、ひっぱってきたの。そしたら、彼女、いっぺんで変わったわ」

「えっ、どんな風に?」

佐助は隣りにいたマッチに声をかけた。

「だって、みんなで楽しそうに肩組んで歌をうたってたでしょ。それが彼女はとても気にいったのよ。あとで、帰ってから、男の人とあんなふうに肩組んで大きな声をはりあげてみんなで歌をうたうってホント楽しかったわって、すっごく彼女に感謝されたの。わたしも、それ聞いてうれしかったわ」

「なるほどね」

「そしたら、彼女、そのあとずっとサークルに来るようになったのよね」

「トシコのことだよね」

アラシが若者の名前をあげると、マッチが「そのとおりよ」と、うなずいた。佐助は初めて聞く名前だ。

「トシコはサークルに来るようになってから、会社でも平気で不満を堂々というようになったのよ。わたしもびっくりしたけど、係長なんかトシコの大変身になおビックリね。『おまえ、いつから共産党になったのか?』だってさ。トシコ、『まだなんですけど、これから入るつもりでーす』って、答えたらしいわ。係長、眼を白黒させていたんだって。それはそうよね。自分で追いやっちゃあ、係長の手柄どころか大目玉だもんね。それ聞いてトシコと二人で、大笑いしたわ」

アラシが、笑いの静まったころ、落ち着いた口調で言った。

「トシコは、ほら、サークルで『ドレイ工場』って映画を見に行っただろ。あれから、すっごく変わったんだよね」

「そうそう。そうだったわね。でも……」

マッチの言葉が途切れた。佐助には、「でも」がひっかかった。そんなトシコがなぜサークルに最近は来ないのだろうか。佐助にはそれが疑問だった。そんな疑問にこたえるかのように、アッチャンが話をひきとった。

「トシコに好きな彼氏ができたのよね。ここじゃなくて、アパッチサークルの酋長だったわね。しばらくはうまくいっているように見えたんだけど、見事に、彼女、ふられちゃったのよね。酋長に別の彼女ができたみたい。気の毒なほど元気なくしちゃってさ、トシコ……」

「ああ、そうだったの」

声をあげたのはカンナだった。

「そいでさ、田舎のお父さんが病気になったから、看病しなくちゃいけなくなった、なんて言って田舎に帰っちゃったのよ」

「どこだったかな、トシコの田舎は？」

「福島だったと思うわ。なんか山奥にある日本一広い村だとか言ってたわね」

「田舎に帰って、トシコ、元気にしてるかなー」

マッチが心配そうな声をあげた。アッチャンが「決まってるじゃない。トシコのことだから、今ごろは、また、別のいい彼氏を見つけてるわよ」と明るい声でマッチに目配せした。

「そうよね。トシコのことだもんね。わたしなんかが心配する必要ないわね」

マッチが下を向いて小さくつぶやく。どうやら、かなり活発な女性だったようだ。

「そうそう。そんなことより」とオリーブが「早くマッチも彼氏を見つけた方が、いいわよ。残念ながら、このサークルにはいい男はあんまりいないけど」と挑発する。そのいたずらっぽい眼がすごく男心を魅きつけると佐助は思った。

オソ松が挑発に乗った。ぷっと、口先をとがらしている。

「いい男があんまりいなくて悪かったなー」

「うん、そう気にすることはないわよ。男は顔じゃないから」

オリーブが澄ました顔ではね返したので、オソ松は二の句がつげない。オリーブとオソ松は、どこまで気があうのだろうか。この二人はいつも言葉のうえでは反撥しあっている。

アラシは先ほどからニコニコして黙っていたが、そろそろ先へすすめる潮時だと判断したようだ。

「それじゃあ、キャンプの任務分担を決めていこうかー」

雰囲気はなごやかになっていた。キャンプに向けての必要な準備と役割分担がアラシの司会で一つずつ決められていく。

例会が終わると、ガンバとマッチの提案どおり、みんなで夜の河原へくり出した。昼間の暑さも川面を吹きわたる風に飛ばされ、随分やわらいだ。広い河原は、漆黒の闇に沈んでいる。川面にぼんやり月の影がうつり、さざなみが向うの町の灯を映し出す。人影はまったくない。土手のところにポツンポツンと電柱がたっていて、いくつか裸電球がついている。

アラシが、薄明かりのなかで、ポケットから小さな歌集をとり出した。

「はじめは、やはりロマンチックな歌がいいよな。じゃあ、みんな肩を組んで。やっぱり、せっかくだから男女交互の方がいいよ。男同士で肩くんでも仕方ないだろ」

位置を入れかえて、丸く輪をつくる。アラシも、オリーブの横に入った。

「じゃあ、ボクがまず歌うから、そのあとを、みんなついてきて」

アラシの声は高音だ。出だしの音あわせをする。「あー、あー、あー」。アラシは、「わーたぼこのなかーに、さーいた恋」と、少し甲高い声でうたいはじめる。佐助も一生懸命に音程をあわせながら、ついていく。

遠くから見ると、土手にそって、若者の一団がボーッと浮かびあがっている。人影のない暗い河原が、そこだけ輝いている。河原が若々しい歌声を喜んでいるかのように甘い風が流れてきた。風の香りがいいなと佐助は思った。海からの潮の香りも少し混じっているようだ。曇天だが、雲の切れ目から、ときどき小さな星が姿を見せる。静かな夜だ。若者たちがいくら大声をはりあげても、川面に全部吸いとられていく。だから、心おきなく声が出せる。

佐助は、オリーブの横顔をボーッと見つめながら、うたった。

「じゃあ、この辺で今日はお開きとしようか」

アラシの一言で、解散することになった。土手をおりて町の方に戻りながら、イヤミがガンバに話しかけている。佐助はオリーブと並んで帰りたかったが、オリーブの両脇はオソ松とアラシが固めていて、割りこめそうもない。オリーブが、しきりに笑っている。オソ松がいつもの馬鹿話をしているのだろう。オソ松はオリーブを特別視していないので気軽に冗談が言える。ほかの女性陣は一団となっていて前を急いでいるから、佐助はガンバのうしろに追いついた。イヤミの投げかける疑問が聞こえてきた。

「会社はサークルに来てる学生はみんなアカだと言ってるけど、本当なのかよ?」

イヤミは単なる冷やかしで訊いているのではなさそうだ。ガンバは一瞬返答に窮した。

「もちろん、みんながアカってことはないさ。ところで、イヤミはアカって何のことだと思う?」

ガンバの逆襲を受けて、今度はイヤミがあわてた。

「アカって、もちろん、共産党のことだろう?」

「うん、そうとも言えるし、まちがってるとも言えると思うんだ」

ガンバは微妙な話しかたをした。

「会社は、たいていの場合に、会社の気にいらない人、会社の方針に立てつく人たちを、みんなアカだと言ってるんだと思うよ。本当にその人が共産党なのかどうかは、たいてい二の次になってるんじゃないのかな。アカって言えば、何だか放火犯みたいな重罪犯人、国賊だという意識を戦前にしっかり植えつけられたのが、今でもまだ世間に残っているのを利用した攻撃だと思うんだ」

「そうなのかなあ、よく分かんねえな……」

イヤミは納得した様子ではない。「ともかく、難しいことはよく分かんねえけどよー、今度のキャンプに、オレ、職場の連中を何人か誘ってくるつもりなんだけど、そいつらの前では、セツルメントとかセツラーってこと、言わないでほしいんだけどな」

イヤミの角ばった顔が緊張している。石油工場の廃ガスを燃やすフレアスタックが大きく燃えて、一瞬、イヤミの青白い顔を照らしだした。

「学生が参加するのは、もちろんいいんだ。オレたちと同じ年頃だしな。でも、セツルメントとかなんとかいうと、職場の連中が聞いたら心配すると思うんだ。連中に余計な心配はさせたくねえからよ、よろしく頼むよ」

ガンバは、「うん、話は分かった。みんなに相談しておく」と短くこたえた。イヤミは商店街の手前で分かれた。佐助は、ガンバがイヤミの申し出をそのまま受け入れたように思えて、少し不安を覚えた。ガンバに話しかけようとすると、先行していたオリーブが立ちどまっていた。

「わたしたち、今日は向うのバス停から帰るの。また、来週ね」

オリーブがさっと手を出したので、あわてて佐助も手を出し、しっかり握手した。オリーブの手はひんやりしていて心地よい。

「おーい、バスが来るぞ」

道の向う側でオソ松がオリーブを呼んでいた。オリーブは軽く手をふって、あわててバス停に向かった。

カンナもアッチャンたちと別れてバス停にやってきた。ガンバと佐助、カンナの三人はやってきたバスに一緒に乗りこんだ。バスの中は、残業帰りの労働者たちが、汚れた作業服のまま乗っている。みんな汗臭いまま、じっと黙って立っている。佐助は隣に立っているカンナに小声で話しかけた。

「さっきイヤミが、今度のキャンプのとき、職場の人たちを新しく連れてくるから、セツルメントとかセツラーとか、そんな言葉を使わないようにしてほしいとガンバに頼んでいたんだ」

「えっ、それ、ホントなの？」

カンナはちょっと甲高い驚きの声をあげた。ガンバが、それを聞きつけて、小さく首を縦にふった。バスのなかではあまり話をしたくない様子だ。

「ともかく、これは大きな問題だから、今度のエスケイで、よく話あってみよう」

ガンバは、セツラー会議のことも、わざと「エスケイ」と呼びかえた。バスのなかでは誰が聞いているか分からないという配慮だということに佐助が気づいたのは何日かたってからのことだ。

佐助は黙ってバスの外を眺めた。バスの外を見ているつもりで、外が暗いからバスの車内が鏡のように窓に映った。カンナがじっとガンバを見つめている。あれっ、どうしたのかな。振り返ってカンナを見ると、確かに黙ってガンバを見つめている。何か物言いたげな熱い眼差しだ。これって、もしかすると、ひょっとして……。

最後の工場街を通り抜けるとき、きつい異臭がバスのなかにまで入りこんできた。夜になると悪臭をしめ出すバルブが少しゆるめられるから、臭いがひどくなるんだと、誰かが言っていた。そのせいなのだろうか……。

カンナがハンカチを取り出した。口にでもあてるのかと思ったら、額の汗をぬぐっただけで、すぐハンドバックにハンカチをしまった。恐らく我慢しているのだろう。芯の強い女性だな。そう思いながら佐助は黙ってカンナの横顔を盗み見た。

バスが国電の駅前に着いた。夜空がビカッと光ったかと思うと、遠くに雷が落ちる音が聞こえてきた。天が何かに怒っているのかもしれない。この世には、あまりにも不条理なことが多すぎるから。

●ドロボー●●●

6月23日（日）、磯町

昨夜の雨のせいで路地のあちこちに水たまりができている。小さな子どもたちが泥団子をつくるのに夢中だ。Q太郎が新しいセツラーを連れてきた。駒場の一年生、文Iだ。コージが、早速、スットンというアダ名をつけた。スットンと呼ばれた主税は自分のことだとすぐに理解したから、すぐにオーウと返事した。これでスットンというセツラーネームが決まった。表情に翳《かげ》りがある。これがヒナコの第一印象だ。

三角公園で遊んで集会場に帰ってみると、ヒナコのカバンの口が開いて、なかに入っていたものが畳の上に散らばっている。ヒナコは、カバンの中に定期入れを残していた。「あらっ、お金がないわ」ヒナコは小さく叫んだ。定期入れに千円札を入れていた。ほかのセツラーも集まってきた。トンコはナップサックごと盗られていた。

「困ったな」

「困ったわ」

セツラーたちが顔を見合わせる。トンプクはお金はポケットに入れていたから大丈夫だった。初日から子どものドロボー事件にぶつかったスットンは呆れてモノも言えない。さなえが外で見つけたといって、トンコのナップザックをもってきた。

ヒナコがさなえに、「ちょっと待って、どこで見つけたの」と声をかけると、さなえは後ずさりしながら、「えーと、えーと、井戸のそば……」と言ってごまかし、とうとう逃げ出した。

「ちょっと待って、待って」

ヒナコは、さなえの後を追いかけた。さなえの家は集会所の隣だ。ヒナコがさなえの家に入っていくと、さなえは膝をかかえてすわりこんでいる。さなえの家は四畳半一間、窓がないから、昼間なのに薄暗い。押し入れもない。布団は敷きっぱなしで、家具らしきものは何もなく、石油コンロがあるだけ。ここに子ども四人を含めて一家六人が生活している。

「あのね、モノがなくなってるんだけど、どうしてか知らない？」

ヒナコは、お金がなくなったとは咄嗟に言えず、ぼかしてしまった。

「泥棒がいるんだよ、きっと」

さなえは、他人事みたいに言ってのけた。ヒナコが「本当にいるの？」と聞き返すと、さなえは黙って、首をこくんと縦に振った。

「お姉さんたちのお金をかっぱらったりしちゃダメだぞ」

部屋の隅から胴間声の太い言葉が飛んできた。さなえの父親が壁の方を向いて横になっているのに、そのとき初めて気がついた。

ヒナコは、あわてて「お邪魔してます」と挨拶し、集会所で学生セツラーのお金がなくなったことを説明した。

「そうかい。そうかい。そういう奴がいるのかい」

さなえの父親は酒臭い息を吐きながら、こちらに向き直って言った。さなえは、父親の言葉を聞いて安心したような視線をヒナコに送った。

「それは大変なことになったな。いくら盗られたか知らないけど、二〇〇〇円くらいなら貸してやってもいいぜ。ただし、一週間後には返してくれよな。利子なんかいらないけど」

ヒナコは、その言い方がひどく気に障った。頭にカーッと血が昇るのが自分でも分かった。盗み癖のある子は、盗んだお金を父親に渡し、ごほうびとして一割か二割のお金をもらっているのよ。だから、盗んだあと一本五〇円のアイス菓子を食べるのが子どもたちの楽しみになっているの。そんなトンコの言葉を思い出していた。

「いいえ、結構です。失礼しました」

やっとそれだけ言って、ヒナコはさなえの家を後にした。

集会所を出て土手にセツラーは集まった。子どもたちのいるところでは、話し合いなんかとても出来ない。お金がなくなったのは今回が初めてではないということを知って、ヒナコはひどく驚いた。

トンコは六月初めに財布に入れていた千円札がなくなっていた。でも、子どもから盗られたと考えたらいけない、自分の間違いかもしれないと思って黙っていた。実は、ヒナコも先々週の実践のとき、上着のポケットに入れていた千円札がなくなっていた。しかし、入れ忘れただけだったかもしれないと思って黙っていた。先週はトンプクのお金がなくなった。確かにナップサックに入れていたはずのお金が見つからなかった。でも、いくらなくなったのか不確かだったから黙っていた。

「セツラーの警戒心のなさがこういう事態を招いたんじゃないのかな。もっとお金のことは用心しなくっちゃいけない」

Q太郎が、きっぱり言い切った。

「こういうお金のことは大事なことだから、やっぱりきちんとセツラー同士で出しあって話した方がいいと思う。みんな黙っていたのはよくない」

Q太郎が頭をしきりに動かしながら、重々しく続けた。

「子どもたちを単に責めるだけでは解決しないように思う。子どもたちが三食を満足に食べていないという現実がある。そのような現実にもっとセツラーは目を向け、警戒する以外にはないのではないだろうか」

「私たちの警戒心のなさが、事件をつくり出してしまった、ということかしら」

ヒナコは申し訳ないという顔をした。だけどポテトは納得できない。

「でも、それはちょっと違うんじゃないの。私たちとしては、他人のものを盗ってはいけない、清く正しく生きていくことの大切さを、私たちセツラーは子どもたちにもっともっと話さなくちゃいけないと思うの」

「そうは言っても、磯町の現実はね……」

トンコはポテトの言葉に首を左右に振って拒否した。

ヒナコの心は重く沈んだ。これも、学生がいかに世間知らずだってことなのかしら。地域の現実の重みに押しつぶされてしまいそうだ。

土手で開かれた臨時のセツラー会議は結論を出せないまま、なんとなく終った。ヒナコはまた磯町の路地に戻った。

ケン太が道の真ん中に立っていたので声をかけると、「今朝から、ごはん食べてないんだ」といって一〇〇円玉一個と一〇円玉九個を見せてくれた。ヒナコが「そのお金どうしたの?」と訊くと、「家から黙ってもってきた」とケン太は悪びれもせずに答える。要するに家のお金を盗んできたわけだ。ヒナコは、「そんなことしちゃいけないわよ。たとえ親のお金だって、親の許しなしに勝手に持ち出したら、それはドロボーするのと同じことなのよ」と優しい口調でケン太を諭した。ケン太は、渋々ながら一八〇円を家に戻しに行った。そして、戻ってくると、ケン太は居酒屋に入っていって、一〇円分のおでんを買ってきて路上で立ったまま食べる。

ケン太の家には母親はいない。詳しいことは分からないが、生き別れのようだ。足の踏み場もない、暗い、湿っぽい部屋の片隅で、時間が来ると、ひとりで万年布団にもぐり込んで寝る。着ている服はかなりすり切れている。それに、もう身体にあってなく、いかにも寸足らずだ。

盗みはいけないと説教したおかげで、ケン太は今日は一〇円のオデンしか食べられなかった。本当にこれでよかったのかしら。ヒナコは心配になった。

スットンは、これは大変なところに来たと思った。子どもが平気でドロボーして、また嘘をつくなんて、これまで想像もしたことがない。だけど、こんなところこそ自分の全存在を出しきれるかもしれない。今度こそ、肩書抜きの裸のつきあいをして自分を鍛えたいと思った。

●緊急教授会●●●

6月24日（月）、駒場

鳩貝学部長が緊急教授会を招集した。

「いまや世界中の大学で革新が迫られている時代なんです。そして、この革新を力の論理で行うのか、論理の力で行うのか、その分かれ目に私たちは立たされています。ここで学生たちの動きを押しつぶしてしまったら、あとは前にもまさる暴力と頽廃が残るだけになってしまうでしょう」

聖徳教授が静かな口調で滔々と大演説をぶった。終って着席しようとすると、二、三人からパラパラと拍手があった。その一人、芳岡助教授と目があって、聖徳は軽く会釈をかわした。

怪しい下宿

下北沢

夜遅く帰っても、家主が妙に馴れ馴れしく声をかけてくる気がする。考えすぎかな。そう思ったが、いつものことだと、ちょっと、どうかと思ってしまう。

家主は五〇代半ばくらいだろう。オヤジの年代だ。仕事をしているのかどうか、ちっとも分からない。いつ帰っても自分の部屋でひとりテレビを見ている。妻とは別居しているという。独身なのは間違いない。時折かかってくる電話に声色を変えて長話しているのも気味が悪い。

「ご飯食べた?」

「いえ、まだです」

そう答えてしまったのが、よくなかった。

「あっ、そう。じゃあ、何かつくってあげるよ」

食事代が浮くと思ったのがいけなかった。家主の部屋に入ると、たしかにいい匂いのごちそうがテーブルに並び、アルコール類もふんだんにある。具合が悪いのは、小さなテーブルに隣りあわせに座らされたことだ。

食べているあいだは、まだ普通の会話だった。アルコールが入ってくると、怪しい雰囲気になってきた。家主がしきりに身体を接触しようとしてくる。お尻を動かして近づいてくるのが気持ち悪い。よけようとしても逃げるスペースがない。

「うーん、いいねえ、この肌のにおい。男らしさがプンプン匂っているよね」

「やっ、やめてくださいよ」

スットンは、やっとの思いで家主の腕をふり払った。

「ごちそうさまでした」

料理を半分ほども残すのが残念だったが、スットンは意を決して立ちあがった。家主が恨めしそうな顔で見上げた。

おおっ、気色悪い……。

こんな下宿は早く出よう、スットンは決心した。せっかく自宅を出て自由になれたと思ったら、またまた変な男に捕まってしまった。一難去ってまた一難とは、このことだな。次は、どこに住もうか。そうだ、北町はどうだろうか。磯町には自信がないけれど、北町だったらなんとか住めるんじゃないかな。スットンは決意したことはすぐに実行しないと気がすまない性質《たち》だ。

オールドセツラー

北町

夜遅くなって、ハチローがボンボンと連れだってガンバの下宿へやって来た。なんだろう。

「きのう、北町診療所に佐伯ドクターが所長として赴任したんだ。久しぶりのセツラー出身のお医者さんだよ。これで、北町セツルメントも、やっと戦前のセツルメントらしく総合的なものになった」

「えっ」ガンバは驚いて言葉を返した。

「戦前のセツルメントって、総合的なものなんですか？」

そのこたえはボンボンがした。

「そうさ。戦前は医師と医学生が医療分野で、法学部生と法学部の教授が法律相談部を担当していた。もちろん、ほかに、子ども会などもあったけれどね。これまで、北町セツルメントは医療分野が弱かったけど、佐伯ドクターが着任してくれたから、これからは医療分野でも学生セツラーは活躍できることになるよ」

ボンボンは手放しでドクター着任を評価している。でも、医療分野といったってセツラーに医学生はいないしなー……。

ガンバの顔があまり乗り気でないのに気がついたのか、ハチローが言葉をつぎ足した。

「ほら、これまでだってオールドセツラーの不二先生に教育論を講義してもらったりしてるじゃないの。あれと同じようなことが今度は医療分野でも可能になったたっていうことだよ」

あっ、そうか。医学生にセツラーになってもらったらいいんだよね。不二先生の講義はたしかに考えさせられるところがあった。先輩セツラーの話だから、親近感もあって、よけい身につく気がしたし……。やっとガンバも納得できた。

全提案否決

6月25日（火）、駒場

小雨がパラつくなか、代議員大会が開かれた。前回より代議員の出席が少しだけ減って六四三人となった。やはり土曜日の懇談会のせいだな。刑部《おさかべ》は、やっぱりあんな懇談会なんて抗議して中止させればよかったと後悔していた。刑部の属する解放派を含めた三派連合は無期限ストライキで闘うことを議案として提起した。しかし、残念なことにあえなく否決されてしまった。

前線派の綾小路委員長の方針提起は腰が定まっていない。このように三派連合は厳しく批判する。前線派の「大学革新」のスローガンはイタリア共産党の構造改革路線を取り入れたものだ。しかしここは日本であって、イタリアではない。今ひとつ駒場では受けが良くない。

民主派は波状ストライキを提案した。民主的教官と共闘し、長期スト権を確立しい波状ストライキをうって闘おうという、しごくまともな提案だ。しかし、あまりにまともすぎて学生の気分にはマッチしない。刑部は、そう判断した。その見込みのとおり、これも否決された。しかし、民主派の動員力には侮れないものがある。

民主派は閉会動議を提出した。何を言ってるんだ。闘う方針のないまま一体どうするのか。無責任だぞ。刑部たちが猛然と野次るなかで、閉会動議が否決され、翌日、改めて代議員大会が続行という形式で開かれることになった。二八日に予定されている「総長会見」をストライキで迎えうつために は、なんとしても代議員大会でストを可決し、全学投票にもちこんで承認を得る必要がある。刑部は焦りを感じた。モタモタしてる場合じゃないぞ。

全学教官懇談会

本郷

夕方から山上会議所で全学教官懇談会が開かれた。定刻前から教官が続々集まってきて、定刻五分前には満席となった。

「椅子が足りない」

学生部の職員が走りまわっている。

安河内総長が定刻きっかりに現われた。疲れた表情で、足取りも弱々しい。簡単な総長挨拶で懇談会が始まった。既に参加者数は一五〇人に達している。これには集まった教官たち自身が驚き、だれもが着席する前に周囲を見まわした。

「安河内総長は勇断をもって評議会の承認を取り消し、処分を医学部教授会に差し戻すべきだ」

聖徳教授の発言に対して隅の方のグループから拍手が湧き起こった。その周囲には手を叩かなくとも頭を上下させて賛同の意を表明する教官が少なくない。安河内は渋い顔で次の発言を促した。

セツラー会議

北町

タンポポ・サークルのセツラー会議は、毎週土曜日の午後に開かれることになっている。しかし、たまには変更になる。今回は、北町ではなく、北町に向けたバスの出る国電の裏駅近くの喫茶店「アケミ」でやることになった。寮で早目に夕食をすませて、佐助はセツラー会議の場所へ出かけていった。佐助が着いたときには、もうみんなそろっていた。あれえ、セツラー時間ということで遅れるのが普通なのになー。そう思って佐助が近づくと、みんなが一斉に挨拶をかわした。佐助はテーブルのはしに腰をおろす。

初めに、ガンバがイヤミから申し入れを受けたことを報告した。

「どうして、イヤミは、わたしたちにセツラーだと言わないように頼んだのかしら?」

トマトが真っ先に疑問を投げかけた。

「やっぱり、職場で何か言われてるんだよ、イヤミは」

佐助がそう言うと、トマトは「どんなこと?」と首をかしげる。

「イヤミは職場で係長からサークルに行くなと言われてると思うんだ。そして、そのときに、セツルメントとかセツラーとか何だか得体の知れない学生が来てることも理由にあげているんじゃないかな」

「えーっ、わたしたちって、何だか得体の知れない学生なの……?」

今度はスキットだ。素頓狂な大声をあげたので、遠くにいたサラリーマン風の客がこちらをふり向いた。スキットは、あわてて首をすくめる。

「だってさ、セツルメントって何かと訊かれて、イヤミがどう答えられると思う？　やってるぼくらだって、答えるのは難しいというのに」

佐助が見まわすと、女性陣は顔を伏せた。いや、ひとりカンナが反問した。

「佐助は、イヤミがセツルメントとかセツラーとかキャンプのときに名乗ってくれるなと言ってるのは、説明が難しいからだと考えてるわけなの？」

カンナの指摘は本質をついている。やはり、単に説明が難しいということではないだろう。トマトも顔をあげた。

「わたしたち学生って、一体、若者サークルのなかで、そもそもどんな存在なのかしら？」

ずっと黙って成行きを見守っていたガンバが口を開いた。

「ぼくらは、単に同世代の若者としてサークルにレクリエーションの場を求めて参加してるだけだろうか？」

「そんなことないわよね」

カンナが正面のスキットに同意を求めた。

「それだけだったら、わざわざ北町まで出かけてくることないものね」

「それに」スキットが言い足した。

「サークルって、レクリエーションだけでなく、学習会もやるところなんでしょ？」

「でも、わたしが入ってから一度も学習会なんて、やったことないわよ」

トマトが反論した。たしかに佐助にも学習会をしたという記憶はない。毎週の例会は、三周年パーティーの反省会、若者の職場の話、キャンプの取りくみに終始していた。

「それはともかくとして」ガンバが飲みかけのコーヒーカップをおいた。

「ぼくらがセツラーとして参加してるんじゃなかったら、いったい、このセツラー会議はどういうことになるんだろうか。こんな会議なんて必要ない、というか、あったらおかしいということになってしまわないかい？」

「そうだよね」

佐助は、ガンバがもっと明解に解説をしてくれるものと思っていた。しかし、ガンバはなかなかはっきりしたことを言おうとしない。じれったい思いでガンバの顔を眺める。

「セツラー会議のないセツルメント活動はありえない。入ったばかりのとき、ぼくは先輩セツラーから何度も言われた。本当にそうだと思うんだ」

ガンバはゆっくりした口調でそう言って、みんなの顔を見まわした。

「だったら、やっぱりセツラーだと名乗るべきなんじゃないかしら。それに、わたしって何か隠しごとするの、嫌いなのよ。口も軽い方だし……」

トマトは口に手をあてて、自信なさそうな表情を示す。

スキットは「イヤミとイヤミの連れてきた若者の前だけではセツラーだって名乗らないようにしたらいいんじゃないかしら」と言った。自分でも姑息なやり方だと思ったが、ほかにいい考えは思いつかない。

「それって、ごまかしじゃないかな」

佐助は何かひっかかるものを感じた。

「やっぱり、わたしはセツラーだと名乗った方がいいように思うわ」

トマトは手を正面で握りしめている。

「わたしはこんなこと考えてセツルメントに入ったし、若者サークルに来てるんですって話をはっきりした方が、かえっていいように思うの」

カンナが、「わたしも、それに賛成だわ」と、胸をはった。今日はカンナとトマトは不思議なほど波長があっている。

「でも、どんなことを考えてるって言ったらいいのかしら？」

スキットが自信なさそうに言った。カンナは、「それは、人によって違うわけよね」と言いつつ、佐助の方を見た。

「佐助の場合には、どうしてセツルメントに入ったの？」

いきなり、ストレートの直球をぶつけられて佐助はドギマギした。自分がセツルメントに入った動機は何だったのだろうか。女の子と話したい、そんなところかな……。

「ぼくは」佐助が話しだしたとき、心の中で思ったこととは別の言葉が自分の口から発せられたのに、我ながら不思議だった。そのまま自分の口にしゃべらせることにした。自分の言葉なのに、頭に思い浮かんだこととは別のことが口をついて出てくる脳の構造の不思議さに佐助は心中、呆然としていた。

しかし、言葉の方は滑らかに続いて口から出ていく。

「高校時代、そして予備校のとき、自分とは関わりのないところで現実に動いている社会と、少しでも関わりをもちたいっていうのかな。ほら、気がついてみると、何だかよく訳がわからないうちに、周囲の社会全体が自分の重しになっているというのかな。自分が何かに閉じこめられて、眼には見えているはずなのに、よく社会が見えないという、モヤのかかった感じ。そんな感じを、なんとかして打ち破りたいと思ったんだ。もちろん、今でも、現実の社会とはまだ切り離されたところで生きている存在だとしか自分のことは思えない。でも、ほら、大学に入ったら、何だかイデオロギーというものがあって、それが世の中を動かす原動力のひとつらしいっていうじゃない。すると、そのイデオロギーの前提となっている現実があるはずだ。ぼくは、その現実をまだ何ひとつ知らない。じゃあ、少しでも、その現実とやらを自分の眼で見てみたいものだ。そんな思いで、このセツルメントに入ってきた。そんなことじゃないかな」

驚くべきことに、ここには女性のことが少しも語られていない。それじゃあ、佐助の言葉は本心を偽るものだったのだろうか。決してそうではない。社会の現実と関わりたいというなかには恐らく若い女性と話してみたいという欲求と不可分のものがあるのだ。それは矛盾し、対立するものではなく、両立するものなのだ。

佐助が珍しく長広舌をぶった。セツルメントに入って初めてのことだ。もちろん、セツラー会議でも初めてのことだった。滑らかではあるが、言葉を選び、区切りをつけながらの話し方は、腹の底からしぼり出されたホンモノの声だということを裏うちしている。

カンナが感心したように佐助の眼をじっと見つめているのに気がついて、佐助は急に顔を赫らめた。

「ちょっと難しかったけど、わたしにも分かるような気がする」

スキットが続けた。

「わたしの場合には、労働者階級と言われている人たちのなかに自分の身を置いてみたかったこと、そして物事をいつだって表面的にしかとらえようとしない自分に嫌気がさしていたの。もっと深みのある人間に、もっと自分を大きくしたいなって、考えたの」

カンナは首を傾げている。

「佐助のいったこと、スキットのいうことも、わたしにはよく分かるわ。わたしも同じだから。でも、それって、サークルに来てる若者にそのまま伝えて、分かってもらえることかしら？」

「そう、そこが問題だよな」

ガンバは険しい顔をしていた。店内には、先ほどからモーツァルトのピアノ協奏曲がかかっている。ときおり、コーヒーカップのカチャカチャする音がするくらいで、静かな店だ。

「あまりに話が抽象的すぎて、労働者にピンと来る話ではないみたい」

カンナが心配だと言うと、佐助が「アッチャンも、いつか、あんまり抽象的なことばかり話してはダメよ、なんて言ってたな」と、つぶやいた。

「そういえば」カンナが言った。

「このあいだ、オソ松が帰り道で、セツラーは労働者からいろいろ職場の様子なんか聞き出して自分たちの参考にしているのかもしれないけど、サークルにはあまり還元してないみたいだな、って言ってたわ」

「えっ、そんなこと、オソ松に言われたの？」

還元、か……。それにしても、佐助はオソ松が還元という言葉を使ったというのを聞いて驚いた。

「還元といわれても、いったい学生のわたしたちに、というより、わたしに何か還元できるようなものがあるのかしら？」

スキットが自信なさそうに首を傾げた。その仕種も佐助は可愛いと思った。美人は得をするんだよね。でも、そんなふうに女性セッラーを見てるのがバレたら不謹慎だと叱られそうだ。つい首をすくめる。

「でも」と、カンナは眉を寄せた。

「でもね、若者サークルって、働く青年を主体としたサークルなんだから、学生があまりサークルをリードしてもいけないんだと思うの。それに、還元するといわれても、何のことか、わたしにはよく分からないわ。だって、わたしは、いつも表面的にしか物事を考えようとしない自分がいやになって、このセツルメントに入ってきたんですもの……」

カンナの物の言い方は、いつも率直で直截的だ。歯に衣着せず、遠慮しないではっきりものを言おうとするカンナにも佐助は大いに魅かれる。と同時に、いささかの恐れすら感じる。自分の内面をのぞきこまれてしまいそう。鋭いナイフのような切れ味を、カンナはもっている。

「ぼくらセツラーがサークルをリードするっていうことは」と、ガンバがゆっくり言いはじめた。

「決してサークルを学生の思うとおりに引きまわすということじゃないと思うんだ」

ガンバは身を乗り出すような格好で、ゆっくりセツラーの顔を見まわした。ガンバの声は、少し鼻にかかっている。その言い方は、いつも断定を慎重に避ける口調だ。これがセツルメントの方針なのかと佐助は考えたこともあったが、ほかの先輩セツラーの多くが断定的な言い方を平気でしているのを見て、これはあくまでガンバの個人的資質の問題だと理解した。

「それに、セツラーがサークルをリードしていないからって、還元していないことにはならないと思うんだ。オソ松には学生が何もサークルに還元していないように見えてるかもしれないけれど、実はぼくら学生セツラーが、この若者サークルに還元しているところは大きいと思うんだ」

「たとえば、どんなこと?」

カンナが素早く質問の矢を放った。カンナのガンバを見つめる眼差しは熱い。

「サークル例会の運営については、ぼくはいつもアラシと事前に相談しているし、この前のパーティーとか今度のキャンプの計画についても、若者たち全員の要求をなるべく反映させようと努力してきた」

「それは、そうよね」

カンナが、じっとガンバを見つめたまま感心した口ぶりで言った。

ウェイトレスが水差しをもってきてテーブルの上のコップに水をつぎ足していった。この学生たちは、いつも何時間も粘るのよね。そんな表情を示したが、それでも客席がガラガラだったから、いないよりはマシだと思って我慢しているようだ。「アケミ」では学生が長時間粘っても、決して追い出されたりはしない。

「そうなのよね。見える還元と、見えない還元というものがあるんじゃないかしら?」

スキットが右手を軽くあげて発言した。今日も女性セツラーの方が発言は活発だ。佐助は邪念をふり払ってはみたものの、先ほど以上に言うべき内容に自信がもてず、黙っていた。

「わたしが毎日の生活であたりまえと思ってるようなことでも、若者と話をしてると全然違った見方があることを教えられるのよね。本当にちょっとしたことなんだけど……。生まれ育った境遇とか環境による差というのは、想像以上に大きなものなのよね」

カンナがまったく同感という表情を示す。ガンバがテーブルのコップを手にとって、水をぐいと飲んで、スキットの発言に我が意を得たりというように胸を張った。

「セツラー会議というのは、学生が、たとえば、違いというか学生と労働者との格差の大きさを、きちんと認識するためにあるものだと思うんだ」

「うーん、もう少し説明してみて」

スキットはガンバの眼をじっと見つめている。

「たとえば、タンポポ・サークルだけの特殊な事情のように思えることでも、実は、今の日本の企業に普遍的におきていることのひとつだということがよくあるんじゃないかな……。イヤミが、サークルに来てぼくら学生のことを職場の仲間にセツラーだと素直に紹介できないというのは、ここだけの特殊事情ではないと思うよ」

「それは、きっとそうよね」

カンナがすかさず言うと、ガンバは、自分の言葉に納得したかのように首を縦に何回か大きく振った。

「これは特殊な現象だと思いこむと議論にならないんだよね。そうじゃなくて、特殊なもののなかに普遍的なものが存在する。そう言ったのは、ヘーゲルだったか、マルクスだったか、忘れてしまったけど」

「ヘーゲルとかマルクスって、偉いのねー。わたしも、哲学を少し勉強して深めたくなったわ」

スキットは素直に感心している。ガンバがニッコリして、

「そうだね、ヘーゲルとかマルクスとか、社会科学の古典をセツラー会議のときにみんなで読みあわせたり、勉強してみるのもいいかもしれないね」

カンナは、「それはいいわ。ぜひ勉強してみたい」と目を輝かす。佐助も、それは悪くないや、ちっとは理論武装しなくてはと思い、頭を上下させて賛同した。

「学生の自分と、働く若者の感覚の違いをしっかり認識すると、その違いの根源はどこにあるのか、眼が向くことになるよね。そしたら、自分とは一体どういう存在なのか、自問自答せざるをえない。他人と比較することによって、自分というものが見えてくる。すると、自分という人間を束縛してきたものが何かも見えてくるようになる。自由に生きていくためには、何かを自分のなかで改めなければいけないし、そのことを自覚することによって、自分を解放していくことになる」

自分を解放する。ガンバのこの言葉は、セツラーみんなに強烈な印象を与えた。もちろん、佐助も、そのなかの一人だ。

「あっそうか。自分を解放していく必要があるのね」

カンナは重大なことを発見したという感激で顔を紅潮させている。

「それで自分らしさを初めて取り戻すことになるのかもしれない」

ガンバが言い足した。

自分らしさを取り戻す。といっても、自分らしさって、一体何なのだろう……。佐助の頭の中で、言葉が堂々巡りしている。

「ともかくね、セツルメントでは、自分の気がついたことを口に出して、みんなで議論をする。そして、それをきちんと文章化するんだ。これは、とても大切なことだと思う。頭のなかで分かったと思っても、そのままにしておくといつの間にか忘れてしまう。やはり、文字として定着させることが必要なんだ。文字化してしまうと、あとで、本当にどこまで分かったのか客観的にも評価できる。そのことによって、それ以降の発展も保障されると思うんだ」

今夜のガンバは、いつになく口が滑らかに動いている。佐助は大いに感心しながらガンバの口元に見とれた。

「やっぱり」とカンナがつぶやいた。

「共通して体験した事実をみんなで一緒になって議論できるっていうのがセツルメントの素晴らしいところよね」

トマトも心底から共感を覚える。

「そうよね。これが単なる学内サークルだったら、先輩後輩の序列がとてもうるさかったり、後輩は先輩の顔色をうかがいながらしか発言できないっていうところが多いものね」

トマトの指摘にスキットも思い当たるところがある。

「みんなセツラーネームで、気がねなく呼びあっているのも、いいことだわ」

カンナも口を開いた。

「なんでも気がねなく言いあえるって本当にいいことよね。年齢の違いとか学年のことを変に意識せずに、みんな対等という感じで話しができるって、とっても大切なことだとつくづく思うの」

あとからサークルに入ったものが、あたかも奴隷のようにこき使われ、先輩に絶対服従、そんなサークルだったら悲劇だ。

コーヒーカップはすでに全員カラになっている。ウェイトレスはレジ係りの女性とレジの横で立ち話中だ。佐助たちのグループは長時間居すわり組だと思って、あまり相手にしないようにしたようだ。佐助たちも、その方が助かる。とはいっても、そろそろお尻も痛くなってきたし、帰る時間になったようだ。勘定をすませて店の外に出た。相変らず小雨が降っている。勤め帰りのサラリーマンたちの黒い傘の大群が駅の方から流れ出てくる。まさにモノ言わない大衆がここに存在している。

カンナが駅の改札口のところまで来ると、ガンバに「相談したいことがあるの」と声をかけた。その思いつめた表情に、佐助はドキッとした。二人して立ち話をはじめたので、そこで別れた。

佐助はスキットと一緒に国電に乗った。スキットが小さい声でささやくように言った。

「わたし、さっき労働者階級のなかに自分の身を置いて考えてみたいなんて言ったけど、正直いって、それって苦痛でもあるのよ」

「えっ、どうして」

佐助が聞き返すと、つぶやくようにスキットは続けた。

「やっぱり私って、プチブルなのよね。プチブル根性がどうしても出てきてしまうの。深みのある大きな人間なんて、とてもなれそうにないわ」

スキットの顔に憂いの色がありありと浮かび、気持ちが沈んでいるのがよく分かる。先ほどの元気はどこへ行ったのか……。やがて、スキットは先に電車を降りた。軽く手をふって別れるスキットの元気のない表情が窓ガラスを通して見える。気になるな。もっと詳しく聞いてみようと佐助は思った。

●続行の代議員大会●●●

6月26日（水）、駒場

曇り空ですっきりしない天気だ。今日も不快指数がぐんぐん上がる気がする。昨日に引き続いて代議員大会が開かれた。招集手続を考えると、自治会規約に反している気もするが、そんなことを口に出すものは誰もいない。

出席した代議員はいくらか減ったものの五〇八人が出席した。やはり関心は依然高い。いつものように当初の全提案が否決されたあと、緊急提案の審議に移った。二日目だけあって、かなりうんざりした雰囲気が九〇〇番教室を支配している。もう、いい加減に決めようや。そんな気分で少くない代議員が手を挙げはじめた。

三派連合の提案が二二五対二〇五対一六でついに可決された。やったー。民主派支援の学生まで机を叩いて喜びの声をあげる。ストライキが成立するには全学投票で承認されることが必要だ。全学投票の期間は三日間。

本郷

法学部の学生大会で緑会常任委員会が提案した長期スト権の確立提案が可決された。

ベ平連
新宿

毛利はベ平連の集会に出たあと、高校の先輩に誘われて新宿のスナックに入った。先輩はベトナム戦争の最新の情勢を語ってやまない。アルコールが入っているため、どこまで真実の話なのか聞く側にいささかの不安はあるものの、その真剣さに圧倒され、疑問をはさむ余地はいささかもない。

「今年二月のテト攻勢は、ベトコンが不敗だということを全世界に証明して見せた画期的な成果をあげたんじゃなかったのですか」

「今は、もちろん北の党もそういう評価をしているさ。でも、このテト攻勢は昨年一月に企画されたものだったんだよ。そのときは、南ベトナムの全土にわたって全面的な攻撃をかけ、人民の総蜂起をうながすという計画だった。だから、七万人もの部隊を出動させ、サイゴンでも一〇〇〇人もの武装勢力が現地の政治部隊の支援を受けて攻撃した。ところが、サイゴンで人民の総蜂起は起きなかった。それどころか、今度の攻勢で都市の下部組織を露出させてしまったため、営々と築きあげてきた大切な組織が壊滅的な打撃を受けてしまったんだ」

「うーん、そうだったんですか」

「まあ、しかし、何事も世の中のことは単純ではない。アメリカ国内での反戦運動がいまや空前の盛り上がりを見せているだろ。それって、まさに予期せぬ大きな成果だった」

「そうですよね。一般のアメリカ市民はベトナムではアメリカ軍がずっと勝っていると思っていたら、サイゴン市民中心部のアメリカ大使館がベトコンに占拠されるなんて、予期もしないことが起きて初めて、ベトナムは実はとんでもないことになっていることを自覚させられたわけですしね……」

「そうなんだ。実に大きな意味があるよ。なにしろ、アメリカ軍は、ひょっとしたら、ベトコンには勝てないかもしれないという雰囲気が一気に出来あがってしまったんだからね」

「それに、アメリカ軍が農村部から撤退してるらしいですね？」

「そうそう、それも重要な成果だ。だから、その間隙をぬって、解放軍が農村部に大きく進出している。ただ、去年からはじまったフェニックス作戦とか平定村計画によって農村の幹部はかなりやられているみたいだから、それを埋めなくちゃいかんだろうし、まだまだすぐにケリはつきそうもないね。なにしろ、アメリカ軍は五〇万人も南ベトナムの全土にいるんだ。もっともアメリカ軍の内部にはいろいろ反戦の動きも出ているみたいだけどさ……」

「そこで」と先輩は言葉を改めた。

「少し、キミに力を貸してほしいんだ」

毛利は「自分でよかったら、お役に立てば、何なりと……」と、力を貸す内容も聞かず、迷うことなく即答した。

「キミは英語の方はどうかな。話せるかな？」

「ええ、まあ。日常会話程度くらいなら、なんとかなると思います」

「それは良かった」

毛利は何が良かったのか分からなかったが、その先輩を高校時代から尊敬していたので、間違いない話だと思った。

自分でも何かしなくてはいけないという思いに毛利はずっと駆られていた。焦りすらあった。だから、先輩の声は、いわば天の声のように聞こえ、具体的なことは何も分からないまま飛びついた。でも、いったい何なのだろう。酔いが少しさめ、駒場寮の前に立って毛利は少し不安を感じた。まあ、いいや、なんとかなるさ。

午前零時をまわっているが、駒場寮の部屋のほとんどに明かりがつき、学生の動きが見える。不夜城の名に恥じるところがない。

6月27日（木）、北町

口火を切ったのは意外なことにポテトだった。ポテトは北町二丁目子ども会で頑張っている。

「毛沢東が、この本のなかで、ある事物を認識しようとするには自ら現実を変革しようとする闘争に加わることが必要だと言ってるでしょ。わたし、これってセツルメントの実践論にぴったりあてはまると思って、感心しちゃったの」

「そうそう」トンコが我が意を得たりとばかりに大きく首を振る。

「知識を得たいなら、現実を変革する実践に参加しなければならないっていう点も同感よね」

「だけど、現実を変革しようという運動に飛びこんだだけで、すぐ認識できるというものなのかなー」

スットンは腕を組みながら、しきりに首をひねる。まだ実践らしい実践もしていないけれど、Q太郎に誘われたときに断わらなかった。毛利東の「実践論」を読むのは初めてだったが、案外いいことが書いてあるじゃん。そう思った。ヒナコは黙ってQ太郎の言葉を待った。Q太郎の前にトンコが口を開いた。

「何度も失敗を繰り返してみて初めて間違った認識をただすことができると毛沢東は言っているわ。だから、一度、運動に飛びこんでみただけでは、ダメだわよ。やっぱり、失敗を恐れずに、何度もやってみることが大切なんじゃないの」

トンコの言葉にあわせて、Q太郎の頭が上下に大きく動いている。

●『矛盾論』●●●

「主観的に認識できたというのではなく、客観的な法則性をつかむためには何度も何度も繰り返して実践してみるしかないんだよ」

きっぱり言い切るQ太郎の言葉は力強く、いかにもたのもしい。しかし、とポテトは逆に疑念を抱いた。

「でも……、ということは、いつまでたっても真理の認識はできないっていうことにならないかしら」

いやいや、なかなか鋭い指摘だぞ、これは。この連中を見くびってはいけないな。Q太郎は内心大いに動揺したが、一瞬の間をおいて、反論を試みる。

「実践して認識する。再び実践して再認識するというようにして、循環的に無限に繰り返すなかで、認識の内容がより高度なものになっていく。毛沢東は、そう言っている」

「そうなの……。やっぱり、真理の認識は永遠の課題なのね?」

ポテトの言葉は彼女が誤解していることを示している。Q太郎は焦った。

「いやいや、これは宇宙の涯《はて》がどうなっているかの議論と同じことだよ。毛沢東は客観的な現実世界が変化する運動は永遠に完結することがなく、実践を通じて真理についての人々の認識も永遠に完結することがないとも言っている」

トンコが援護射撃のつもりで言った。

「わたしが毛沢東の本を読んで感心するのは、とても分かりやすい平易な言葉で、高度な哲学的内容が語られているってことなの……」

「そうだね」Q太郎は援軍を得て、いくらか落ち着きを取り戻した。

「マルクス主義の哲学が重要視している問題は、客観世界の法則性を理解することによって世界を解釈しうる点にあるのではなく、客観法則を認識してから能動的に世界を改造する点にある、と毛沢東は言っている」

「あれっ、それって、どこかで聞いたことがあるセリフだな」

スットンが言うと、ポテトが応じた。

「それ、『フォイエルバッハ論』のおしまいのところにあるエンゲルスの言葉と同じじゃないの?」

「そうそう、そうだったよね」

スットンはポテトと眼線をあわせて喜んでいる。Q太郎は二人だけで盛りあがったのを見てとると、話題を転換すべく、別の本を取りあげた。

「それじゃあ、いいかい。『矛盾論』の方に移るよ」

Q太郎は、めぼしいセツラーの何人かに呼びかけて、毛沢東の『実践論』と『矛盾論』の勉強会を開いた。場所は自分の下宿にした。やってきたのは、二年生のトンコのほかはセツラー一年生ばかりだ。ポテト、スットン、ヒナコの三人だ。

「トンコ、『矛盾論』で注目したところを、みんなに紹介してみて」

トンコは膝の上においていた文庫本を手にとった。

「社会の変化は、主として、社会の内部的矛盾の発展、すなわち、生産力と生産関係との矛盾、諸階級の間の矛盾、新しいものと古いものとの間の矛盾によると毛沢東が言っているところ」

「なるほど、さすがだね」Q太郎はいかにも満足そうに顔をほころばせる。

「事物の発展の根本原因は、その外部ではなくて、その内部にあり、内部の矛盾性にある、ということだね」

「でも」ポテトが手を挙げて疑問を投げかけた。

「内部矛盾って、本当に、いつもあるものかしら？」

「それはきっとあるんだよ。どんな事物も矛盾を含まないものはないと毛沢東は言い切っているんだから」

それって、毛沢東に盲従するっていうことじゃないのかしら……。ポテトには納得できないQ太郎の言い方だ。そばのヒナコも首を傾けているのを見てポテトは意を強くした。

「矛盾がなくなれば世界はない、とまで毛沢東って言ってるのよね」

トンコが再び助っ人を買ってでる。

ヒナコが眼を丸くして、おどけた表情を示す。

「ほら、生命のことを矛盾の一例として取りあげていたでしょ。あれって、すごく意外だったわ」

「そうだよね、うん」スットンがすかさず合いの手を入れた。

「ぼくも驚いたよ。生命とは、なによりもまずある生物がある瞬間には同一物でありながら、しかも、ある他のものであることである。矛盾が停止すれば、直ちに死が始まる。毛沢東はそう言ってる」

「どういうことなのかしら、それって？」

ヒナコがスットンを興味津々という顔つきで見ているのに気がついて、ポテトは少し妬みを感じた。

「だって、今の一瞬一瞬のうちにも、皮膚細胞とか多くの老朽化した細胞が死んでフケとなって脱落していき、内側から、それに代わる新しい細胞がうまれ、絶え間なくとって代わりつつあるんだよね。いつだって、激しい新陳代謝の過程にあるんだ」

「なるほど、そういうことなのね……。高校で生物の時間に習ったことよね。それを矛盾の発展と呼ぶのね。分かったわ」

ヒナコの顔が輝いているのを見て、ポテトはますます焦った。

「うーん、わたしには難し過ぎてよく分かんないわ」

一息おいて、ヒナコはQ太郎に向かって問いを投げかけた。

「ここは、どういう意味なのかしら?」

「えっ、どこどこ?」

Q太郎は、ヒナコが指さしているところをのぞきこんだ。

「矛盾とは運動であり、事物であり、過程であり、また思想である」

「うーん、たしかに難しい言葉だね」

Q太郎は腕を組んで、考える姿勢だ。

スットンは助け舟を出すつもりではなく、別の段落をとりあげた。

「分析は具体的にしなければいけない。具体的な分析を離れては、どんな矛盾の特質をも認識することはできない。毛沢東のこの指摘って、セツルメントの総括と同じだよね。事実にもとづいて具体的に総括しないと、物事を認識することなんてできない」

今度はポテトが目を輝かしてスットンを見つめる。ヒナコは「それにしても、主要な矛盾という点が少し難しいわ」と冷めた口調だ。

「複雑な事物の発展過程には、いくつかの矛盾があるが、そのなかに必ず一つの主要な矛盾があり、それが指導的な役割を果たす。毛沢東の指摘は実にそのとおりだと思う」

Q太郎は胸をはった。なんとか自信を取り戻した。トンコが調子づいて、

「活動家のよく言う『当面の環』というものね」

「えっ、何、それ?」

ヒナコの顔が少し曇った。

「ほら、そこを集中的に突破して、運動の飛躍を勝ちとろうとか、よく言うでしょ。聞いたことない?」

トンコの言葉にヒナコは「ふーん……」と言ったまま、あとが続かない。当面の環なんて、まったく聞いたことない言葉だ。

ポテトが、かわりに口を開いた。

「わたし、毛沢東のあげている例に、少しばかりピンとこないところがあったわ」

「どこ?」

トンコがポテトの顔をまじまじと見つめる。「たとえば、ほら、ここ」ポテトは臆することなく文庫本を大きく開いて指し示す。

「支配されたプロレタリアと支配者であるブルジョアジーとが、ロシア革命でいれかわったというでしょ。それに、中国でも、地主と土地をもたない農民が逆転したというんだけど、それが対立してるっていうのは分かるけれど、逆転するだけなのかしら。対立物の統一というのはないのかしら……。な

んだか、機械的に立場が逆転するだけというのは、弁証法的観点が弱いように思うんだけど」

ポテトの本心は弁証法的観点がないと断言したかったのだが、いくらなんでも偉大な毛沢東をそこまで否定する勇気はない。

トンコは驚いて息を呑んだ。Q太郎の方は文庫本をせわしくめくり、前後を必死に読み返す。

二人が黙っているのを見て、スットンも自分の疑問を口にした。

「どんな事物の運動にも、相対的に静止した状態と著しく変動する状態とがある。静止した状態では量的な変化があるのみだが、第二の状態では質的な変化をうみ出す。これも分からない表現だよね。だって、静止したとか、著しく変動したとかいうのは、外から見ただけのことなんじゃない？」

「量が質に転化するっていうことを言いたいのかしら？」

ポテトが依然として本に眼をやっているQ太郎にかわって言った。

「あれって思ったのは、毛沢東が階級社会では革命と革命戦争は不可避なものであり、それなしには社会発展の飛躍を完成させることも、反動的な支配階級を覆して人民が権力をとることもできないって言い切ってることなの。わたし、革命ってどんなものなのかイメージがよくわかんないんだけど革命戦争って、ともかく怖いもの、そんなイメージが先に立ってしまうの」

「わたしも同じよ、それは」

ヒナコも首を上下に振って同じ意見だということを示した。

「戦争って、あの第二次大戦とか、スペインの内乱、朝鮮動乱って、そんなものをすぐ連想させるわよね。やっぱり、そんなの怖いし、いやだわ」

「それは、ぼくだって同じだ」

スットンも口をあわせた。Q太郎が本を閉じて、厳粛な顔つきで言った。

「しかし、矛盾と闘争は普遍的で絶対的だけど、矛盾を解決する方法、闘争の形態は矛盾の性質の相違によって異なるとも毛沢東は言っている」

「やっぱり」ポテトは首を軽く横にふった。

「革命っていうものの具体的なイメージがつかめないのよね……」

「文化大革命っていうのも、まったく何がなんだか、よく分からないしさ」

スットンが中国の文化大革命にふれると、Q太郎は急に胸をはった。

「いやいや、文化大革命っていうものは、封建社会の残りカスを一掃し、新しい人民的な文化を社会の隅々にまで根をおろさせようという素晴らしいものなんだ。日本人の我々も大いに学ぶべきものだよ」

「そうよ、そうなのよ。日本でも大いに取りいれる必要があると思うわ、絶対に」

トンコはQ太郎にあわせて性急な口ぶりだ。

「でもさ、造反有理なんていうけど、劉少奇って、これまでナンバーツーの存在だったんでしょ。中国の最大の実力者は毛沢東だと思うんだけど、その毛沢東がかげに隠れてナンバーツー以下を倒せと叫ぶっていうのは、なんだかおかしい気もするんだ」

「紅衛兵運動って、最近は落ち目らしいじゃないのかしら。そんな記事を読んだ気がするわ」

ヒナコがスットンに呼応した。

「わたし、劉少奇の書いた『共産党員の修養を論ず』という本を読んだことがあるんだけれど、日本人にも通用するような立派な内容だったし、とても立派な人だと思ったわ」

ポテトは声を低めて、控え目に言った。

「結局のところさ、毛沢東に反対した人は、みんな打倒されちゃってさ、殺されたり、追放されてしまったんじゃないの。それって、まさに権力闘争だし、文化大革命っていう名前に恥じることなんじゃないのかな」

スットンの言い方は優しかったが、内容はきつい。Q太郎は、今夜の学習会は失敗したと思った。スットンたちがこれほど勉強しているっていうか、感覚が鋭いとは想像もしていなかった。臍をかんだ。トンコも蒼い顔をして沈黙を守った。

可決保留

駒場

神水は「桑の実」にスト権確立投票の結果を聞きに行った。民主派の活動家が何人も出たり入ったりして、案外な活気があるのを目のあたりにして神水は少し安心した。出入口の扉に数字が書き出されている。二三五八対二〇六九対四八四。賛成が反対を上まわっているが、保留も多くて過半数に達していない。つまり、可決保留だ。

「うーん、そうか……」

腕を組んでいる神水に巨勢が声をかけた。安河内総長は入院していると言う。

「雲隠れだね、きっと」

スッターに向かっていた鬼頭が振り返って神水を手招きした。

「ちょっと代わってくれないか。腕が痛くなっちゃったよ」

神水は「ええ、いいですよ」と返事したものの、スッターを扱うのは初めてのことだった。

「あっ、そう。やったことないのか。じゃあ、まずは教えてやるよ」

鬼頭が神水に手ほどきをした。神水は根が器用なので、やがて一人でスッターを上手に扱えるようになった。

「桑の実」では一晩に何千枚ものアジビラを印刷するから、スッターは何台もある。今日もフル移動している。


チェコで自由派の知識人七〇人が民主化と自由化の停滞を批判する「二〇〇〇語宣言」を発表した。フルシチョフ首相のスターリン批判によってスターリンの野蛮な圧制が暴露されたから、ソ連社会主義についての魅力は佐助のなかでも大きく減殺した。しかし、東ヨーロッパの国々では社会主義が有効に機能しているというイメージがある。チェコは、そのイメージをこわしつつあった。

●総長会見●●●

6月28日（金）、本郷

今日は朝から晴れたり曇ったり、どっちつかずの天気だ。すっきりしないね、何事も。午後から本郷で「総長会見」という名の総長団交が開かれる予定だ。駒場ではスト権が確立できなかったので、活動家の学生が一時限目の授業から授業放棄を呼びかけて教室をまわった。当局も、午後からの授業は全部休講にした。学生はそれぞれ電車に乗って本郷へ向かう。

学生側の要求は次の四点だ。これは後に全共闘の七項目要求のもととなった。あとで民主派のかかげた四項目要求とは異なる。

①医学部処分の白紙撤回
②一月二九日以来の事態について処分を出すな
③自治活動を理由とする処分を一切するな
④六月一七日の機動隊導入の誤りを認めよ

午後一時すぎに安田講堂が開かれると、学生たちが続々入場し、たちまち大講堂内は三階も四階も満杯になった。あふれた学生たちは安田講堂の真向いにある法文二五番と三一番の大教室に入り、マイク放送を聴くしかない。

誰もいない隙をついて解放派の一団が壇上にかけのぼった。およそ四〇人の学生が演壇のまわりを占めると、負けじとばかり学同派、革命派それに前線派まで壇上にのぼり、演壇を取り囲む。このとき、民主派は別室で大学当局と進行について折衝していた。三派連合に壇上を占拠されたことを知ると、折衝を打ち切って場内に入り、演壇に迫る。司会者の選定をめぐって壇上で激しい応酬が始まった。

場内を埋めつくす学生の前だから、それなりの節度はあるものの、壇上の乱闘騒ぎは延々と一時間半も続いた。民主派は中央委員会の代表として教育学部の香取と、駒場から常任委員会の代表として鬼頭を推す。三派連合は文学部の剣崎と駒場の綾小路だ。佐助もさすがにうんざりだ。周囲の学生もみんな同じ気持ち。それでも席を立って帰る学生は不思議なほどいない。みんな安河内総長が何を言うのか聞きたいのだ。

午後二時一五分、ようやく安河内総長が姿をあらわした。法学部の福永教授に先導されて演壇に向かう途中、人波をかきわけているうちに心電図のコードが切れた。

「皆さん、モニターのコードが切られました」

なんだか総長らしくない言い方だな……。佐助は幻滅を感じる。それでも、なんとか安河内は心電計、血圧測定装置、酸素吸入器のセット一式とともに壇上に着席した。すぐ横と後方に医師団が控える。蒼白というより紅潮した顔つきだ。血圧が恐らく相当あがっているのだろう。

安河内が演壇に立つと、場内は盛大な拍手で迎えた。出足は好調だな。安河内はいくらか安堵した。

「今日は、多くの学生諸君にまずは私の所信を聞いていただきたい。そのあと、司会者の指示に従っていただいて、私も君たちの質問に答えます」

安河内がこう切り出すと、「団交に応じる気はないのか」と野次が飛んでくる。安河内は野次のした方をきっと見つめ、「個人的に、個々ばらばらに発言しないで、まずは私の話をひととおり聞いてから、司会者の指示にしたがって、どんな意見でも出してください」と言い返す。

　佐助が安河内総長を見たのは四月の入学式以来のことだ。相変わらず痩せて神経質そうな顔をしている。それにしても「総長会見」という言葉には引っ掛かるよな。団交という言葉を使いたくないのなら、総長との懇談会でもいいさ。どうして「総長会見」なんて肩肘張ったいい方にこだわるのか。

「一五日の早朝、八〇数名の人によってこの安田講堂が占拠されました。このうち、よその大学の学生が三分の二から四分の三を占め、本学の医学部生は一部でしかありませんでした。しかも、占拠した医学部生はクラスの多くの意思に反して行動したのです。他の医学部生からの説得も効果がありませんでした」

　安河内は、つとめて冷静に話した。こんなときには声を荒らげるのではなく、低い声で淡々と話す方がかえって聞く人の心に入っていくものだ。案の定、三派連合と思しき連中からは激しい野次が飛んでくるが、大半の学生はおとなしくじっと耳を傾けている。安河内は安心して話を続けた。

「講堂にある本部の建物は一万六〇〇〇人の学生と九〇〇〇人の教職員についての一切の事務機関の中枢です。一日でも封鎖されたら、東大全体の管理・運営の責任を預かる身として、そんなことはとても看過できません」

　安河内は、強い口調でキッパリ言い切った。

「学部長会議が開かれ、この状態は一日も放置できないというのが、大方の意見でした。それでも、ただちに警察力を導入するということについては、慎重論もありました。そこで警察力の導入については、私が一切の責任をもつということになったのです」

激しい野次は止まらない。安河内は、その都度、野次のする方に顔を向けた。

「今回の機動隊の導入については、ですから、私が一人で判断をしたのであり、私自身に全責任があります。それに、過去数回、東大は機動隊を導入したことがありますが、それらはいつも総長の判断で行われています。今回の場合には、責任は私ひとりにあります。責めるのなら私ひとりを責めてほしい」

安河内は場内を軽く見まわした。白い半袖のYシャツ姿の学生が多いから、場内は白一色だ。

「四〇〇人ほどの事務職員が、公務員として働く場を奪われてしまいました。この四〇〇人の職員の立場を諸君は一体どう考えるのですか？」

安河内が続けてこう言うと、場内から一段と激しい野次があがった。

「静粛に、私の話をまず聞きなさい。大学は、いうまでもないことですが、多数の事務職員、教官、学生から成り立っているのですよ」

安河内は、何度も何度も「静粛に」と繰り返した。

佐助は、これじゃあ、いかにも年寄りの繰り言みたいだ、そう思った。場内に失笑が広がる。

「諸君は、どうして笑うのですか？」

せきこみながら安河内はコップを手にして、水を飲む。老体に鞭打つ感じで、痛々しい。

午後三時二〇分、同行した医師団が駆け寄って酸素吸入器を安河内の口にあてがい、小休止する。

やがて、安河内は話を再開した。

「事の経過について、諸君は十二分に知っているのですね?」

「そのとおり」

「間違いありませんね?」

「間違いなーい。時間かせぎするな」

野次を飛ばした学生とも対話するつもりで安河内は話そうと心がけてきた。時間かせぎだなんて、心外な野次だ。

「誰が時間かせぎをしているというのですか。静粛に、静粛に、どうぞ話を聞いて下さい」

安河内は自分でも冷静さを失ったと自覚した。

「事実誤認があるという鶴見君の処分については、鶴見君の良心を信じて医学部教授会に差し戻し、残りの学生諸君については、再調査のうえ検討することにしたいと思います」

安河内がそう言うと、またもや場内は騒然となった。どうして学生は分かってくれないのか。安河内は暗澹たる思いにかられた。

「こういう会合が無意味というのなら、私は帰ります」

安河内はキッパリ言ったあと口を閉じた。会場内が一瞬静まりかえる。

「やっぱり大衆団交が必要なんだ」

再び大声で野次が飛んできた。安河内は、声のした方を睨みつけた。

「今の人は、大衆団交でなければならないということらしいですが、私は大衆団交をしようと思って今日ここに来たのではありません」

あちこちから、さらに野次があがって場内はますます騒々しくなった。

「少し黙って私の話を聞いていたらどうですか。各学部で、それぞれ話し合いをもったでしょう。それでも、私自身は、また違った立場で発言できますから、こうやって話しに来たのです。そもそも、大衆団交というのは、代表権のあるもの同士が」

「そうじゃないぞ」という声があがって、安河内は一瞬言葉を詰まらせた。

「できるだけ多数の学生が集まって、自由に発言し、自由に聞くというのが大切です。諸君の考えている大衆団交というのは、多数の学生が取り囲んで……」

場内の喧騒のため、安河内の言葉は途切れた。

「くどいようですが、今日、私がここに出てきたのは」

安河内は言葉を変えることにした。

「私には団交に応じるという権限は与えられていません。大学の場では団交というのはやらないというのが評議会の方針です。大衆団交は絶対に正しいと諸君が」

盛大な拍手が沸きおこったとき、安河内は一瞬、やっと自分を賛える学生たちが拍手してくれたのかと思ってしまった。それは、まったくの錯覚だった。

「今の拍手に見られるように、正しいものだと考えておられるようですが、大衆団交というのは、大学という場でやるべきものではありません」

「どうしてなんだ。理由を言え」

場内に大きな拍手がおこり、安河内は威圧感すら感じた。

「ナンセーンス」

安河内は声のした方をまたも睨みつける。

「そういうことを言っても、決まった結論を押しつけてるだけじゃないか」

別の大きな声の野次が飛び、それへの共感の拍手で場内が沸きたつと、安河内は話し合いを続ける気力をすっかり喪った。

「私の話を聞いてもらいたいと思ってやってきたのです。もし、諸君が、そういう意味の話し合いしか望まないのなら、私は帰ります」

司会者団の一員として黙って聞いていた綾小路がマイクを握り、安河内総長に質問をぶつけた。

「不当処分は一体どうなるんですか。団交の場として、明確な回答を要求します」

安河内は、身近にいた学生から「要求します」といきなり突きつけられて、あたふたした。

「今の人は不当処分と言われますが」

「不当処分」という言葉を使ったことに大きな共感の拍手がおきて、安河内は息を呑んだ。

「私の話の途中で諸君は拍手しますが」

今度は拍手のかわりに、失笑というか冷笑というか、笑い声が講堂内に波紋のように広がった。突然、冷たい風が胸のなかを突風のように吹き抜ける。安河内は左手を胸にあてた。心臓に異変を感じる。右手をあげて、うしろを振り返った。すぐに主治医が総長に近寄り、計器を確認する。

「総長があぶなくなっています。三〇分間の休憩を求めます」

それを受けて議長団が休憩を宣言すると、安河内はなんとか一人で立ち上がった。医師団が慌てて駆け寄り、両脇から支えてくれたので、安河内は壇上を後にすることができた。

三〇分の休憩時間が過ぎても安河内総長は姿を見せない。場内はザワザワしているが、まだ大半は総長が戻ってくると思って残っている。総長は学生の言い分に耳を傾ける姿勢は示した。しかし、それに対する回答はほとんど従来どおりで、進展はない。

やがて、長谷学生部長が小走りで壇上に現われ、マイクに向かって短かく「会見は終了しました」と告げた。

「なんだ、なんだ。いったい総長はどうしたんだよー」

「ええっ、これで終わっちゃうの」

曖昧なまま「総長会見」は終わった。

参加した学生は欲求不満を感じ、大学への幻滅感を募らせた。

佐助も安河内総長に裏切られた思いにかられながら腰を上げた。

●全学投票で否決●●●

6月29日（土）、駒場

無期限ストライキが全学投票にかけられた。二〇八一対二〇九三対四二四だ。反対が賛成をほんの少し上まわり、無期限ストは否決された。

法学部もスト突入

本郷

法学部が二四時間ストライキに突入した。帝大法学部以来の長い歴史のなかで初めてのストライキだ。自治会執行部である緑会委員会は明日の日曜日には逆に同盟登校を学生に呼びかけた。ただ、この呼びかけにどれだけの効果があるのか、かなり疑問だ。

失恋

北町

タンポポ・サークルの例会ではキャンプの取り組みが少しずつ具体化していった。任務分担やら、参加者の確保など、誰が何をするのか、ようやく見えてきた。

例会が終わって、みんなでバス停まで歩いているとき、うしろから小走りでオリーブが寄ってきて、佐助の袖をひっぱった。

「ちょっと話があるの。時間ある？　急いでる？」

もちろん佐助には急ぐ用事など何もない。オリーブのあとについて公園の方に向かった。ブランコのそばにベンチがあり、裸電球がついている。オリーブがさっさと腰をおろしたので、佐助は少し間をあけてすわった。オリーブはじっと暗闇を見つめている。星はひとつも見えない。雨でも降りそうななま温かい風が吹いている。

「オリーブ、どうかしたの？」

佐助は、わざと軽い調子で話しかけた。なんだか悪い予感がしていた。オリーブが佐助の方をふり向いた。オリーブの顔は真剣そのものだ。こんなに思いつめたオリーブの表情を佐助はこれまで見たことがない。

「佐助に聞いてもらいたいことがあるの。わたしって、こう見えても、内気なところがあるのよ」

佐助は黙って、軽くうなずいた。オリーブは、堰を切ったように話しはじめた。

「実は、わたし、好きな人がいるんだけど、でも、どうしても、その人に自分の気持ちが伝えられないのよ。ひょっとして、好きだというより、単なる憧れなのかもしれないって、思ったりして……」

佐助は、オリーブへの思いを奥深くしまいこむことにした。そして、恐る恐る質問した。

「いったい、誰なの？」

オリーブは、また暗闇の方に顔を戻した。しばらく間をおいて、小さい声でつぶやくように言った。

「実は、ガンバなの。ずっと気になる存在だったのよ、ガンバって。もちろん、ガンバに彼女がいるのも分かってたわ」

佐助はオリーブがガンバのことをずっと想ってきたことを知らされてショックだった。それに、ガンバに特定の彼女がいるなんてことも知らなかった。誰だろう……。何と言っていいか分からずに黙っていると、オリーブが下を向いたまま続けた。

「でも、わたしなんか中学しか出てないんだから、東大生のガンバと身分が違うというのはよく分かっているのよ。でも、ガンバがいつもわたしに優しくしてくれるでしょ。もちろん、わたしにだけ優しくしてくれてるわけじゃないんだけれど、それでもわたし、わたしにだけ特別ガンバが優しくしてくれてるなって感じることがあるのよ。それで、わたし、ガンバのお嫁さんになれたら、どんなにいいかって、そんなことずっと思ってきたの。夜、眠れないことが何度もあったわ」

佐助は「身分が違うなんて、そんなこと絶対にないよ」とだけ言ったが、あとの言葉が続かない。オリーブを想う自分の気持ちを言い出せる雰囲気ではなかった。それにしても、ガンバとオリーブのあいだで何があったんだろうか……。オリーブは、しばらく黙っていたが、何か決断したようだ。

「だけど、もういいの。今日のわたしの話、ガンバには何も言わないでね。わたし、近いうちに田舎に帰ることにしたの」

佐助はさらに大きな衝撃を受けた。オリーブが田舎に帰ってしまうなんて。もう、オリーブに会えなくなる。オリーブのいないタンポポ・サークルになってしまう。何も言えないまま、佐助はベンチにすわっていた。丸々太った野良猫が二匹、公園のなかを悠然と歩いていく。

オリーブはベンチから立ち上がると、「ありがとう、佐助。呼びとめたりしてゴメンナサイ」と声をかけて、小走りに公園の外へ向かった。肩が震えている。オリーブの背中は、あとから追いかけないで、と言っているようだ。佐助はオリーブのうしろ姿を茫然と立ちすくんで見つめた。佐助は大学に入って、早くも一回目の失恋を味わった。

アカ攻撃

北町

カンナが外に出ると、アッチャンが待っていて自分の下宿に誘った。カンナは気やすくついていった。

アッチャンは部屋でコーヒーをいれながら、しんみりした口調で話しだした。

「アカ攻撃ってさ、ホント、汚ないんだわさ。わたしもさ、話だけは聞いてはいたんだけど、実際に自分がやられてみて、はじめてそのいやらしさが分かったわ。それにしても、あんまり露骨な嘘をつくもんだからさー、びっくりするやらバカバカしいやら。まともに相手にしたくもなかったんだけどさ、そうもいかなくなっちゃって」

「えっ、どういうこと、それって?」

カンナにとって、「アカ攻撃」なるものは、さっぱり理解できない話だ。何のことか見当もつかない。

「係長とか課長とか、職制の連中がわたしをつかまえて、おまえはアカになったから、活動を止めるか会社を辞めるか、どっちかにしろ。なんて直接言ってくるものとばかり思っていたんだわさ」

「そうじゃなかったの？」

カンナは、コーヒー茶わんを手にもったまま静かな口調で訊いた。

「そうじゃなかったんだわさ。わたしの知らないところでさ、まわりの人たちに、あらぬことを言いふらしていたのよ」

「たとえば？」

「あいつはアカなんだから、おまえがあいつとつきあうと、おまえまでアカとみられてしまうぞ。会社ににらまれたら、もう終わりだな、おまえ。そんなことを、わたしに隠れてさ、コソコソ言いふらしていたんだわさ」

「それって、何だかひどく陰険よね」

「ほら、やっぱり、そう思うでしょ。わたしも、そう思ったわさ。わたしもずっと知らなかったんだけど、こっそりトイレでわたしに教えてくれる仲間がいてさ、それで初めて知ったんだわさ」

カンナは、やはり職場にも会社の言いなりの人ばかりではないことを知って、少し安心した。

「それで、どうしたの？」

「わたしも悔しいからさ、さっそく係長に文句を言ってやったわよ。係長のやつ、はじめのうちはさ、とぼけていたんだけど、そのうち、『おまえのその元気も、いつまでもつことやらな』なんて言って開き直っちゃったわさ。もう、まったく頭にきちゃうわよ」

「なんだか不気味な言い方ね」

カンナは心配そうな顔をした。アッチャンが、「そう、そうなのよ」といって続ける。

「職場で効果がないとみたら、次に、会社はどうしたと思う？　これには、わたしもびっくりしたわさ。うちの親が突然、田舎から出てきたんだわ。わたしのことをひどく心配しちゃってね。いったい何のことかと、わたしもびっくりしたわさ」

「なんのことだったの？」

「会社が、田舎にいるうちの親に長文の手紙を出していたんだわ。『おたくの娘さんが、近ごろ変な色に染まって、男性関係も乱れているようで、周囲の人たちが心配しています。会社としても迷惑なことですし、私も上司として個人的にも気がかりです。今のうちに何とかしておかないと、大変なことになりかねません』ってね」

「わー、それって、なんてひどい手紙なんでしょ」

カンナは、会社のあまりのえげつなさに言葉を喪った。

「こんな内容の手紙をもらったら、どんな親だってびっくり仰天するわさ。うちの両親もそろって、さっそく田舎からとんで来たんだわ。まあ、わたしのことをそれだけ心配してくれていたかと思うと、少しはうれしくもあったんだけどさー」

アッチャンは、親との葛藤が田舎であったことを匂わせる。

「でも、それってさー、係長がたまたまひどかったということなのかしら。それとも、会社の方針なのかしら」

カンナは慎重に言葉を選んだ。アッチャンは歯に衣着せるタイプではない。ずばり言い切った。

「会社の上の方がやらせたに決まっているわさ。だって、うちの係長なんて、全然、頭悪いんだもの。そんな気のきいた手紙なんか自分ひとりで書けるはずがないのよ」

「なるほど、ね。それで、ご両親との話し合いはどうなったの？」

アッチャンの下宿は案外静かだ。まわりはみんな所帯もちの家庭らしいが、三交代勤務の人がなかにいるため、物音はお互いにあまりたてないような暗黙の了解がアパート中にあるのだとアッチャンは説明した。かえって表通りを通るトラックの方がうるさく、ダンプカーが荷物を満載して通るときは、地震かと思うほど食器棚がカタカタ揺れる。見るからに安普請のアパートだ。建てつけはあまりよくない。

「気の毒なくらいに父ちゃんは落ちこんでいたわさ。せっかく世間に名の知れた大会社に入って、親にも仕送りしてくれる孝行娘をもったというのを自慢していたのにさ。変な思想にかぶれちゃって、男たちとみだらな関係を結んで会社にまで迷惑をかけているなんて聞かされたら、誰だってオロオロするわさ。でも、そのときは、わたしもそこまで考えられなかったんだ……」

アッチャンの語尾が小さくなった。相当激しい親と娘の衝突があったらしい。カンナは推測した。

「お互いに、すっかり誤解していたでしょ。だから、わたしも、言いたい放題、父ちゃんたちに言い返してやったわさ」

「そうなの……」

「会社のとんでもない嘘を真にうけて、娘をそんなに信用できないの、って、怒鳴ってやったさ…」

「ええっ、怒鳴ったの、お父さんたちにむかって？」

「だって、悔しかったんだもの」

　アッチャンは、今にも泣き出しそうな眼つきだ。

「わたしの話をろくに聞きもしないうちに、頭から押えつけるようにして会社の言い分ばかり信じて、わたしを田舎にひっぱって帰ろうとするんだから」

　アッチャンは、すっかり涙声だ。カンナも次に何と言っていいか分からず言葉を探した。

「わかるわ……」

「しばらくは、親とは口もきかなかったわさ」

「それから?」

「だけんど、わたしも、よくよく考えたわさ。わたしに隠れて、コソコソこんな汚い手をつかう会社なんかに未練はないと思ったのよ。それこそ会社の思うツボにはまってしまう。それは分かってはいたさ。だけんど、頭のなかでは会社に負けるな、闘かえ。そんな声が聞こえてきたんだけども、身体の方がいうことをきかないんだわ。すっかり会社に行く気をなくしてしまったわさ。それで、結局は、父ちゃんと一緒に田舎に帰ったの。しばらく、頭を田舎で冷やそうと思ってさ」

「すごい決断ね」

「そんなことないわよ。今考えてみると、どうして、あのとき仲間に相談しなかったのか、不思議なくらいだわ。一人で考えると、やっぱ、ろくなことはないわ。早まったのよね」

　アッチャンの話しぶりは淡々としていたが、いかにも悔やしい。その心情が全身からにじみ出ている。カンナも、アッチャンの決断をどう評価していいのか分からない。

「それで、どれくらい田舎に帰っていたの?」

黙っていてはまずいと思って、カンナは質問を先にすすめた。アッチャンも、少し気をとり直した様子だ。二杯目のコーヒーを飲みはじめた。

「田舎ってさ、一週間くらいはすぐたつし、気も休まるからいいんだけどさ、何もしないで、いつまでも父ちゃんたちに迷惑かけるわけにもいかないじゃん。かといって、仕事がないんだわ。近くの町まで出なくちゃいけないんだけど、交通の便がすごく悪いところなんだわ。それだったら、もう一度、北町で働いた方がはやいと思って出てきた。だから、田舎には一ヶ月もいたかな」

「なるほど、そうだったの……」

「北町に来たって、今度は、カンデンみたいな大会社に就職なんて無理に決まってるわよね。だから職安で、町工場を探したのよ」

「すぐ見つかったの?」

「運が良かったのね。割と早く見つかったんだ。でも、皮肉なもんよね。ほとんど町工場って、カンデンの下請か孫請なんだわ」

「あら、下請っていう言葉は聞いたことがあったけど、孫請って初めて聞いたわ」

「下請のさらに下請のことよね。カンデンの給料の安さに、わたしたちいつもブーブー文句いってたけど、町工場って、やっぱり、もっともっと安いんだわ。ホント、わたし驚いちゃったわさ。それに、まわりはおじさん、おばさんたちがほとんどで、わたしみたいな若い人は少ないんだわ。だからまた、こうやってサークルに顔を出すようになったのよ」

大きなダンプカーが表通りを走っていった。今度は食器棚がガタガタと音を立てて揺れる。カンナは小刻みに震える食器を見ながら話題を戻した。

「カンデンのときは、大きな寮に入ってたの？」

「そうよ。はじめて田舎から出てきたときには高層アパートに入れてホント、うれしかったわさ。水洗トイレだし、寮の食堂も広くて近代的だし……。毎日、すごい、すごいって、感激してたわさ」

「そうでしょうね」

カンナも、似たようなものだ。女子寮に入って、家庭の束縛から逃がれて自由な生活がやっと送れると思った。ところが、自由な生活というのも、案外、見かけだけではないかと疑問に思うようになった。

「でもさー、住めば都っていうけど、逆もあるもんだわ。一ヶ月もたってみると、感激も薄れてくるし、自分が住んでるところって、何かおかしいところじゃないのかなって、そう思うようになったんだわさー」

「ええっ、どうして、何のこと？」

「だってさ、息が詰まりそうなんよ。一日中、好きでもない会社とつきあわされると同じことなんだからさ」

「部屋は個室だったの？」

「とんでもハップン歩いて一六分だわよ。四人部屋だったの。ベッドがあって、ロッカーがあって、一応カギもかかるようになっているんだけどさ」

「わたしの部屋は二人部屋なの。相性が良くないと大変だわ」

「でも、きっと、カンナの寮とは全然雰囲気がちがうと思うんだわさ」

「何が?」

カンナはアッチャンが何を言いたいのか、よく分からなかった。

「だってさ、部屋のなかで、わたしがしゃべったことを、お姉さんが知っていて、ニコニコしながら近寄ってきてさ、それを話題にしてわたしに話しかけてくるんだわ。びっくりしちゃうわさ」

「どういうことなの、それって?」

「お姉さんっていうのは、あとで教えてもらったんだけど、ビッグシスターとかいうアメリカの労務管理方式を真似したものなんだってさ。あれよ、ほら、寮生のお目付役というか、監視役よ。お姉さん会議とかいうのまであってさ、寮生についてずっと情報交換してるんだって。まったく、わたしたちをバカにしてるわさ」

「わー、ひどいわね。もちろん、そんなこと、わたしの寮にはないわ」

「そうでしょ。そいでもって、カギのかかってるロッカーだってさ、わたしの知らないうちに開けられていたんだから……」

アッチャンは思い出すだけでも腹ただしいという表情を示した。

「ほら、防犯目的という大義名分があるでしょ。だからさ、わたしたちが仕事に出ているときに部屋に入ってることまでは分かってたの。でも、まさか、ロッカーのなかの私物まで調べてるとは思わなかったわさ」

「そうよね」カンナは自分のことのように憤慨した。

「でも、どうして分かったの？」

「だって、お姉さんがわたしに『サークルなんかには近づかない方がいいわよ』って、食堂で声をかけてきたんだわ。わたし、とぼけて『はあ』なんて返事しておいたさ。まさか、ロッカー内が見られてるとは想像もしなかったもんだからさ。サークルニュースが読まれてるなんて思ってなかったわ……」

「うん、うん。それで」

「そしたら次は、わたしがアラシから読むように渡されていた民主新聞をロッカーにしまっていたんだわ。このときは、わたしも少し用心して、他の新聞のあいだにはさんでしまっていたんだけどさ、やっぱり見つかってしまったんだわ」

「どうして、それが分かったの？」

カンナがアッチャンの顔をくいいるように見つめる。アッチャンも眼をそらさず、こたえた。

「お姉さんが、わたしに怖い顔をして『あんた、アカになっちゃったの。まだアカくなっていないのなら、やめるのは今のうちよ。何か悩んでいることがあったら、いつでも私の部屋に来なさい。何でも相談にのってあげるから』と言うんだわ。さすがのわたしだって、ピーンときたわさ。あっ、これはヤバイぞってね。きっと見つかったんだ、と思ったわさ」

「うーん、ひどい……。聞いてるだけで、なんだか息が詰まりそうになってきたわ」

カンナは大きな溜め息をもらした。すっかり冷めてしまったコーヒーの残りを飲み干すと、アッチャンが今度は日本茶を入れて出してくれた。アッチャンは本当によく気のきく女性だ。

「それでも、わたし、そんな寮に四年も辛抱していたんだわさ」

「四年間も我慢したのね。えらいわ……」

カンナは、とても自分は真似できないと思った。四年間どころか、四ヶ月、いや四日間だって我慢できるだろうか……。

「だってさ、わたしなんか、寮を出ても行くあてもなかったんだもん。一人で下宿するなんて怖いし、先立つものはないし、親に頼れるはずはないしさ。だって、なんといったって仕送りする側なんだから、わたし。そこが学生さんとは違うところだわさ」

カンナは痛いところをつかれたと思った。しかし、今夜は、自分のことを話すより、アッチャンをもっと知りたいと思って、また質問を続けた。

「でも、町工場っていうのも、大変じゃないの？」

「そりゃあ、そうよ。なんといっても給料は安いしさ、それにおじさん、おばさんにとり囲まれて働くんだから。小さい職場には小さいなりの苦労もあるんだわさ。人間関係に恵まれると、腰を落ち着けられるんだけどさ……。わたし、いまの職場で三つ目かな？」

「いろいろ難しいんでしょうねぇ」

これまたカンナの想像できない世界だ。

「スケベなおじさんも多いしさ、おばさんはおばさんでガミガミ言ったり、いじわるもするんだわ」

あまり年齢のかわらないアッチャンは、すでに人生の荒波を何度もくぐり抜けている。カンナは、世間のことを何も知らないまま悩んでいるのが恥ずかしい。

「もう遅くなったから、今夜は泊まっていくでしょ?」

アッチャンが声をかけると、「お願いしていいかしら」とカンナはすぐ返事した。もちろんカンナは初めからそのつもりだった。アッチャンは押し入れから布団を出して、「一組しかないから、我慢してね」と声をかけた。アッチャンのパジャマを借りてカンナも着替えた。二人は同じ布団に入って、枕を並べた。天井の蛍光灯をスモールランプだけにする。相変らずトラックが通るたびに部屋全体が揺れる。

アッチャンが天井を向いたまま、カンナに話しかけた。

「カンナ。カンナは、いま恋してる? 恋人いるの?」

「えっ」

カンナはとっさのことで、何とこたえてよいか分からない。カンナが黙っていると、アッチャンはカンナのこたえを待たずに話しはじめた。

「わたしもさ、これで昔から夢見る乙女だったからさ、素敵な恋をしてみたいと、ずっと思ってきたんだわさ」

「あら、それって、まさか、カンデンを辞めたのも、それがあったということなの?」

カンナの勘は鋭い。アッチャンは、ウフフと小さく含み笑いした。見破られてしまった照れ隠しの笑いだ。

「本当のこと言ってさ、それがなかったというわけでもないんだわ。もちろん、アカ攻撃を受けて、親が出てきたのもホントのことなんだ。でも、まあ、はっきり言えば、職場の先輩にふられたというか、裏切られたという思いがしていたのも事実なんだわ。むしろ、わたしのなかでは、きっと、そっちの方が大きかったんだ……」

アッチャンは、じっと天井のスモールランプを見つめている。スモールランプはかなり黒ずんでいる。

「どんな人だったの？」

「うん、それがさ、サークルにも以前来ていた人なんだわ。だからさ、アラシとかガンバとか、古くからのメンバーはみな知ってる人なんだ。サンタって呼ばれてたわ。実を言うとさ、同じ職場の人だったし、サンタに連れられてわたしもこのサークルにわたし来るようになったんだわ。とても背が高くてカッコよかったよ。顔はそれほどいいというわけでもないんだけどさ。ちょっと、ニヒルな感じもあってさ。ほら、どこか陰のある男性に魅かれるっていうところがあるじゃん。なんとなく、母性本能がくすぐられるっていうのか……」

アッチャンの心の奥深くでは、まだ、サンタのことがあきらめ切れてはいないようだ。その話しぶりは、今も恋人関係が続いているようにも思わせるものがあった。カンナはさり気なく質問を重ねた。

「それで、どうなったの？」

「その彼にものの見事にふられたってわけなのよ。というか、彼はわたしより会社を選んだということかな。だから、わたしの方から見切りをつけて逃げだしたの。まあ、そういうことにしておくわ」

「うーん、それじゃあ、よく分からないわ。もう少し説明して」

カンナはアッチャンの方に身体の向きを変えた。アッチャンは相変わらず上の方に顔は向けているが、眼だけ少し動かしてカンナを見た。その目元には寂しさが漂っている。

「サンタもさ、アカ攻撃うけたんだわ、会社から。男って、案外こんなときに脆いんだわ。会社にたてつくと、もう出世できないぞ、結婚しても社宅には最後にしか入れないぞって、さんざん脅されたみたい。はじめのころはサンタだって頑張っていたんだ。わたしにいつも話してくれていたし、サークルの仲間にもちゃんと相談してたわ。ところが、いつのまにか様子がおかしくなったんだ。サークルには顔を出さなくなったし、わたしと会っても、何だかよそよそしい態度をとるようになった。はじめのうちは、別な彼女でもできたのかしらって思っていたのさ。ところが、どうも違うんだわ。職場で、班長からにこやかに肩を叩かれている現場を見たとき、わたし、ピーンときたさ。あっ、サンタは会社に丸めこまれてしまったんだってね。実際、そうだったんだわ。サンタは別の職場に移されて班長になっちゃってさ。きっと、サークルやめたら面倒みてやるぞって言われたんだね。今は、そろそろ係長を狙っているところじゃないかな」

「そう、そうだったの……」

カンナは、またひとつ重い溜め息をついた。アッチャンは、それに気づいて、わざと元気そうな声を出した。

「わたしだって、そんなサンタに愛想尽かしてやったんだよ。だってさ、そうじゃないと、自分がみじめでしょ」

「そうね、そうよね」

カンナは思わず調子をあわせた。アッチャンはなおも明るい口調で続ける。

「わたしって、惚れっぽいんだ。だから、次の町工場でも振られてしまっちゃってさ、それで居づらくなってやめたんだー」

「ええっ、そうなの……」

「うふふ。これ、ホントのことよ。なぜかなー、つくづくわたしって男運がないんだわ」

「いまサークルに来てる男の人たちはどうなの？」

カンナが水を向けると、アッチャンはカンナの方に身体を向けた。

「それが、ダメなんだわ。わたしがいいなと思う人には彼女がいるしさ、彼女のいない人なんか、わたしの方からお断わりよ……」

「それ、どうなってるのか、教えて」

カンナが頼むと、アッチャンはニッコリ笑って、指を口にあてた。

「今度、教えてあげるわね。また、泊まりに来てくれたときにさ。今日は、カンナにわたしの話を聞いてもらえて、胸がすっきりしたわ。わたしの話、つまらなかったでしょ？」

「とんでもない。面白かった、というと失礼かしら」

「そんなことないわ。ともかく聞いてくれてありがとう。誰かに聞いてもらいたかったんだ。今度は、カンナの話も聞かせてね」

「ええっ、そんな、わたしの話なんて……」

「とっておきの秘密の話をぜひ聞かせて欲しいわ」

「わたし、何にも秘密の話なんか、ないわよ」

カンナはあわてた。

「ないわけないでしょ。わたしも、少しばかりカンナのことは聞いているんだからさ」

「ええっ、なんのこと、どんな話なの、それ？」

「火曜日の夜、オリーブが見たんだって、駅のところで」

「えっ……」

「ガンバと二人でいるのを見てしまったのよ、オリーブが」

「だって、あのときはセツラー会議があって帰ろうとしていただけよ」

カンナはアッチャンの追及を軽くかわそうとした。でも、アッチャンは軽く含み笑いをした。

「ウフフ、そうかしら。カンナとガンバがえらく親密そうに話してるのを見て、オリーブはかなりのショックを受けたみたいよ」

「そんなー」

カンナがいかにも困ったという様子をみせるのを横眼にしながら、アッチャンは、また上の方に向き直った。

「わたし、眠たくなったから、もう寝るわ。おやすみなさい」

立ちあがってスモールランプを消すと、アッチャンはさっさと寝ついてしまった。

アッチャンは私のこと、どこまで知ってるのかしら。カンナは寝つけなくなった。いま何時かしら……。憧れの男性に優しく抱擁され、熱い接吻をかわす。カンナは恋愛小説を読んでずっとそのシーンを夢見てきた。いま、その憧れの男性がようやく現実化してきたのだ。駅での話を思い出すと幸せな気分がよみがえって来る。いつのまにかカンナも寝入っていた。

●同棲のきっかけ●●●

6月30日（日）、北町

夕方、ハチローは下宿で自主ゼミの資料づくりに苦戦していた。ハチローは、本郷にすすむと青年部から法相パートに変わった。ハチローは、法律の分野で仕事をしたいと考えるようになっていた。机の上には参照すべき文献が乱雑に積み重ねてある。なんだか考えがまとまらないな、そうつぶやくとハチローは手を休めて畳の上に寝転がった。

「腹減ったなー。腹が減ってはイクサもできない、と昔から言うとおりだよなー。先立つものも乏しくなってきたし、また、今夜も即席ラーメンじゃ、わびしいなー」

そのとき、誰かがドアを小さくトントンとノックした。

「はーい」

ハチローは寝たまま首だけドアに向けて返事した。

「ハチロー、いるの?」

女の子の明るい声が聞こえてきた。ハチローは起きあがりながら、「ドアは開いてるよ、どうぞ」と応じた。

ドアをそっと開けると、ヒマワリが笑顔でのぞかせた。ネギが頭を出した紙袋を胸のところで抱いている。

「ハチロー、もうご飯たべた?」

「まあだだよ。お腹すいてペコペコさ。どうしようかなー、って困ってたところなんだ」

「わあ。ちょうどよかったわ。グッドタイミングだったのね」

ヒマワリは、ドアをしめて、畳の上に正座した。白いブラウスに茶色のスカートをはいている。きちんと正座したから、膝頭が丸見えになる。ハチローはドキッとした。紙袋をのぞきこみながら、ヒマワリが続けた。

「わたし、ハチローと夕ごはん一緒に食べようと思って、ホラ、こんなに材料買ってきたの。北町商店街って、さすがに物価安いのよね。ハチロー、わたしの手料理、食べてくれるでしょ？」

「もちろん、喜んで」

ハチローの声は喜びにあふれている。ヒマワリがやってきたのがうれしくてたまらない。ヒマワリはいつも溌剌としている。そこにハチローは強く心が魅かれる。これまで二人で何回か一緒に映画を見に行ったり、デートを重ねてきた。

「ありがとう、ヒマワリ、助かったよ。ぼくは、あす報告しなくちゃいけないレポートがあるんだ。料理つくってくれてるあいだに、なんとか早いとこ、レポートをやっつけてしまうよ」

「分かったわ。がんばってね」

ヒマワリはたちあがると、持参したエプロンを着て小さな台所の流し場の前に立ち、野菜を洗いはじめた。まな板に野菜を並べると、トントンと包丁を動かすリズミカルな音をたてる。その軽快な調子に、手慣れてるな、とハチローは思った。レポートに没頭しようと努めてはみたものの、チラチラとスカートの下にしなやかに伸びるヒマワリの両足に視線が流れ、テーマに集中できない。

ああ、お袋がこうやって食事をつくってくれていたな。ハチローは母親の姿をヒマワリに重ねあわせた。

やがて部屋中に香ばしい匂いが漂いはじめた。ハチローのすきっ腹をその香りが直撃し、もうレポートどころではない。ハチローは目をつぶって雑念をふり払った。

やがて、ヒマワリがハチローに向かって「お待ちどうさま、できたわよ」と軽やかな声をかけた。部屋には二人分の皿がのるほど大きなテーブルはない。いつもの一人用の小さなテーブルではとても皿を並べ切れない。ハチローは本を入れていたミカン箱から本をとり出し、テーブルの横に倒した。テーブルクロスの代わりに、室内に干していた白いタオルを二本とってかけた。

ヒマワリがお鍋から皿に盛りつける。

「おっ、すごくおいしそうな肉ジャガだね」

ハチローが感激の声をあげる。

「ハチローの好物なんでしょ、肉ジャガって。前に聞いていたから、ぜひ一度、わたしのつくったものを食べてほしかったの」

「ありがとう、よく覚えていてくれたね」

ヒマワリは即席テーブルの上にご飯と肉ジャガとサラダを並べると、エプロンをはずしてハチローと向かいあってすわった。

「それでは、味の方は保証できないけれど、ともかく食べてみて」

「うん。いただきまーす」

ハチローは元気よく言うと、さっそく肉ジャガにハシをつけた。少し濃い目の味つけだ。

「うん、おいしい」

「わー、よかったわ。わたし、一生懸命つくったんだけど、ちょっぴり自信がなかったの。ハチローのお母さんの肉ジャガより味は落ちるでしょうけど」

「いや、そんなことはない。なかなかの味だよ」

ハチローは満足そうに、どんどんハシをすすめる。

「ヒマワリって、料理もできるんだね。すっかり見直しちゃったよ」

ハチローがお世辞のつもりで言うと、ヒマワリが「ええっ、それってどういう意味なの?」と聞き返した。ヒマワリの眼は笑っている。

「まさか、わたしが料理もできない女だなんて思っていたんじゃないでしょうね?」

「いやいや、別に、そんな意味じゃないよ」

ハチローは、ご飯茶碗をかかえたまま、首を軽く左右にふった。

「ヒマワリって、料理もできるし、なんて素敵な女性だろうって、ひとりつぶやいただけさ」

「あら、そんな風に言われると、わたしも悪い気しないわ」

ヒマワリは、食べているハシを置いて、ハチローをじっと見つめた。先ほどから笑顔が少し消え、表情に真剣さが増している。冗談ではないようだ。ハチローは、その気持ちをしっかり受け止めた。視野をそらさずに言った。

「こんな風にして、これからもずっとぼくに料理をつくってくれたら、とてもうれしいんだけど…」

ヒマワリがすかさず応じた。

「わたしでいいの？　わたしだったら、いいわよ」

実のところ、ヒマワリはハチローには他に好きな女の子がいるんじゃないかと心配していた。ハチロー自身がそれを打ち消してくれたら、ヒマワリは何も心配いらない。

二人は、しばらくじっと黙って、お互いの眼を見つめあった。

「うれしい。でも、料理はぼくもつくるの好きだから、ときどきはぼくがつくってあげるよ」

「わー、うれしいわ。わたし、結婚しても働き続けたいから、料理つくるのが好きなお婿さんを捜すつもりだったの。ちょうどよかったわ。ぴったしだわ……」

二人はまた食べはじめた。

「あー、おいしかった」

ハチローは本当に幸せそうな声をあげ、「ごちそうさま」と言いながらハシを置いた。ヒマワリも「ごちそうさまでした」と声をあわせた。

「じゃあ、洗い物はぼくがするよ」

ハチローが勢いよく立ちあがった。

「いいわよ。わたしがするわ」

ヒマワリも立ちあがってエプロンを身に着ける。二人が小さな流し台の前に立って並ぶと、自然に二人の身体が接触した。ハチローは黙ってヒマワリの腰に手をまわして引き寄せる。ヒマワリはハチローの手に身体をまかせた。

「ヒマワリ」とささやきかけ、両手でヒマワリの顔を包みこむようにしてハチローは自分の顔を近づけた。ヒマワリは眼を閉じた。二人はゆっくり唇をあわせる。

しばらく二人は黙って抱き合っていた。ハチローの手がヒマワリの胸の上にのびて、ブラウスの上から優しくヒマワリの胸をなでまわす。ヒマワリは「ハチローさん」と小さな声でこたえる。

二人は食事の後片づけを終えると、今度はテーブルを二つ別々に分けた。ハチローはレポートの続きにとりかかった。今度はすんなり集中できた。ヒマワリは、本棚にある本をとり出して、すわって読みはじめた。

やがて、ハチローがレポートをなんとか仕上げた。といっても、実のところ、レポートの体裁をなんとか整えたということだ。内容の方は、もうひとつ身が入ってない。ヒマワリが眼の前でレポートの仕上がりを待っているのだから、身が入るはずもない。

「ああ、なんとか終わらせたよ」

ハチローは、両手を高々と上にあげて万歳の格好をした。そして、テーブルの上に散らばっているレポート用紙をそろえて紙袋に入れると、二つのテーブルを隅に動かした。ヒマワリも立ち上がり、読みかけの本を本棚に戻してきた。ハチローは、もどってきたヒマワリの手をとって、強く引き寄せた。二人は、そのままゆっくり倒れるようにして横になった。激しく唇を押しつけあい、抱き合う。

「ヒマワリ、好きだよ」

「ハチローさん、わたしも」

ハチローは左手でヒマワリの身体を優しく愛撫し、ブラウスのボタンに手をかけた。

「ちょっと待って、明るすぎるわ」

ヒマワリの言葉に、ハチローは立ち上がり、天井の蛍光灯を消した。しかし、外から明かりが差し込んでくる。街灯の明かりだ。電球が切れかかっているのか、ときどき暗くなって、また明るくなる。まるで商店街のネオンサインのようだ。明かりに照らし出されたヒマワリの顔は輝いている。ハチローは胸にじーんとくるものがあった。二人は激しくお互いを求めあった。


「泊まっていくだろ、ヒマワリ?」

「ええ、そうするわ。いいかしら?」

「もちろんさ」

ハチローが満足そうに言った。

「じゃあ、あまり遅くならないうちに銭湯に行ってこようか」

「そうね」

二人は支度をして外に出た。風が意外に強い。雨がさっきまで降っていたようだ。切れかかって明滅している街灯の下を通って銭湯まで歩いていった。


（完）

神水理一郎（くわみず・りいちろう）
東京大学法学部卒業
弁護士

清冽の炎　第1巻　群青の春 ―― 1968 東大駒場

2005年11月25日　初版第1刷発行

著者 ―― 神水理一郎
発行者 ―― 平田　勝
発行 ―― 花伝社
発売 ―― 共栄書房
〒101-0065　東京都千代田区西神田2-7-6 川合ビル
電話　03-3263-3813
FAX　03-3239-8272
E-mail　kadensha@muf.biglobe.ne.jp
URL　http：//www1.biz.biglobe.ne.jp/~kadensha
振替 ―― 00140-6-59661
装幀 ―― 澤井洋紀
印刷・製本　モリモト印刷株式会社

ISBN4-7634-0454-7 C0093